悪役令嬢、ブラコンにジョブチェンジします４

浜　千鳥

22696

角川ビーンズ文庫

contents

characters

エカテリーナ・ユールノヴァ

利奈が転生した乙女ゲームの
悪役令嬢。
「過労死」は敵。

アレクセイ・ユールノヴァ

ユールノヴァ公爵家の若き当主。
エカテリーナの兄。

フローラ・チェルニー

乙女ゲームのヒロイン。
平民出身の男爵令嬢。

イヴァン・ニール

アレクセイ付き従僕兼護衛。

ウラジーミル・ユールマグナ

ユールマグナ家嫡男。

ミハイル・ユールグラン

乙女ゲームのメイン攻略対象。
皇国の皇位継承者。

ミナ・フレイ

エカテリーナ付きメイド。

悪役令嬢、ブラコンにジョブチェンジします

Akuyaku Reijou, Brother Complex ni Job Change Shimasu.

本文イラスト／八美☆わん

第一章　悪役令嬢はじめてのおつかい

「エカテリーナ……どうしても行ってしまうのか」

妹の手を取ったアレクセイは、悲しげに言った。

「お兄様、わたくしは」

言いかけたものの、悲嘆《ひたん》にくれる兄の表情を見たエカテリーナは、唇《くちびる》を震《ふる》わせる。ぎゅっと手を握《にぎ》り返した。

すみませんどこにも行きませんわたくしはずーっとお兄様のお側《そば》に――。

「閣下、お嬢様《じょうさま》」

エカテリーナが口走りかけた言葉をガッと押しとどめるように声をかけたのは、鉱山長のアーロン・カイルだ。

「ほんの数日です。お嬢様が閣下の名代として山岳神殿《さんがくしんでん》へおもむかれることを、閣下もお認めになったはず」

アレクセイの側近たちの中では最年少であるため、いつもは控《ひか》えめなアーロンだが、今回は押せ押せだ。

「旧鉱山でお待ちの博士……アイザック大叔父《おおおじ》様も、お嬢様にお会いできればさぞお喜びでしょう」

だからアーロンさん、あなたは大叔父様ラブすぎですって。といっても、ラブが過ぎるってことに関して、お兄様も私も人のこと言えないんだけど。

なにしろこの愁嘆場《しゅうたんば》やるの、五回目ですからね。

公爵令嬢《こうしゃくれいじょう》エカテリーナ・ユールノヴァは、前世が日本人で過労死した社畜《しゃちく》アラサーだったという記憶《きおく》を持っている。今の自分が、その前世でハマっていた乙女《おとめ》ゲームの悪役令嬢であることも記憶しているが、今は夏休みで乙女ゲームの舞台《ぶたい》である魔法《まほう》学園を離《はな》れ、公爵家の領地へやってきている。

そして、前世での最推《さいお》しで、今は最愛の兄アレクセイと、愁嘆場というか茶番というかをやっているのだった。

ここに至った経緯《けいい》は、アレクセイの公爵継承《けいしょう》の祝宴《しゅくえん》と、アレクセイに逆らう反対派への粛清《しゅくせい》が行われた夜が明けた、新たな朝までさかのぼる。

あの日、目覚めたエカテリーナは、昨夜のいろいろあった祝宴の疲《つか》れを感じつつも、爽《さわ》やかな気分で身を起こした。

兄と共に朝食をとろうと食堂へ向かったが、アレクセイは珍《めずら》しく不在。代わりのように現れた、女性使用人を束ねる家政婦のライーサから、反対派の犯罪行為《こうい》を暴《あば》いての捕縛《ほばく》と、首謀者《しゅぼうしゃ》ノヴァダイン伯爵《はくしゃく》の『行方《ゆくえ》不明』について聞くことになった。

そして、ノヴァダインの手先だったメイド頭《がしら》アンナの解雇《かいこ》も。

詳《くわ》しい事情を教えられたわけではなかったが、このタイミングだ。関係がないわけがない。

「そう……教えてくれてありがとう、ライーサ。あなたの負担が重くなることだけ、心配していてよ」

「恐《おそ》れ入ります、お嬢様。アンナは熟練のメイド頭でしたから、抜《ぬ》けた穴は確かに大きいですが、皆《みな》で努力してまいります」

そう言って、ライーサは悠然《ゆうぜん》と微笑《ほほえ》んだ。

そこへ、二人の若いメイドが、ワゴンを押してやってくる。彼女たちが昨日祝宴の支度《したく》を手伝ってくれた二人であることに気付いて、エカテリーナは微笑みかけた。

「昨日はありがとう。おかげでお客様からご好評をいただいてよ」

一人はしつけの良いメイドらしく、うやうやしく頭を下げる。しかしもう一人はぱっと笑顔《えがお》になって、勢い込んで言った。

「お嬢様、とってもおきれいでした！　それに閣下のお言葉が素敵《すてき》で、うっとりしちゃいました！　あのおっかない方も、妹君にはお優《やさ》しいんですね」

「これ」

ライーサが睨《にら》むと、笑顔はたちまちあわあわとしたうろたえ顔に変わる。今にも泣きそうだ。

エカテリーナは苦笑《くしょう》した。

「褒《ほ》めてくれて嬉《うれ》しくてよ。でも、今のはユールノヴァ家のメイドとして、ふさわしいふるまいではなかったわね。お兄様は素晴《すば》らしいご当主であり領主でいらっしゃるの。厳しく見えるとすれば、皆のために領内の統治に力を尽《つ》くしていらっしゃるからよ」

「はい……」

メイドはうなだれたが、あまり解《わか》っていなそうだ。

まあ、仕方ないよね。ていうかお兄様は今はむしろ、おっかないなんて言われてるくらいでいいのかも。

『君主は愛され恐れられるのが望ましいが、両方が無理なら、恐れられるほうがずっといい』

前世の名著、マキァヴェッリ『君主論』の有名な一節。十八歳のお兄様は、領主として領内の実力者たちから、愛されるにも恐れられるにも若すぎる。けれど昨夜、ノヴァダインの派閥《はばつ》を一掃《いっそう》したことで、祝宴に居合わせた領内の実力者たちは、お兄様を恐れるようになっただろう。

あの若さで、爵位継承からまだ一年も経《た》っていないお兄様が、恐れられることに成功したのは、凄《すご》いことだ。

そしてマキァヴェッリは、確かこうも書いていた。人間は、恐れている人間より、愛情をかけてくれる人間のほうを、容赦《ようしゃ》なく傷付けるものだと。優しくしてやった恩義など、利害がからめばすぐ断《た》ち切ってしまうと。

お兄様は、領民たちから愛されている。それはお兄様が、彼らの暮らしを守ってきたからだ。ただの恩義ではなく、利害も押さえていると言える。

けれど領内の実力者たちの中には、公爵の職務を放《ほう》り出していた親父《おやじ》の頃《ころ》のほうが、都合が良かった者もいるだろう。自分の利を守るため、お兄様に楯突《たてつ》こうとしていた者もいたかもしれない。が、ノヴァダインを容赦なく叩《たた》き潰《つぶ》した姿を見て、お兄様に逆らうべきではないと思い直したことだろう。

だから私は、お兄様は本当は優しい、なんて言わないことにする。お兄様があろうとしている在り方を、そのままリスペクトしたい。

だってお兄様は、ありのままで一番素敵だから！

「お嬢様って、やっぱりすごいんですね。あたしよりお若いのに、ずっと年上の人みたいです」

懲《こ》りないメイドの言葉は、エカテリーナにクリーンヒットした。すまん！　中身アラサーですまーん！

メイドの隣《となり》には、いつの間にかミナが立っていて、無表情に彼女を見下ろしている。

さらに、ふっと笑ったライーサが足早にそのメイドに歩み寄ると、襟首《えりくび》をぐいっと摑《つか》んだ。

「無作法なことで申し訳ございません、お嬢様。女性使用人を統括《とうかつ》する家政婦として、お詫《わ》びいたします」

「気にしていなくてよ」

ほほほ、とエカテリーナは笑って見せたが、たぶん今日からこの明るいメイドの職場生活は、スパルタ強化合宿的なものになるのだろう。頑張《がんば》れ。

「お兄様は、朝食を召《め》し上がったかしら。お身体《からだ》が心配なの」

「お召し上がりになりました。初めは不要とおっしゃいましたが、食事をとらないとお嬢様がご心配なさるから、やはり用意するようにと」

さすがシスコンお兄様。健康を気にかけてくれて、良かった。

「そうなのね、嬉しいこと。後でご挨拶《あいさつ》に伺《うかが》いたいわ」

「そのようにお伝えいたします」

メイドを引っ立てて去っていくライーサを見送って、ミナの給仕《きゅうじ》で朝食をとったエカテリーナは、ライーサが戻《もど》るのを待つ間、食堂の窓から庭園を見渡《みわた》した。

どこか空気がはりつめた気がする。アレクセイがまとう雰囲気《ふんいき》に、城の空気が近付いたようないな。ユールノヴァ城は、いやユールノヴァ領は、完全に新たなあるじに掌握《しょうあく》されたのだと、そう思った。

そしてライーサが戻って来た時、大きな荷物を抱《かか》えた雑役係《ざつえき》をともなっていて、お嬢様にお届け物ですと言った。

送り主の名前を聞いたエカテリーナは、すぐに荷ほどきするよう頼《たの》み、しっかりとした梱包《こんぽう》が解かれて現れた中身に大喜びした。

アレクセイの執務室《しつむ》は、あわただしい雰囲気だった。

ノヴァクやアーロン、財務長のキンバレイに騎士《きし》団長ローゼンといった側近メンバーの他《ほか》に、領都警護隊の制服を着た隊員たちがしきりと出入りしている。昨晩捕《と》らえたノヴァダイン派の者たちの邸《やしき》から押収した犯罪の証拠《しょうこ》や、彼らを尋問《じんもん》して得られた自白内容について、報告しに来ているらしい。

「おはようございます、お兄様。お忙《いそが》しいところに申し訳ございませんわ」

「おはよう、エカテリーナ。来てくれて嬉しいよ」

アレクセイは微笑む。

「お忙しい中でも朝食をとってくださったと聞いて、嬉しゅうございました。お身体だけはおいといくださいましね」

「ああ、お前がそう望むなら」

いつも通り妹には優しいアレクセイだが、そんな彼を、領都警護隊の隊員が驚愕《きょうがく》の目で見ている。エカテリーナが来るまでは、捕らえた者たちに対して、血も涙《なみだ》もないかのように果断にして苛烈《かれつ》な対処を進めていたのだろう。

うーん。

さっき恐れられるのは正しいと思ったのに、私がいると恐れが薄《うす》らいでしまうような。しばらく、あんまり会わないほうがいいのかな。

でも同じうち（って言うにはめっちゃデカいけど）にいるのに会わないなんて、ちょっとつらいなあ。

あ、でも思えばお兄様、祝宴《しゅくえん》でも公衆の面前でシスコン全開だったわ。今さらか。

そこへ、ノヴァクが言ったのだ。

「閣下、問題となっていた山岳神殿《さんがくしんでん》への参拝の件、お嬢様《じょうさま》に代参していただいてはいかがでしょう」

山岳神殿とは、文字通り山の神々を祀《まつ》る神殿だそうだ。

この世界では神々は確かに存在しており、気まぐれに人間と交流して、恩寵《おんちょう》をもたらすこともあれば災厄《さいやく》をもたらすこともある。

ユールノヴァ領内には、いくつかの鉱山がある。ゆえに、山の神々の不興を買ってはならない。山の神々が鉱山に災厄をもたらした場合、その被害《ひがい》はすさまじいものになる。

そのためユールノヴァ公爵家《こうしゃくけ》は、開祖セルゲイの頃から山岳神殿を篤《あつ》く信仰《しんこう》してきた。奉納《ほうのう》を欠かさないのはもちろん、節目節目には当主自ら参拝する。ユールノヴァ公爵の責務のひとつだ。

しかし先代のアレクサンドルは、爵位を継承《けいしょう》した直後の一回しか、山岳神殿に参拝しなかった。皇都の社交界で、華《はな》やかに過ごしているばかりで。そのため嫡子《ちゃくし》のアレクセイが代参して、山の神々を敬う務めを果たしていたのだ。

が、そのアレクセイが公爵を継承した今、魔《ま》法《ほう》学園での学業と領都での公爵としての職務で、領都から数日かかる山岳神殿への参拝は難しくなってしまった。それでもこの夏期休暇《きゅうか》には参拝を予定していたのだが。

まず、夏休み前に皇帝《こうてい》コンスタンティンから、皇子ミハイルを夏休みの後半にユールノヴァ領で過ごさせたいとの要望を受けて、その歓待《かんたい》の日程を組むとスケジュールが厳しくなった。

さらに、昨日からのノヴァダイン一派の捕縛《ほばく》、その後始末というか調整に、思いのほか時間を要する見込みになってしまった。

そのため、山岳神殿への参拝が難しい状況《じょうきょう》なのだ。

ぴんときました。あれほど用意周到《よういしゅうとう》なお兄様と幹部の皆《みな》さんさえ、予想外に時間がかかる調整とは。

ノヴァダインたちの爵位や財産を没収《ぼっしゅう》して、他へ振《ふ》り分けるんですね！

おそらくノヴァクさんの爵位を、子爵から伯爵《はくしゃく》に引き上げる。爵位を上げることを、陞爵《しょうしゃく》といったっけ。

それをやるための調整は、そりゃあ面倒《めんどう》でしょう。分家の爵位は本家が裁量する慣例とはいえ、魔力《まりょく》を持たないのに爵位をあげてもらえるノヴァクさんへのやっかみは、激しいだろうし。叩き潰すべき敵より、味方にしておきたい相手のほうが、慎重《しんちょう》に対処する必要がある。嫉妬《しっと》ややっかみへの対応を誤ると、あとあとまで引きずってしまいますからね。ここをしっかりケアしなければならないこと、よく解ります。前世で社会人だった頃、根回しで話を持っていく順番ひとつでヘソを曲げる偉《えら》いさんの対処とか、ほんと大変でしたから。

「わたくしがお兄様のお役に立てるとは、嬉しいことですわ。ぜひそのお役目、お任せくださいまし」

張り切ってエカテリーナは言ったのだが、アレクセイは渋《しぶ》い顔だ。

「しかし……ユールノヴァ領には、魔獣《まじゅう》が多く出現する。途中《とちゅう》の山間部には、盗賊《とうぞく》など無法者も出る。か弱いお前に一人で旅などさせるのは、危険すぎるだろう」

いえ私はか弱くないんです。そりゃ体力はあんまりないですが、前世の性格を引き継《つ》いですっかり図太くなりましたし、か弱いなんて言われると違和感《いわかん》が仕事をしまくります。

とは絶対に言えない！

「閣下、山岳神殿までは街道《かいどう》をたどれば良いだけです。危険な魔獣の出現はほとんどないと、ご存知のはず」

「騎士団の貴婦人たるお嬢様の参拝とあれば、騎士団が同行しお守りいたします。お嬢様お一人ということはございません」

ノヴァクとローゼンが言う。

レアだわ、側近の皆さんに総ツッコミをくらうお兄様。初めて見ました。

そしてふいっと目をそらして聞こえないふりをする、子供ですかあなたは、なお兄様も初めて見ました。いつもは、あなたは本当に十八歳ですか、なのに。

エカテリーナはアレクセイに歩み寄り、兄の手を取った。

「お兄様、わたくし、行ってみとうございます。ユールノヴァの娘《むすめ》として、我が家が統《す》べる地をこの目で見て、理解したいのです。お兄様のお役に立てるように」

「閣下、閣下のご予定がこうなった以上、山岳神殿への参拝はお嬢様にお願いするしかございません。代参は閣下に近いお立場の方でなければ神々への礼を失すると、ご存知のはず」

「……わかっている」

妹とノヴァクから連打を浴びて、アレクセイはふっと嘆息《たんそく》する。そして、エカテリーナの手を握《にぎ》り返した。

「すまない、ただの私のわがままだ。お前が城を出れば、朝、挨拶を交《か》わすこともなくなると思うと……。いや、たとえ言葉を交わすことがなかろうと、姿を見ることさえなかろうとも、朝目覚めた時、いつも思うんだ。同じ城の中にお前がいると。それを思えば、心が温かくなる。だから、お前がいなくなってしまうのは辛《つら》い。いつも私の側《そば》にいてほしいと、そう願ってしまう」

「お兄様……」

はいわかりました私はどこにも行きません――。

「それほど大切な妹君であればこそ、代参をお願いする意義をお考えください」

アレクセイの嘆《なげ》きに流されることなく、ノヴァクがいかめしく言う。

「お嬢様が山岳神殿への代参を果たされれば、閣下に次ぐお立場として、神々からも承認《しょうにん》を得たと言えましょう。また、昨夜の祝宴で主要な者たちへのお披露目《ひろめ》は済んだとはいえ、領民たちには、閣下に妹君がおられることすら知らない者が多数おります。お嬢様の存在を広く知らしめる、よい機会とお考えください」

「山岳神殿へお嬢様がお出ましになるなら、アイザック博士とお会いになる、よい機会にもなりますね。博士は旧鉱山にいらっしゃいます。お嬢様、山岳神殿は旧鉱山のすぐ側なのです」

ノヴァクに続いて、アーロンも言う。その言葉に、エカテリーナははたと思い出した。

「それでしたらわたくし、アイザック大叔父《おおおじ》様にお渡《わた》ししたい物がございますの」

今朝届いたばかりの大きな荷物を思い浮《う》かべて、エカテリーナは言う。

「わたくしのガラス工房《こうぼう》で作らせていた物が、さきほど届いたのですわ。学術研究に、役立てていただきたい物なのです」

送り主の名はエゴール・トマ。エカテリーナがガラスペン製作のために購入《こうにゅう》したガラス工房に、畑違《はたけちが》いの眼鏡工房から転職してきたレンズ職人。

エカテリーナが頼《たの》んでいた、顕微鏡《けんびきょう》の改良品ができたと送ってきたのだ。もともとエカテリーナは、高名な学者である大叔父アイザックに顕微鏡を使ってみてもらい、使用感を聞きたいと思っていて、改良品ができたら領地に送るよう頼んでいたのだった。

「我が妹は、また興味深い物を作り出したようだ」

笑って、アレクセイは妹の髪《かみ》を撫《な》でる。

「わかった。お前がそう望むなら、山岳神殿への参拝を頼もう。大叔父様に会って、その顕微鏡を渡しておいで」

「ありがとう存じますわ、お兄様。嬉《うれ》しゅうございます。たとえ離《はな》れても、わたくしの心はいつもお兄様のお側《そば》にありますこと、お忘れにならないでくださいまし」

「ああ、その言葉を心のよすがにして待とう。だから、早く帰ってきてくれ」

そう言ったアレクセイだが、その後も四度、愁嘆場《しゅうたんば》を繰《く》り返すことになったのだった。

兄の寂《さび》しげな表情に後ろ髪を引かれながらも、エカテリーナはついに旅立った。

アレクセイに見送られてエカテリーナが馬車に乗り込むと、扉《とびら》が閉められ、ピシリと手綱《たづな》が鳴る音とともに馬車が動き出す。アレクセイは微動《びどう》だにせず妹を見つめていて、エカテリーナはそんな兄が見えなくなるまでずっと手を振り続けていた。いや、見えなくなっても、なお。

しかし馬車が城門を出ると、さすがに手を止めて、膝《ひざ》に手を下ろす。

そして、大きなため息をついて、馬車の背もたれに沈《しず》み込んだ。

……今、ぷしゅーって何か抜《ぬ》けた。たぶん生きる気力的なやつ。

わーん！

なんで安請《やすう》け合いしちゃったんだ私のばかー！

シスコンのお兄様が、私がいないと寂しいって言ってたんだから。ブラコンの私だって、お兄様がいないと寂しいに決まってるじゃないかー。

お兄様が引き止めるたびに、はい喜んでって引き止められそうになってたのは、だからだな自分！

うわーん、帰ってくるまで何日も会えないよー。同じ屋根の下にお兄様がいないよー。

「お嬢様、ご気分でも悪《あ》しくなられましたか」

はっ！　そうだった！

重みのある声がして、エカテリーナは我に返る。あわてて背筋を伸《の》ばし、隣《となり》へ微笑《ほほえ》みかけた。

「見苦しいところをお見せしてしまいましたわ、お許しくださいまし、フォルリ卿《きょう》。体調は問題ございませんの、どうぞご心配なく」

そう、馬車には兄の側近であり祖父の親友であった、森林農業長のフォルリが同乗している。鉱山長のアーロンと一緒《いっしょ》に行くのだと思っていたら、アレクセイがアーロンと何か話したあと、彼は旧鉱山で用事があると言って、先に出発して行った。出て行く時のアーロンはなにやら悄然《しょうぜん》としていたので、鉱山で何か問題でも起きたのかもしれない。

とはいえフォルリは山の神々の覚えめでたく、森林農業長の職責としても山岳神《さんがく》に敬意を表するべき立場なので、アレクセイが山岳神殿《しんでん》へ参拝する際もいつも供をしていたそうだ。

しっかりしろ、自分！　立ち直れ！

ちょっとお兄様と離れただけで寂しいとか、そんなザマでお兄様のお仕事を代行なんてできると思うか。いつかお兄様が国政を担《にな》うようになる頃《ころ》には、私が公爵《こうしゃく》領の領政を肩代《かたが》わりできるようになって、お兄様の過労死フラグを折ってみせると誓《ちか》っただろ！

今回の山岳神殿への代参は、その念願の、お兄様のお仕事をわずかながら引き受けられる機会。張り切って行かんでどうするんだ。

アラサーだろ、前世じゃ思いつきでフラッと一人旅だってしてただろ！

令嬢《れいじょう》エカテリーナの人生も足し算したら、アラサーどころか――。

あ……さすがに数字が刺《さ》さるから足し算はやめよう。

とにかく、こんな大所帯で出向くのに、寂しいとか言ってる場合じゃないぞ。

なにしろ、エカテリーナとフォルリが乗る二台の馬車を護衛するのは、六騎《き》の騎士。皇子ミハイルの外出に従っていた護衛騎士は、確か四騎だったというのに。

それに加えて、ユールノヴァの猟犬《りょうけん》がリーダー犬レジナほか三頭、エカテリーナの馬車に付き従っている。

もちろん、メイドにして護衛、戦闘《せんとう》メイドのミナも、同行している。

……護衛、多すぎなんじゃなかろうか。アーロンさんは、普通《ふつう》のお供を一人連れただけだったような。

お兄様、心配性《しょう》なんだから。シスコンだから仕方ないけど。

あと、私との同乗は、やっぱりアーロンさんにお願いすべきだったんじゃ。孫世代の小娘《こむすめ》と長いこと一緒って、フォルリさんはしんどくないだろうか。

でもアーロンさんは独身らしいから、公爵令嬢《れいじょう》が独身男性と長時間一緒にいるのは、差し障《さわ》りがあったのかな。

「ご一緒いただいて恐縮《きょうしゅく》ですわ、フォルリ卿」

エカテリーナが言うと、フォルリは褐色《かっしょく》に近いほど日焼けした顔をほころばせた。

「お嬢様《じょうきま》が領地について学びたいと仰《おお》せくださり、嬉しく思うばかりでございまする」

そう。フォルリは普段《ふだん》、馬車での旅は好まず乗馬か徒歩だそうだ。それが今回はエカテリーナと同乗しているのは、せっかく同道するなら、その間にユールノヴァ領について教えてほしいとエカテリーナが頼んだためだった。

ユールノヴァ領の森林と農業に精通するフォルリ。生き字引との時間を活用しない手はない。

「うら若い令嬢に農業の話など、無粋《ぶすい》も極《きわ》まる話題でございまするが」

「いえ！　ユールノヴァの領民たちの生活にとって、一番大切なことなのですもの。ぜひ、ご教授くださいまし」

食い気味に食いついたエカテリーナは、ノートとガラスペンを取り出した。


ユールノヴァ領の主な産物から、あらためて教えてもらった。

まず、黒竜杉《こくりゅうすぎ》を代表とする材木。皇都の建物は石造りがほとんどだが、実は内部に多くの木材が使用されているそうだ。その建材として、ユールノヴァの黒竜杉は最も信頼《しんらい》されていると。

そういえば、前世の江戸《えど》時代に起きた有名な大火事とほぼ同時期に、ロンドンでも街のほとんどが被災《ひさい》するほどの大火事が起きたと聞いたことがある。石の建物がなんで燃えるんだろうと思ったら、実は木材も使われていたと。そのあたり、皇国も同じらしい。

思い起こせば、皇都の主な通りは街路がすごく広い。馬車が四台は余裕《よゆう》で通れる幅《はば》の車道（つまり四車線だね）と、広い歩道が通りの両側にある。あれはもしかすると、火事が起きた場合に、延焼《えんしょう》を防止する狙《ねら》いもあるのかもしれない。

農産物としては、まず畜産《ちくさん》物。肉だけでなく、チーズやバターなどの乳製品も、商品として皇都に流通しているそうだ。

ユールノヴァでは、変わり種の羊や牛がよく生まれる。おそらく魔獣《まじゅう》の血が入るためだろう。気性が荒《あら》くなって困る場合もあるが、全く病気をしなくなるとか、羊毛がほのかに光るとか牛乳に薬効が生まれるとか、いい変化が生じる場合もある。気が荒い個体も、群れに交ぜておくと魔獣に襲《おそ》われた場合でも立ち向かって仲間を守るので、群れに一頭いると良いとされているそうだ。

もっとも、雌牛《めうし》の群れにそういう個体を交ぜたら、群れ全体が魔獣だけでなく雄《おす》まで寄せ付けない鉄壁《てっぺき》の守りを誇《ほこ》るようになり、牧場主が頭を抱《かか》えたことがあるとか。なんだかな。

それに果樹。林檎《りんご》が一番多くて、桃《もも》、さまざまなベリー類など。前世の概念《がいねん》にない果物もあるみたい。

でも、稼《かせ》ぎ頭《がしら》は葡萄《ぶどう》。ワインの醸造《じょうぞう》も盛ん。どこの醸造場ではどんな味わいのワインを作っているか、ずらずらっと語ってくれたフォルリさんは、酒豪《しゅごう》に違《ちが》いない。

……さっぱりわかりませんでした。前世、下戸だったんで。すみません。

変わり種で、近年になって力を入れているのが、甜菜《てんさい》。サトウダイコン。

実は現在、皇国で一番多く砂糖を生産しているのは、ユールノヴァ領なんだそうな。

皇国で使われている砂糖は、南方の国から輸入したものが一番多い。広く使われてはいるけれど、前世よりはずっと高価。

魔法《まほう》学園の厨房《ちゅうぼう》で、前世と同じ感覚で使わせてもらっていたけど、それができたのは実は、お貴族ぞろいのセレブ環境《かんきょう》だからこそだったのね。そういえば平民出身のフローラちゃんは、砂糖の使い方が慎重《しんちょう》だった。レパートリーのアップルパイとか甘いもの系は、お母さんが亡《な》くなった後に引き取ってくれた、男爵《だんしゃく》夫人のレシピだそうだし。

南方のユールセイン領などでは、サトウキビを原料とする砂糖が作られているそうだけれど、量は多くない。

そんな中、寒冷地で栽培《さいばい》できる甜菜が砂糖の原料にできると判明して、換金《かんきん》性の高い作物として栽培を奨励《しょうれい》したのが、お祖父《じい》様とフォルリさんだったと。

うん、前世の日本でも、国産の砂糖を一番多く生産しているのは北海道だったはず。原料は同じく甜菜。砂糖の原料というと沖縄とかのサトウキビがイメージだったけど、やっぱり農地の広さの違いなのかな。

山の多いユールノヴァ領も農地面積は広くないけれど、開祖セルゲイ公の頃から四百年間進めてきた開墾《かいこん》でそれなりに確保できていて、その農地を領民の生活を支える作物に計画的に割り当てているわけですね。

しかし、都合上『甜菜』と訳したけどさあ。

なんですか、『ちょっと動く』って。

『引き抜こうとすると抵抗《ていこう》する』って、植物ですかそれ。マンドラゴラですか。

ユールノヴァの森には歩き回る植物タイプの魔獣がいて、砂糖の原料になるカブっぽいのはその亜種《あしゅ》か、幼生だそうで……。

いや、正確にはなんらかの理由で幼生から成体になれなかった個体で、一定数は発生するものだそうだ。ユールノヴァの森に暮らす森の民《たみ》たちは、昔からこの存在を知っていて、甘くて美味《おい》しい野草（でいいのか？）として好んで食べていた。それを若き日のフォルリさんがもらってお祖父様に紹介《しょうかい》し、お祖父様が部下に研究させて栽培に成功、砂糖の原料にできることも判明したと。

ちなみに種を取る必要はなく、ダイコンの首にあたる部分（見た目はカブだけど）をだんっと切り落として、葉っぱが出てくるあたりをざくざく切り分けて植えてやれば、かなり細かく刻んでもそこからまた育つそうな……生命力強いな。でもジャガイモだって、剝《む》いた皮を庭に捨てといたらそこから芽が出てジャガイモができた、なんていうエッセイ漫画《まんが》を前世で読んだことがあるし、似たようなもん……かも？

全体的には私の好物、プロジェクトなんちゃら系の話なんですが。ファンタジーというか異世界なプロジェクトなんちゃらですね。

でもフォルリさんのお話は、すごく勉強になったし面白《おもしろ》かった。いつの間にか小さな町に入って、昼食をとる予定の宿で馬車が停《と》まったけど、それまですっかり話に熱中してしまっていたくらい。

「お嬢様は本当に勉強熱心な、変わったご令嬢でいらっしゃいまする」

とフォルリさんは笑っていたけれど、お兄様と離《はな》れた私が寂《さび》しいとか心細いとか思っているのを見通して、特に面白おかしい話をしてくれたんじゃないかな。

親友の孫として気遣《きづか》ってくれて、ありがとうございます。

昼食をとって小さな町を出た後は、窓から馬車の外を見ながら、周辺で栽培している作物についてフォルリから教えてもらう流れになった。

この辺りはまだ北都に近く、はるか昔に開墾されて、今はゆるやかな丘陵《きゅうりょう》が続く農村地帯になっている。ジャガイモらしき緑の畝《うね》が延々と続く向こうに、トウモロコシだろうか、背の高い茂《しげ》みも見えた。

前世ではジャガイモもトウモロコシも、大航海時代に南米からヨーロッパにもたらされたもの。皇国にも『神々の山嶺《さんれい》』の向こうとの交易が確立した、二百年ほど前に到来《とうらい》したそうだ。

そして……。

まだ遠くの畑ですが、なんか遠目にも、うごうごしています。植わってる葉っぱが。

「お嬢様、あれが甜菜にございまする。……しかしなにやら、騒《さわ》いでおりますな」

騒ぐんですか。野菜が。

なんか、前世の甜菜に申し訳ない。でも他《ほか》に当てはまるものが無い。

どういう仕組みで動くんだろう。葉っぱに筋肉とか腱《けん》とか、ないだろうに。魔獣ってフシギー。

でも植物タイプの魔獣は、ちゃんとした成体になると、ずぼっと地面から抜《ぬ》け出て、のっさのっさ歩くようになるそうだ。甜菜は歩けるようにまではならなくて、植わったままうごうごするだけらしいから、まだ不思議度は低い……ってことにしよう。

ああ、いろいろ言葉に違和感《いわかん》！

「あの……フォルリ卿《きょう》。不可思議な作物に思えますけれど、栽培は容易に広まりましたの？」

前世のジャガイモやトマトでさえ、ヨーロッパに持ち込まれた当初は、ナニコレ？　って感じで警戒《けいかい》されて、なかなか広まらなかったらしいのに。

いや、他国が原産であるジャガイモやトマトは皇国にすでに根付いていて、甜菜はユールノヴァが原産だから、違う話だけれども……なんか、ややこしいわ！

エカテリーナの言葉に、フォルリは苦笑《くしょう》した。

「公爵《こうしゃく》家の直轄《ちょっかつ》地では、いささか強引《ごういん》に導入して三十年ほどにもなり、小作農たちも馴染《なじ》んでくれておりまするが、それだけ経《た》っても小領主など地主たちにはなかなか広まりませぬ。砂糖に加工すれば高価な商品となりますゆえ、栽培してくれればよい値で買い取れるのでございまするが、栽培に手を挙げるのは、何か事情を抱えていて稼ぐ必要のある者くらいなのが現状にて」

あー、やっぱり。

でもそれだから、ユールノヴァが甜菜糖《てんさいとう》の生産を、ほぼ独占《どくせん》できているのかも。

「それも無理からぬところもございまして、なにぶん甜菜は、雑食の魔獣の多くが好んで食べるのでございまする。それゆえ、魔獣の生息域に近い辺りでは、栽培ができかねまして」

ああ、そうなんだ。前世でも獣害《じゅうがい》は大きな問題だったけど、こちらの世界では比べ物にならないほど深刻なんだろうな。

とエカテリーナが思ったその時、馬車が停まった。

「お嬢様《じょうさま》、フォルリ卿。突然《とつぜん》申し訳ございません」

馬車の外から声をかけてきたのは、護衛の騎士《きし》たちを率いるオレグ・ガルディア。実は、ユールノヴァ城の家政婦ライーサの双子《ふたご》の息子《むすこ》たちの片割れで、兄のほうだ。彼ら双子は母親ゆずりの黒に近いほど濃《こ》い紫色《むらさきいろ》の髪《かみ》と端整《たんせい》な顔立ちに、ユールノヴァ騎士団副団長である父親ゆずりのたくましい体つきと、両親のいいとこ取りをしたような外見の持ち主であった。

「どうしたのだ、オレグ」

「はっ、ご報告いたします。この近隣《きんりん》の者が、騎士団に助けを求めてまいりました。甜菜の畑に、単眼熊《たんがんぐま》が居座って荒《あ》らしているとのこと」

「なんと、このような人里近くに、昼間からか」

……噂《うわさ》をすれば、というやつですね。

甜菜が騒いでいるのって、仲間が熊に襲われてるせいだったのか。

しかし、ユールノヴァ領では騎士団は領民から慕《した》われているとはいえ、公爵家の紋章《もんしょう》付き馬車の警護中である騎士たちに声をかけてくるとは、かなり図々《ずうずう》しいのか、よほど追いつめられているのか。

と思ってエカテリーナが馬車の外を見ると、平伏《へいふく》している村人の姿が目に入って、即座《そくざ》に答えが出た。これは、とことん追いつめられている。見るからに疲《つか》れた様子の、貧しげな老いた男。

「お嬢様、しばしお待ちを」

フォルリがさっと馬車から降りて、その男としばし話をした。

そして、少し厳しい顔つきで戻《もど》ってきた。

「お嬢様、あの男は別の土地から流れてきたそうで、孫たちとの暮らしを立てるために、村のはずれに借りた畑で甜菜《てんさい》を栽培する決意をした者でございまする。しかし、村から離れた畑であるのをいいことに、単眼熊が居座ってすべての甜菜を食い尽《つ》くそうとしているとのこと」

いったん言葉を切って、フォルリは老人に目をやった。

「あの男は元々もっと奥地の村に暮らしていたそうにございまする。言葉の訛《なま》りからしても、嘘《うそ》はございますまい。しかし六年前、村が地滑《じすべ》りに呑《の》まれ、息子夫婦《ふうふ》は命を落とし、住むことができなくなりまして、あてもなく放浪《ほうろう》してきたと。借財まみれで甜菜に望みをかけたが、駄《だ》目《め》になれば孫ともども生きてはいけないと、そう申しておりまする」

エカテリーナは息を呑んだ。

脳裏《のうり》に浮《う》かんだのは、財務長キンバレイから見せられた横領の一覧。地滑りなどの災害にあった村人に渡《わた》されるはずだった災害救済金や復興資金が、多数横領されていた。

この老人は、その被害者《ひがいしゃ》なのか。

「単眼熊を掃討《そうとう》していては、予定の距離《きょり》を進むことができぬやもしれませぬが……」

「かまいませんわ。あの者の力になりとうございます」

エカテリーナがきっぱりと言うと、フォルリは口元をほころばせた。

単眼熊はさほど強力な魔獣《まじゅう》ではないが、騎士たちも掃討用の装備で来てはいない。作戦会議が必要だ。

　ということで、熊の姿が見えるところまで、全員で移動した。馬車は御者《ぎょしゃ》にまかせて街道《かいどう》に残し、エカテリーナは騎士オレグの馬に乗せてもらっての移動だ。

　なお、レジナを始めとするユールノヴァの猟犬《りょうけん》たちは、警戒されないよう馬車と一緒《いっしょ》に残してきた。

　単眼熊は、身体《からだ》つきは前世のヒグマと変わらないが、頭が妙《みょう》に細長い。そこに、巨大《きょだい》なひとつ目がギョロリとついている魔獣だった。

　刃向《はむ》かう者などいないとタカをくっているのだろう、畑にでんと尻《しり》を据《す》え、もっしゃもっしゃと甜菜をむさぼっている。甜菜は、じたばたしたり、葉っぱで単眼熊をぺしぺし叩《たた》いたりと、ささやかな抵抗《ていこう》をしている。妙にかわいい。

　ちなみに引き抜かれる時、「ぴー」と鳴くそうだ。……妙にかわいい。

「鼻づらに傷があるな。同族との縄張《なわば》り争いに敗れて、このような人里まで逃《のが》れてきたと見える。それゆえ、飢《う》えておるのだろう」

　フォルリが言う。さすがワイルドライフな現場主義、すごい観察眼だ。

「見晴らしがいいので、近付くとすぐに気付かれてしまいますね」

　騎士の一人が腕《うで》を組んで言い、オレグもうなずいた。

「ふむ。周りの畑も荒らしてしまうが、馬で一気に突進《とっしん》するか」

「そうですね、猟犬に足止めさせておいて、多方向から同時に行けば」

この、簡単なミーティングでイメージが共有できる感じ、プロフェッショナルですね。かっこいい。

「あの、皆様《みなさま》」

遠慮《えんりょ》がちに、エカテリーナは声をかける。

「わたくし、土の魔力《まりょく》を持っておりますわ。あの魔獣の周囲を一気に掘《ほ》り下げて、落とし穴に落としたような状態にすれば、畑を荒らさずとも近付くことができませんかしら」

「なるほど……」

考えかけたオレグが、あわてて首を横に振《ふ》った。

「しかし、ご令嬢《れいじょう》にそのような。危険でございます」

「いいえ。お兄様に教えていただきましたの、貴族の魔力は、民衆を魔獣などから守るためにあると。それに、皆様にあの魔獣を掃討していただくと決定したのは、このわたくし。できることがあるなら、わたくし自身も力を尽くしとうございます」

騎士の皆さんが魔獣掃討のプロであることは解《わか》っていますけど、銃火器《じゅうかき》とか持っているわけじゃないんだもの。皆さんの武器は短槍《たんそう》、それが届くほど近付かなければならないわけで。

ここから距離をおいて見ていても、単眼熊は危険な生き物だと感じられる。皆さんが怪我《けが》でもしたら、それは単眼熊の掃討を決定した私の責任だ。私が怪我をさせたということだ。

今さらだけど、権力は責任を伴《ともな》うと痛感するわ。

私なら、魔力で遠距離《えんきょり》から攻撃《こうげき》できるんですから。活用してほしいですよ。

「もちろん、危険なことはいたしません。ここからでも、魔力は充分《じゅうぶん》にあの魔獣に届きましてよ。……いけませんかしら」

エカテリーナが小首を傾《かし》げると、オレグは口をつぐみ、フォルリがふっと笑った。

「騎士団の貴婦人にふさわしい、気高いお言葉。皆、感激しておろう」

「はっ、まことに」

オレグを始め、六名の騎士が揃《そろ》って胸に拳《こぶし》をあて、エカテリーナにこうべを垂れる。

「単眼熊ごときに遅《おく》れをとるユールノヴァ騎士団ではなかろうが、万一オレグに何かあれば、ユールノヴァ城のエリクに伝わる。公爵閣下にご心配をおかけするわけにはいかぬ」

エリクは、オレグの双子の弟だ。同じたくましい体躯《たいく》を持ちながら、母の希望に応じて騎士にはならず、文官としてユールノヴァ家に仕えている。この二人は強い絆《きずな》を持っており、どちらかの身に何か起これば、もう一方に伝わるという。会話ができるわけではないが、確実に察知できるのだそうだ。

オレグがエカテリーナの護衛に選ばれた理由のひとつが、これだった。オレグの身に何かあるということは、つまりエカテリーナに危険が迫《せま》ったということ。妹の危機を、最速でアレクセイに伝えることができるのだ。

なお、兄オレグは妻帯者、弟エリクは独身である。

……双子の絆って前世でも聞いたことがあったけど、ちょっと都市伝説というか、科学的に証明されたものではなかったイメージ。でもこの世界では、さすがファンタジーというか、

「弱いながらもそういう魔力がある」という説明で、疑いのない事実になるんですね。

しかし今さらながらお兄様、私の安否確認《かくにん》にどんだけ心を砕《くだ》いているのかと。携帯電話《けいたいでんわ》のないこの世界で、打てる手をすべて打ってくれてます。さすがシスコン。

「私がお嬢様とご一緒してお守りしよう。お言葉に従い、お力をお借りするがよい」

「お嬢様はあたしがお守りします」

公爵《こうしゃく》アレクセイの側近たるフォルリの言葉にかぶせるように、エカテリーナの半歩後ろに付き従っていたメイドのミナが、いつも通り淡々《たんたん》と言う。

「うむ、そうであったな」

気を悪くした様子もなくフォルリがうなずいたのは、ミナが戦闘《せんとう》メイドであることを知っているからだろう。が、騎士たちは美人メイドの忠義な言葉に破顔していた。

「それでは、我らユールノヴァ騎士団、お嬢様と共に闘《たたか》う栄誉《えいよ》にあずかりましょう」

ということで、作戦変更《へんこう》。

打ち合わせ通り、全員配置についた。

エカテリーナは地中に魔力を流し込む。距離があるので、細い線のように土中をたどらせて、単眼熊《たんがんぐま》の下へ溜《た》め込んでゆく。

エカテリーナが操《あやつ》る魔力の量と速度を感じ取ったのだろう、フォルリがほうと唸《うな》っていた。

準備ができたエカテリーナがうなずくと、フォルリが片手を上げる。振り下ろす。

それと共に、エカテリーナは思い切り魔力を発動した。

（うりゃー！）

この内心の気合い、令嬢としてとても人には聞かせられない。しかし効果はあった。

ドオン！

地響《じひび》きを立てて、甜菜の畑が局地的に陥没《かんぼつ》する。もうもうと土ぼこりが上がって、まるで狼煙《のろし》が焚《た》かれたようだ。それがいくらか鎮《しず》まってみると、よけられた土が周囲に盛り上がって、巨大すぎるモグラの穴といった風情《ふぜい》だった。

直径約三メートル、深さ、推定十メートル。

単眼熊の姿は、どこにも見えない。

フォルリが手を振り下ろした時、それを合図にレジナを始めとする猟犬たちが馬車の側《そば》から駆《か》け出していた。放たれた矢のように疾走《しっそう》し、あっという間に穴を囲んで吼《ほ》えたてる。

「単眼熊め、もう登ってきておりますな。頭が見えておりますが、猟犬に吼えられて、出ることはできずにおるようです」

……フォルリさん、この距離でそんなの見えるんですか。ワイルドライフな現場主義すげえ。

そして単眼熊の身体能力もすげえ。十メートルもある垂直の穴を、どんだけ速く登ってくるんだ。

でも魔獣でなくても、前世の熊だって身体能力はすごかったからなあ。熊が車に並走してくる動画を見たことがあったけど、あれ確か時速四、五十キロで走ってたはず。魔獣の単眼熊なら、垂直の崖《がけ》だって、人間が階段上るより速く登ってしまえるんだろう。

あ、見えた。穴のふちに盛り上がった土を盾《たて》にして、外へ出ようと様子をうかがっている。

ガアッと吼え声が聞こえて、熊がレジナに向けてごつい爪《つめ》の生えた前足を振り上げた。けれどそこへゴウッと突風《とっぷう》が吹《ふ》いて、熊は盾にしていた土ごと穴の中へ転げ落ちる。

エカテリーナがフォルリを見ると、ふっと笑《え》みを返された。フォルリの魔力属性は風、突風は彼が起こしたものだ。

この発動の速さと制御《せいぎょ》の正確さ。さすが老練の技《わざ》。

単眼熊はすぐにまた登ってきて、猟犬たちが退いた隙《すき》に穴から出てきたが、その時には騎士《きし》たちが到着《とうちゃく》していた。槍《やり》を構えた騎士たちに包囲され、熊はかえって穴に逃《に》げ込もうとする。

そうはいかーん！

エカテリーナは魔力を放ち、穴のふちに土壁《つちかべ》を築こうとした。が、単眼熊は強引《ごういん》に突《つ》っ込んできて――。

土壁にめりこんだ。

「……」

正確には、地面から盛り上がりかけていた土壁に突っ込んだせいで巻き込まれて、頭と両前足だけが土壁の向こうに出て、胸から下が土壁のこちらに残った状態で、宙吊《ちゅうづ》りになってじたばたしている。

コントかよ！　身体《からだ》張って笑いを取ってどうするんだクマー！

……しかし銃火器なしで熊を止められるなんて、魔力って便利。なるほど、魔力持ちが支配階級になるわけだ。貴族が強い魔力を欲《ほっ》するわけだ。実地で理解しました。

苦笑《くしょう》した騎士たちが、気を取り直して槍を構えた。

（あっ……）

とっさに、エカテリーナは目をそらしてしまった。

見届けるべき、だろう。責任があるんだから。でも、見られない。

ただ、声は聞こえてきた。

考えてみたら……動物が生命を絶たれるところに立ち会うのは、前世と今生を通して、これが初めてだ。

いや、ただ立ち会ったわけじゃない。この掃討《そうとう》を決めたのは、私なんだから。手を下すのが自分でなくとも、あの生命を絶ったのは、私だ。私が、あの熊の生命を奪《うば》った。そう自覚しなきゃ。

「お嬢様《じょうさま》、お加減が悪いんですか」

主人の様子にすぐさま気付いて、ミナが声をかけてくる。

「いいえ、大丈夫《だいじょうぶ》。体調《ふ》は問題なくてよ」

エカテリーナは首を振《ふ》ったが、我ながら顔色が悪いだろうと思う。どうしたんだ自分。まるで繊細《せんさい》なご令嬢みたいじゃないか。

と、ミナがエカテリーナの身体に腕《うで》を回して、ぎゅっと抱《だ》きしめた。

「あたしとしたことが。普通《ふつう》の女は死体が苦手なんでした。ましてや優《やさ》しいお嬢様には、無理に決まってます。どっかへお連れするんでした」

「ミナ……」

今の、なんかお兄様が言いそうな台詞《せりふ》と行動なんだけど。この世界では、マジでシスコンが空気感染《かんせん》する病気だったらどうしよう。

って、そんなわけないだろ自分。

「わたくし、本当に大丈夫よ。それに死体が苦手なんて、いつもお食事でお肉をいただいているのですもの、そんなことを言うのはおかしいと、わかっているの」

うん。忘れちゃいけない、肉は生き物がお亡《な》くなりになった姿だ。それをいただいているのに、生命を奪うのは残酷《ざんこく》だとか嫌《いや》だとか、寝言《ねごと》は寝て言えってもんだよね。

だから目をそらしてどうする、って思うんだけど。

……すみません、見られません。なんだろう、理屈《りくつ》が通用しない……震《ふる》えてますよ。うう、惰弱《だじゃく》。

「あの……皆《みな》さま」

おずおずとした声がかかって、エカテリーナははっとした。

「ありがとうごぜえやす。おかげさまで、残りの甜菜《てんさい》は育てられそうで。本当に、なんてお礼を言ったらいいか」

助けを求めてきた老人が、ぺこぺこと頭を下げている。ミナから離《はな》れて、エカテリーナは老人に微笑《ほほえ》みかけた。

「お礼なんて言わなくてよくてよ。領民を守るのは、わたくしたちの務めなのですもの。あなたの力になれたのなら、嬉《うれ》しいこと」

「ありがたい、ありがたいこって」

老人は涙《なみだ》ぐんだ。

フォルリが、ふっふと笑う。

「お嬢様、単眼熊は全身が利用できる、よき獲物《えもの》にございまする。毛皮は丈夫《じょうぶ》で温かな外套《がいとう》になり、肉は滋養《じよう》に富む。なにより特殊《とくしゅ》な器官を持ち、そこに溜まる液はすぐれた回復薬の原料となりまして、高価に売れますので」

……さっきまで熊に食われる心配をしていたけど、今は熊を食う側になっているわけか……まさに食うか食われるかの関係。

しかしそうか、フォルリさんありがとう！

「借財があるのでしたわね。単眼熊のお代が返済の役に立てば、何よりですわね」

災《わざわ》い転じて福となす。人生万事《ばんじ》塞翁《さいおう》が馬。たくさん辛《つら》いことがあったおじいさんに、良いことがあったと感じてもらえるといい。

でもって、これからも甜菜を栽培《さいばい》して、真面目《まじめ》に暮らして、納税してくれれば、為政者《いせいしゃ》側としては一番ありがたいですよ。

昔、アイヌの人たちは、狩《か》りの獲物を神として祀《まつ》ったそうだけど、ちょっとわかる。ありがとう、単眼熊。おまえの生命で、生きていける人がいる。

老人はあわてて首を横に振る。

「いえ、そんな……熊は皆さまが獲《と》ってくださったんで、皆さまのもんで」

「あなたのものよ。お孫さんがいらっしゃるのでしょう、滋養のつくお肉を食べさせてあげられるわね」

本来なら、故郷で被災《ひさい》した時にケアしてもらえていたはずだったもの。今ごろだけど、埋《う》め合わせに。

「うまいものを食わせてやれる……ありがたいこって……！」

老人はもはや、涙にむせんでいる。

この頃《ころ》には、他《ほか》の村人たちも様子を見に来ていた。先ほど熊を穴に落とした時の、狼煙のような土ぼこりで気付いたのだろう。

遠巻きにしている中の一人が村長だとフォルリが気付き、呼び寄せた。単眼熊の処理と取り分についてきぱきと取り決める。

毛皮や回復薬の原料などは老人と孫たちのもの、大量の肉（今回の単眼熊は体重推定二百キロ）は老人一家が多めに取るが村人たちにも分ける（冷蔵庫も冷凍《れいとう》庫もなく保存がきかないこの世界ではそれがベスト。一部は干し肉にするらしいけど）、骨も村人たちで分けるが頭蓋骨《ずがいこつ》は老人のもの（獣害《じゅうがい》よけにとても効果があるそうだ）と、いうことになった。

エカテリーナは村長を讃《たた》えておいた。行くあてなく困っていた老人と孫に空き家を貸し、畑(耕作放棄《ほうき》地的なものだが)も貸したのだから。人道的で優しいことですわ、これからもこの方をよろしくお願いしますわね、と。

ま、家も畑もタダじゃなかったから、おじいさんが借金に苦しんだわけですが。まあそこは、仕方ない。村長だって慈善《じぜん》やる余裕《よゆう》はないわけで。

そこをつっこむより、これからおじいさんと孫たちがここで暮らすなら、好感度を上げといたほうがいいでしょう。……農村とよそ者って、悪くするとすごく悲惨《ひさん》なことにもなりかねないイメージ、あるしねえ……。

村長はあたふたしながらも、貴族令嬢に褒《ほ》め讃えられてかなり嬉しそうだったので、これからおじいさん一家に良くしてくれると期待しよう。

熊《くま》を捌《さば》くのは老人と村人にもできるけれど、回復薬の原料になる器官を採るのはコツがあるそうで、それは騎士たちがやってくれることになった。

「お嬢様にいいところをお見せできませんでしたので、せめて役に立ちましょう」

拍子抜《ひょうしぬ》けだった単眼熊掃討をオレグがそんな風に言ったので、エカテリーナは首を振る。

「皆様《みなさま》の連係が完璧《かんぺき》で、熊をひるませたからこそですわ。危険をかいくぐるのではなく、危なげなく勝利した皆様の技量のほど、わたくしは感服しております」

結果的にコントになったけど、騎士《きし》の皆さんに隙《すき》があったら、単眼熊は穴に逃《に》げ戻《もど》るより、特攻《とっこう》かけるほうを選択《せんたく》したんじゃないだろうか。ファインプレーより、一見地味なアシストのほうが大事。って、サッカーファンの友達が言ってました。

その言葉に騎士たちは再び胸に拳《こぶし》をあてて一礼し、作業に向かった。

それを待つ間、エカテリーナは村はずれの手が回らず荒《あ》れた畑を、土の魔力《まりょく》で土起こししてあげることにした。自分も魔力制御《せいぎょ》の訓練になって、一石二鳥だ。

雑草が生《お》い茂《しげ》る空き地に魔力を流し、土を深く掘《ほ》り起こす。全面でぼこぼこと土がうごめいて、雑草と地表を突《つ》き破り黒々とした地中の土が盛り上がって、ぐねぐねとのたうつ。

トラクターなんて存在しないこの世界、土起こしは重労働。それが見る間に進んで、あっという間にフカフカと柔《やわ》らかそうな土に覆《おお》われた、作物を植えるのにうってつけの農地が出来上がった。

ふうっ、とエカテリーナは笑顔《えがお》で息を吐《は》く。

さすがに疲《つか》れたー。けど、いい汗《あせ》かいたぜ！

そこへ、わーっと歓声《かんせい》と拍手《はくしゅ》が起こった。

「すごーい！　貴族様って、すごい！」

「奥様、ありがとうございます！」

見ていた村人たちが、やんやの喝采《かっさい》を上げている。

……ん？

「これ、皆の者。このお方は奥様ではない、公爵閣下《こうしやく》の妹君である。ユールノヴァの姫君《ひめぎみ》であるぞ」

フォルリが言うと、えっ？　と本気で驚《おどろ》いた声が返ってきた。

「こ、これはご無礼を。公爵さまがうつくしい奥様を連れてこられたと、もっぱらの噂《うわさ》でしたので」

あわてて村長が頭を下げる。

どっから出てきたんですかその噂。うつくしい奥様って私ですか。お兄様の。

あらやだ嬉しい。

ブラコンとして、ちょっとツボです。

回復薬器官の採取も終わって、エカテリーナ一行は街道《かいどう》に戻った。

その前に、老人と村長からどうしてもと言われて肉の塊《かたまり》をもらったり、老人の孫たちからお礼を言われたり――兄と妹の二人きょうだいで、兄がけなげに妹の面倒《めんどう》を見る様子にアレクセイを思い出して、エカテリーナはぐっときた――レジナたち猟犬《りょうけん》が村の子供たちに大人気になって取り巻かれ、背中に乗せてー乗せてーの大合唱をくらったり、いろいろ時間がかかったのだが。

「おひめさまー、またきてください！」

そんな可愛《かわい》い合唱と、ひたすら頭を下げる老人と村長とに送り出されて、一行は旅路についたのだった。

なお、甜菜の畑を見ると、まるで手を振《ふ》るかのように葉っぱがせっせと揺《ゆ》れていた。単眼熊から救ってもらったお礼の気持ちを示しているのかもしれない。

……最後は君たちを収穫《しゅうかく》して、煮《に》詰めて砂糖にする予定です。すまん、なんかほんとすまん。

あああ、甜菜は分類すれば根菜だと思うのに、牛さん豚《ぶた》さんを育てて出荷《しゅっか》する、畜産《ちくさん》農家の気持ちを垣間《かいま》見《み》ているのはなんでやー！

「お嬢様《じょうさま》、お疲《つか》れではございませぬか」

フォルリに声をかけられて、エカテリーナは我に返った。

「いいえ、あれしきで疲れたりはいたしませんわ。ですけれど、思いのほか時間をとってしまいましたわね。やはり今宵《こよい》の宿は、急遽《きゅうきょ》どこかを探さなければなりませんかしら」

「そのことでございます」

うなずいて、フォルリは思いがけないことを言った。

「お嬢様、森の民《たみ》の天幕にて、一夜の客になられませぬか」

「まあ……」

素敵《すてき》。だけど、いきなりお邪魔《じゃま》して大丈夫《だいじょうぶ》なんでしょうか。

そもそも森の民は、定住せず森の中を移り住んでいる少数民族のはず。今、どのへんにいらっしゃるんでしょう。

それを確認《かくにん》しようとフォルリへ顔を向けて、エカテリーナはピキッと固まった。

某《ぼう》伝説的高視聴率《こうしちょうりつ》番組の鉄板ネタじゃないけど！

フォルリさん、後ろ、後ろ、後ろー！

フォルリの後ろ、馬車の窓の外に、巨大《きょだい》な蜂《はち》が張り付いている。

その大きさたるや、オオスズメバチも比較《ひかく》にならない。前世のオオスズメバチは大人の親指くらいあったが、親指どころか、大人の手のひらサイズだ。鳥の雀《すずめ》より大きい。

ふ、とフォルリは笑った。

「お嬢様、ご心配は要《い》りませぬ。外におりますのは、大王蜂《だいおうばち》の伝令。森の民の盟友でございまする」

大王蜂は、魔獣《まじゅう》の一種。魔虫というべきだろうか。森の民とは共生関係にあるのだそうだ。

共生というと、前世ではクマノミとイソギンチャクとか、アリとアブラムシとかの関係ですね。

強力な魔獣が多いユールノヴァの森でも、大王蜂は強者の一角を占《し》める。熊も一刺《ひとさ》しで倒《たお》せる強烈《きょうれつ》な毒針を持ち、高い知能を持つ女王蜂が巣を統率《とうそつ》していて、巣や仲間が脅《おびや》かされれば、一族すべてが一糸乱れず外敵と闘《たたか》うからだ。

いつの頃《ころ》からか、森の民は怪我《けが》をした成虫の手当てをしたり食料を提供したりして、大王蜂に庇護《ひご》されるようになった。大王蜂の巣や卵のケアを手伝う代わりに、蜂蜜《はちみつ》を分けてもらったり。森の民が多くの魔獣が棲《す》む危険な森で暮らしてこられたのは、大王蜂と共に生きているからなのだ。

なるほど。

ヒグマサイズの単眼熊が初級編っていう、強力な魔獣が多く棲むユールノヴァの山中で森の民が暮らしていけるのは、思えば不思議。それには、そういう理由があったんだ。

「大王蜂は縄張《なわば》りの中に複数の巣を作り、女王蜂が移動してそれぞれの巣に卵を産みつけ、子を育てるのでございまする。全滅《ぜんめつ》を防ぐ知恵《ちえ》なのでございましょう。森の民もまた、それぞれの巣の近くに居住地を設け、大王蜂の求めに応じて移動いたしまする」

「ああ、森の民は定住なさらないと聞き及《およ》んでおりましたわ。それが理由でしたのね」

「左様にて。その居住地のひとつが、ここから近うござります。大王蜂の伝令がここに来たということは、森の民がそこにおり、我々を招いているということになりますので」

そうか、前世の遊牧民と同じなんだ。彼らも定住せず、家畜《かちく》に食べさせる草を求めて移動するけれど、季節ごとの拠点《きょてん》はだいたい決まっていると何かで読んだことがある。

「よく解《わか》りましたわ」

エカテリーナはうなずいた。

「森の民のご厚意《こうい》に感謝いたします。喜んでお訪ねいたしますわ。奥方のアウローラ様とは、ゆっくりお話ししてみとうございましたの。先日の祝宴《しゅくえん》では、あまりお話しできませんでしたもの。お招きくださって嬉《うれ》しゅうございます」

森の民の居住地訪問なんて、この機会を逃《のが》したら二度とできそうにないもん！　超《ちょう》ラッキー！

ふしぎを発見する番組の、ミステリーをハントする人みたい。テレビ番組はノンフィクション系が好きだった前世、あれも好きだったんですよ。

エカテリーナの言葉に、フォルリは破顔した。

「お嬢様をお招きできるとは、光栄にございまする。妻女も喜ぶことでありましょう」

そして馬車の外の伝令蜂に手を振ると、蜂はすぐさま飛び去っていった。


街道は農村地帯を後にして、森林へと入ってゆく。

夏の空はまだまだ明るいが、陽《ひ》は傾《かたむ》きつつあって、街道の木《こ》の下闇《したやみ》は濃《こ》さを増している。もうすぐ、進めなくなってしまうだろう。

……森の民の申し出がなかったら、森の中で野宿するところだったのかも。

この時代この世界この場所では、予定を変更《へんこう》するリスクって大きいんだなあ。反省しよう。

おじいさんの畑を守ったことは、後悔《こうかい》しないけど。

「お嬢様、ご心配なく。森の民の居住地は、そう遠くはございませぬ」

「まあ、それはようございましたわ。思いのほか、人里近くにおいでですのね」

「かつては先ほどの農村地帯も、森でござりましたゆえ。大王蜂の縄張りは、古来より変わりませぬ。この辺りが開墾《かいこん》されず森として残ったのは、五代目公爵ヴァシーリー公の遺訓が守られてきたためでござります。森の民と交流のあったヴァシーリー公が、大王蜂との争いを避《さ》けてくださったのでしょう。そしてセルゲイ公が私を森林農業長の職に就《つ》けてくださったのは、こうした守るべき森を守るためでございました」

「そうでしたの……」

　近年、燃料や建材にするために、森の伐採《ばっさい》が急激に進んでいると言っていた。人里に近い森を守るの、大変だったのじゃないかな。前世でも、環境保全《かんきょうほぜん》より経済の論理が強かったもの。

　でも、前世の知識があるから解る。この森が未来まで残れば、多様性や保水力や、防風や地《じ》滑《すべ》りなどの災害防止、たくさんの素晴《すば》らしいものが保たれる。

「森の民の、植林への期待は高まっております。大王蜂の森が伐採されることを、彼らは恐《おそ》れておりましたゆえ。植林が施策《しさく》として進みつつあるのを目にして、安堵《あんど》しておるのです。まことに良い提案をいただき、お嬢様に感謝しております」

　あ、いや、前世の知識ってだけなので。すいません、詐欺《さぎ》ですいません。

「フォルリ卿《きょう》が、素晴らしい形で具体化してくださったからこそですわ。黒竜杉《こくりゅうすぎ》の他《ほか》に、実が食用になる、家具材になる木を取り交ぜるというお考えは、いつか領民を救うと思いますの。飢饉《ききん》など起こらぬことを願っておりますけれど、天候がいつも良好とは限らないですもの」

「まことに、さようで。お嬢様はそのお若さで、物事を実によくお解りであられます」

　……詐欺ですいません～。

　ある地点まで来た時、フォルリが御者《ぎょしゃ》に声をかけて馬車を停《と》めさせた。エカテリーナには何が目印なのかまるでわからなかったが、森の民の居住地へ通じる小道があるという。

一人で馬車を降りると、フォルリは街道《かいどう》をそれた空き地に馬車を誘導《ゆうどう》した。少し離《はな》れただけで、木立ちに隠《かく》れて街道が見えなくなる。街道からも馬車の存在は、隠されてわからないだろう。

馬車から二頭の馬を外させたところで、大きな虫の羽音が聞こえてきた。先ほどの大王蜂の伝令が、木立ちを縫《ぬ》って現れる。

いや、蜂の個体識別とかできないんで、別の蜂かもしれませんけれども。

「馬車は大王蜂が守ってくれる。皆《みな》で森の民のもとへ参ろう」

大王蜂が馬車の屋根に止まるのを見届けて、フォルリは馬車から外した馬に跨《また》った。わかりにくい小道を皆を先導して進んでゆく。エカテリーナは再びオレグの馬に同乗させてもらい、御者とミナは馬車をひいていたもう一頭の馬に乗っていた。

森の中は、もうかなり薄暗《うすぐら》い。前世でも今生でも、宵闇《よいやみ》の森に足を踏《ふ》み入れたことはなかった。背筋がひやりとするのは、人類の根源から来る恐怖《きょうふ》なのだろう。

と、ポウ……と白い光の玉が現れた。

馬の足元あたりに、ポウ、ポウ、と白い光が増えていく。

「白珠虫《しらたまむし》にございまする。麦の粒《つぶ》ほどの小さな虫にございまするが、このようによく光りますので、森の民は夏の夜に、これを灯《あか》りにいたしまする」

「美しゅうございますわね……」

なんて幻想的《げんそう》。夏の夜の夢のようだ。

白珠虫に導かれ、森の中の小道を進んだ一行は、ついにひらけた場所に出る。そのあちこちに、色鮮《いろあざ》やかな大きな天幕が張られていた。

それら天幕の前にたたずんでいた女性が、一礼する。

「お嬢様《じょうさま》、ようこそ」

森の民《たみ》の長《おさ》にしてフォルリの妻、アウローラが微笑《ほほえ》んだ。

第二章　森の民と死の乙女

単眼熊《たんがんぐま》の肉が、いい手土産《てみやげ》になった。

森の民は、エカテリーナ一行の宿泊《しゅくはく》のためにいくつかの天幕を提供してくれるそうで、ゆっくりくつろいでくれと言う。本来は森の民の数家族がそこに住んでいるのだろうに、他の天幕へ身を寄せて明け渡《わた》してくれたわけで、それだけの迷惑《めいわく》をかけた礼というには肉などささやかだと思ったが、アウローラは大いに喜んでくれた。森の民は熊肉を好むのだそうだ。

「食べると身体《からだ》が温まって、病気に強くなるのです。スープに入れますので、お嬢様も召《め》し上がってください」

「ありがとう存じますわ。ご親切なお招きに感謝いたします」

エカテリーナは微笑み、騎士《きし》たちも一礼して謝意を示した。

食事の用意を手伝うと言ってみたが、アウローラは笑うだけだ。公爵令嬢《こうしゃくれいじょう》に料理ができるとは思わないのが、普通《ふつう》なのだろう。森の民はめったに客を受け入れることはないが、いったん受け入れたからには骨身を惜《お》しまずもてなすのが彼らの流儀《りゅうぎ》なのだそうで、エカテリーナはそれ以上言わず、滞在《たいざい》を楽しませてもらうことにした。

馬車の旅でこわばった身体をほぐすのも兼《か》ねて、居住地を散策させてもらう。メイドのミナの他、フォルリとオレグが付いてきてくれた。そしてレジナたち猟犬《りょうけん》も。

普段《ふだん》は排他《はいた》的らしい森の民たちは、エカテリーナに話しかけてくることはない。けれどフォルリが一緒《いっしょ》にいてくれるせいか、微笑みかけてきたり会釈《えしゃく》してくれたりする者はいて、エカテリーナは彼らに笑顔《えがお》や会釈を返した。皆長身で、引き締《し》まった細身の身体つきの者が多い。男性でも髪《かみ》を長く伸《の》ばしていて、それが似合う、やや中性的な顔立ちをしている。森の中で暮らすライフスタイルといい、前世のファンタジーで定番の存在だったエルフを思わせた。

この時間、森の民の女性たちは食事の準備に忙《いそが》しい。と思ったら、男性が食事を作る家庭もあるようだ。女王が率いる大王蜂《だいおうばち》と共生関係にあるためなのか、彼らは性別をさほど気にせず、個人の向き不向きで役割を決めるそうだ。

うーん、意外なほど進歩的。男女雇用《こよう》機会均等法とか要《い》らなそう。そもそもこのコミュニティにそんなもの、必要ないけども。

「皆様《みなさま》、色鮮《あざ》やかなお召し物ですのね」

身につけている衣服のデザインは、古風な感じだ。前世で、ケルト民族を描《えが》いた漫画《まんが》のキャラがこういう服を着ていたような。そこに細かく見事な刺繍《ししゅう》が施《ほどこ》されていて、その色が鮮やか。ユールノヴァ領に来てから、刺繍の美しさに感心することがたびたびあるけれど、この色彩《しきさい》は独特で素敵《すてき》。

可愛《かわい》い花の刺繍を見かけて、ふとフローラを思い出した。

ああいうの、フローラちゃんに似合いそう。元気にしてるかな。皇子も。

……お兄様、私がいなくて寂《さび》しいと思ってるかな。今朝見送ってもらってからまだ一日も経《た》ってないのに、寂しいとか普通はないけど、お兄様シスコンだから。

私は寂しいですよ！　だって私はブラコンなんだから――！

「女性らしい仰《おお》せで。森の民は、草木染めに優《すぐ》れた知識を持っておりまする。あの天幕は雨風にさらされても、色褪《いろあ》せることがございませぬ。学んで商品として皇都に広めたいと以前より思っておりまするが、衣服のことなど不調法にて」

「そういうことでしたら、ぜひお手伝いしとうございますわ」

はっ！　と我に返り、『天上の青』を広める手伝いをした経験を思い起こして、エカテリーナは言う。

居住地の片隅《かたすみ》に小さな畑があり、作物が植えられていた。定住しないといっても移動は季節ごとなので、育つのが速い夏野菜なら収穫《しゅうかく》できるのだろう。トマトなど外来の作物もあるのは、フォルリが持ち込んだものだろうか。

で。

……やっぱり。いるというか、あるというか。

うごうごしております……。

「ここの甜菜《てんさい》は、先ほどの農村で植えられていたものより野性味が強いものでございまする」

「……動きが激しゅうございますわね」

端《はし》っこの株なんて、前後左右にぐりんぐりん揺《ゆ》れてますよ。抜《ぬ》けそう。

と、思ったら。

あ。

よっこら。

しょっと。

……という感じで、ずぽっ、ずぽっ、と二股《ふたまた》の根が地面から抜けた……。

なんぞコレ……。

「おお、ちょうど成れずじまいが出たようで」

地面から抜け出た甜菜は、二股の根で立ち上がったものの、ふらふらしている。

あ、こけた。

「あのように、幼体のまま地面から抜けて動くようになったものは、成体になれずあのままの姿でありますので、成れずじまいと呼んでおりまする。そこらを歩き回りはしても、成体になることはござりませぬゆえ、ご安心ください」

……何を安心すればいいのか、よくわかりません。

と、どこかからもうひとつ、歩く甜菜が現れた。こちらはトテトテと二股の根をうまく動かして、決して速くはないが慣れた足取り。……足取りでいいんだろうか。根だけど。

それが、こけた甜菜に葉っぱを差し伸べた。こけた甜菜もその葉に自分の葉っぱをからめて、起こしてもらっている……。

……美しい同胞愛《どうほう》……？

後から来た甜菜、やってることがイケメンだな……。イケメン甜菜……。顔はないけどな……。

が、その時突然《とつぜん》、森の中から黒い影《かげ》が飛び出してきた。アナグマだろうか、小型犬くらいの獣《けもの》が、イケメン（？）な甜菜に噛《か》みついてくわえあげる。

ぴー！　と鳴き声が聞こえた。甜菜をくわえたまま、アナグマは一目散に森へと駆《か》け戻《もど》る――。

その時、ビョオッ！　と何かが空を切る音がした。

「お嬢様！」

ミナがエカテリーナを引き寄せて後ろに庇《かば》い、騎士オレグが剣《けん》を抜きはなちつつ前へ出る。猟犬たちも威嚇《いかく》の咆哮《ほうこう》をあげているが、エカテリーナには、何が起きたのか全くわからない。

ただ、アナグマがふっとかき消えたように見え、くわえられていた甜菜が地面に落ちて、コロコロと転がっていた。

「ミナ、オレグ、心配は無用だ。猟犬も鎮《しず》まれ。あれは、こちらが手を出さぬ限り、人間を襲《おそ》わぬ。――エカテリーナ様、成体が現れましてございまする」

「あれが……」

フォルリが指し示す先を見て、エカテリーナは目を見張る。夕刻――そういえばこの時刻を、前世では逢魔《おうま》が刻《とき》と呼んだのだった――の朱《あか》い光の中、居住地の外の森にいるそれの姿は半ばしか見て取れないが、畑にいる甜菜とは似ても似つかぬ姿だった。

まず大きい。体長二メートルはあろうか。カブのように丸っこかった部分は、樹皮のようにゴツゴツした皮に覆《おお》われ大人の一抱《ひとかか》えもある太さで、胴体《どうたい》としか見えなくなっている。二股に分かれた足にあたる部分は、すっかり安定していて象の足のよう。首というか葉っぱが生えていた部分は、葉が剣のようなトゲに変化したようだ。

そして剣のようなトゲに交じって、鞭《むち》のような蔓状《つるじょう》の茎《くき》（？）が数本、長く伸びてゆらゆらと揺れている。そのうち一本が先ほどのアナグマに巻き付いて、だらりとなった身体をぶらさげていた。

「成体は幼体を守り、襲ってきたものを糧《かて》にいたしまする。体内に消化液の溜《た》まった袋《ふくろ》を持っており、消化できるのでござります」

ああ……前世のウツボカズラみたいな……。

「成体は大王蜂とは友好関係にありまして、森の民《たみ》を襲ってくることはありませぬ。また居住地の近くにいる個体は、畑に植えたものが先祖返りで成体になったものでござりますゆえ、かつて面倒《めんどう》を見てもらったことを覚えているのやもしれませぬ。ゆくゆくは、成体は巨大《きょだい》な花を咲《さ》かせまする。大王蜂は普段は自分で蜜《みつ》を集めることはなく、配下の蜜蜂を使って集めるのみにございまするが、成体の巨大花ばかりは大王蜂が自ら蜜を採取いたしまする。女王蜂を育てるための、特別な王養蜜を作るためにござります。そして成体は大王蜂のおかげで受粉し、実をつけまする。よって成体は、大王蜂の縄張《なわば》り近くに居るのでござります」

王養蜜って、ローヤルゼリーですね。……甜菜の甘味って、開花した時に大王蜂を呼び寄せるためにあるのか。大王蜂の大きさでないと、甜菜は受粉できないんだろうな。

成体は、のっさのっさと大きな身体を揺すって、森の奥へと消えてゆく。

アナグマにさらわれかけた甜菜は、無事（?）だったようでふらふらと身を起こし、もう一体の甜菜に支えられていた。

うん、成体にならないから安心という意味、よく解《わか》りました。

と、逢魔が刻《とき》の森の中に、何かが光った気がして、エカテリーナは目をこらした。

「馬が……」

「馬?」

剣を鞘《さや》に戻したオレグが、けげんな顔で振《ふ》り返った。騎士《きし》たちの愛馬と馬車を曳《ひ》く馬たち、あわせて八頭すべて、居住地の中央に繋《つな》がれて、騎士たちと森の民が刈《か》ってきた草をのんびりと食《は》んでいる。

「大きな、黒い馬がいたように思ったのですけれど。たてがみが銀色に光って……ミナは気付かなくて?」

「あたしは見ませんでした」

無表情ながら、ミナは困惑《こんわく》しているようだ。

フォルリが厳しい表情になった。

「お嬢様《じょうさま》、もしや『死の乙女《おとめ》』をご覧になりましたか」

『死の乙女』とは、森の民が語り伝える伝説の存在なのだそうだ。

見た目は、美しい少女だという。しかし、血に染まった屍衣《しい》を身にまとい、華奢《きやしや》な身体《からだ》には不似合いな大鎌《おおがま》を手にしている。そして、たてがみと尾《お》が銀色の巨大な漆黒《しっこく》の馬に乗って現れるという。

生者ではない。遠い昔にむごい死を迎《むか》え、安らかに眠《ねむ》ることなくさまよい続けている少女だ。

その手が触《ふ》れたものは、すべて死に絶える。復讐《ふくしゅう》のために自ら死に囚《とら》われた、呪《のろ》われた乙女。

まだ古代アストラ帝国《ていこく》がこの地を版図にしていなかった頃《ころ》というから、二千年ほども昔のことになろう。

彼女は、今の北都があるあたりの一部を所領としていた、名門豪族《ごうぞく》の末っ子として生まれた。誠実な父親と優《やさ》しい母、仲の良い兄と姉のもと、健《すこ》やかに、心優しい少女に成長した。

彼女も美しかったが、姉はさらなる美女だった。その美しさは近隣《きんりん》に名高く、結婚《けっこん》の申し込みが後を断《た》たなかった。

その姉を射止めたのは、当時この地で勢力を拡大していた、別の豪族の跡継《あとつ》ぎ。見目好《よ》い若者であるだけでなく野心家で、言葉《ことば》巧《たく》みに姉の心をとらえ、夢中にさせた。若者の一族の欲深《よくぶか》さを知る父親は渋《しぶ》ったが、姉の熱望に負けて、娘《むすめ》を嫁《とつ》がせることを了承《りようしよう》した。

その、婚礼の夜。

花婿《はなむこ》の一族は、花嫁《はなよめ》の一族を皆殺《みなごろ》しにして領地を奪《うば》った。

婚礼を祝うために、花嫁の一族は晴れ着をまとって集まっていた。祝宴《しゅくえん》で盃《さかずき》を重ね、花婿の一族たちと大いに語り合って、夜が更《ふ》ける頃には寝静《ねしず》まっていた。深夜、花婿の一族は隠《かく》していた武器を取り出し、寝込みを襲った。ひとたまりもなかった。

美しい花嫁さえ、一夜の契《ちぎ》りの後、領地が手に入れば用なしと惨殺《ざんさつ》されたという。

乙女は、一族と共に死んだ。だがあまりの悲憤《ひふん》に、死にきれなかった。冥府《めいふ》へいざなおうとした死の神を拒《こば》み、一族すべての無念を晴らすべく、復讐を願った。

死の神は言った。冥府へくだるのを拒むなら、この世にあって我がものとなれ。受け入れるなら、望みを叶《かな》えようと。

乙女は、その言葉にうなずいたのだ。そして、触れるもの皆《みな》息絶える、『死の乙女』となった。

「……彼女は、手にした大鎌で怨敵《おんてき》の一族すべての生命を刈り取り、復讐を果たしたのでございます。しかしその後も、死に囚われたまま、生ける死者として永遠にさまよい続けていると、森の民は語り伝えておりまする」

「哀《かな》しい物語ですこと」

ほう、とエカテリーナはため息をついた。

『死の乙女』って前世では、ペストの擬人《ぎじん》化だったような。東欧《とうおう》の民話で、血染めのハンカチを持った白いドレスの女性が村の入り口でハンカチを振ると、村にペストが蔓延《まんえん》して人がバタバタと亡《な》くなる、という話が伝わっていると、何かの本で読んだことがある。

でもこの世界では、『死の乙女』は何かの擬人化ではなく、実在の人物だったような感じ。

「わたくしが見たものが、その『死の乙女』だとおっしゃいますの？」

「荒唐無稽《こうとうむけい》なこととお思いになりましょう。しかし、妻女アウローラが幼い頃、『死の乙女』に出会ったそうにございますゆえ」

その時、そのアウローラが現れた。

「夕餉《ゆうげ》の支度《したく》ができました。たいしたものではありませんが、どうぞ」

気が付けば、陽《ひ》はすっかり暮れていた。

宵闇《よいやみ》に包まれた居住地にはあちこちに、白珠虫《しらたまむし》の光がふわふわと浮《う》かんでいる。まるで光のシャボン玉のようだ。

アウローラに導かれて、居住地でもひときわ大きな天幕へ通されると、かなり低くて長い木のテーブルに、心尽《こころづ》くしの夕餉が並んでいた。ちょっとスパイシーな、食欲《しょくよく》をそそる匂《にお》いがする。

天幕の中でも、数匹《ひき》ずつ籠《かご》に入れられた白珠虫が、優しく光っていた。

ちょっと前世の間接照明のようで、オシャレな感じですね。

椅子《いす》はなく、クッションに座るよう勧《すす》められた。皇国では床《ゆか》に座る文化はないわけで、嫌《いや》ではないかとフォルリに心配されたが、前世日本の記憶《きおく》のおかげでバッチこいだ。

食器はほとんど木製。ただ、木の皿も器《うつわ》も優美な形状をしていて、精緻《せいち》な彫刻《ちょうこく》が施《ほどこ》され、素《そ》朴《ぼく》というより芸術的な印象だ。スプーンやフォークも木製だが、これも凝《こ》った細工にほれぼれする。そして食卓《しょくたく》のあちこちに、品良く花が飾《かざ》られていた。

「素敵《すてき》ですわ。森の民の皆様《みなさま》は、たいそう優《すぐ》れた美的センスをお持ちですのね。このような食器を、公爵家《こうしゃく》のガーデンパーティーでお客様に使っていただいたら、喜ばれるのではないかしら」

「嬉《うれ》しいお言葉です。お嬢様から見れば風変わりなものでしょうに、お心が広くていらっしゃる」

いえいえ、本当に素敵ですよ。陶器《とうき》より軽いという利点もあるし、立食パーティーにマジで導入してみたい。皇都のムラーノ工房《こうぼう》で、ガラス製のグラスやお皿を売る販売先《はんばい》を開拓中《かいたく》だけど、この雰囲気《ふんいき》なら同じ購買層《こうばい》に売れたりとか……。

いかんいかん、招いてもらった身で色気を出すな自分。

でも後で、現金収入に興味がないかちょっと訊《き》いてみよう。

料理は山菜が中心。初めて食べる食材が多くて、わくわくする。

熊《くま》肉入りのスープは、臭《くさ》みがあるかとおそるおそる食べてみたけれど、ハーブが効いていて香《かお》りがよく美味《おい》しかった。ハーブはちょっと酸味《さんみ》があって、ぴりっとする風味もある。熊肉はやはり野性味があるけれど、ハーブのおかげで風味と思える程度で、クセになる味。

そして、スープにはカブが入っていた。甘みがあって美味しい。……うん、カブじゃないですね……。

考えるな自分！　今まで食べてきたのもみんな生命だ！

ありがとう甜菜《てんさい》！　ありがとう熊！　今まで食べてきたすべての生命にありがとう！　いただきます！

他《ほか》にも、木の実たっぷりの茶色っぽいもちっとした焼きパンのようなもの（小麦粉の代わりに、ある木の実を挽《ひ》いた粉を練って、木の実をのせて焼くそうだ）、ちょっと苦味のある木の芽ときのこをグリルしたもの、ホクホクした食感の何かの球根、そして小ぶりな桃《もも》やラズベリーやブルーベリー、アケビに似たものなど、多様な果物。

もの珍《めずら》しさも手伝って、エカテリーナは美味しくいただいた。公爵邸《てい》の豪華《ごうか》な食堂とは違《ちが》う赴《おもむ》きのある、森の民《たみ》の天幕での食事であることも、気分が変わって楽しい。

「お嬢様、大丈夫《だいじょうぶ》ですか」

「本当に美味しくてよ。ミナは口に合って？」

「あたしは何だって食べますよ」

森の民が給仕《きゅうじ》をしてくれるというから、ミナはエカテリーナの隣《となり》で一緒《いっしょ》に食事をしている。お嬢様の給仕はあたしがやります、と言い張ったのだが、エカテリーナが自分の隣に引っ張り寄せて座らせた。これだと護衛の仕事がやりにくいのかもしれないけれど、騎士たち六人も同席しているし、フォルリもいるのだから、心配はいらないはず。常時仕事状態のミナ、たまには仕事モードをオフにしてほしい。

なお、御者《ぎょしゃ》もちゃんと客人扱《あつか》いで、恐縮《きょうしゅく》しつつも同じテーブルについて食事をしていた。森の民にとっては身分の違いは森の外のものであって、よく解《わか》らないことなのかもしれない。前世庶民《しょみん》の身としても、気が引けないで済むのでありがたい。

ちなみにレジナたち猟犬《りょうけん》は、天幕の外で大きな骨をもらってバリバリとかじりついていた。

食事中の話題としてどうだろうと危《あや》ぶみつつ、『死の乙女《おとめ》』について訊いてみると、アウローラはうなずいた。

「はい、私は子供の頃に出会ったことがあります。あれは『死の乙女』であったと、今でも思っております」

子供だったアウローラが『死の乙女』と出会ったのは、道に迷った時のことだった。

きのこを採りに行って、夢中になってしまい、気がついたら陽がすっかり傾《かたむ》いていたうえ、自分がどこにいるのかわからなくなっていたのだ。

この森で子供が一人で夜を過ごすなど、あまりに危険と解っていたから、アウローラは思わず泣き出した。

すると、優しい声がした。

『どうしたの』

驚《おどろ》いて声のしたほうを見ると、見知らぬ少女が立っている。長い金髪《きんぱつ》が夕陽《ゆうひ》を受けて、きらめいていた。

なんてきれいなお姉さん。

ほっそりと華奢《きゃしゃ》で、ぬけるように色白で、細面《ほそおもて》の顔立ちは少し寂《さび》しげだけど、清楚《せいそ》で上品な美しさだ。年の頃は、十五、六歳くらいだろうか。

一人でなくなったことに安堵《あんど》して、少女の美しさに惚《ほ》れぼれと見とれながら、アウローラは迷子になってしまったのだと訴《うった》えた。

すると、少女は微笑《ほほえ》んだ。

『森の民の子ね。いいわ、あなたの一族のところへ送ってあげる。ただ、決して、わたしに触《ふ》れてはいけないわ』

少女が手に巨大《きょだい》な鎌《かま》を持っていることに、アウローラはこの時初めて気付いて、たじろいだ。

『死の乙女』のことは、大人たちから聞かされていたのだ。

森の民は『死の乙女』に呪《のろ》われていると。

乙女の一族を騙《だま》し討《う》ちにした仇敵《きゅうてき》の一族は滅《ほろ》んだが、わずかな縁《えん》がある者たちが生き残って、乙女の怒《いか》りを恐《おそ》れて森へ逃《に》げ込んだ。森の民は、その末裔《まつえい》なのだと。

でも、暗くなる前にみんなのところへ戻《もど》れなかったら、きっと魔獣《まじゅう》に食べられてしまう。

だから、恐るおそる、少女の後について行った。

じっと見つめても、ただ美しい少女に見えた。

けれどこんなところに、知らないお姉さんがいるなんておかしい。白い簡素なドレスは、汚《よご》れているように見える。『死の乙女』は、血に染まった衣《ころも》を着ているはず。そして手に持つ、人の首も刈《か》ることができそうな大鎌。あんな華奢な腕《うで》なのに、重さなど感じていない様子で歩いてゆく。

優《やさ》しく見えるのに、本当は、みんなを殺してしまうつもりだったらどうしよう。

その頃《ころ》暮らしていた居住地は、すぐに見つかった。少女は振《ふ》り返り、そちらを指差す。

『行きなさい』

『……お姉さんは？』

少女は、ただ微笑む。魔獣がひしめく森で、一人過ごすのだろうか。

その時、少女の傍《かたわ》らに、巨大な馬が現れた。馬体は漆黒《しっこく》、たてがみと尾《お》は銀色、目の色もまた銀色で、馬とは思えないほど冷たく光っている。『死の乙女』が乗るという馬そのもの。

やっぱり『死の乙女』？

でも助けてくれた。

ふと思いついて、アウローラはきのこがいっぱいに入った籠を差し出した。

『ありがとう。これ、あげる』

『いいえ、いいの』

首を振る少女めがけて、アウローラは籠の中のきのこを投げつけた。とっさに避《よ》けようとした少女にきのこが当たる。

すると、みずみずしかったきのこが、見るみるうちに変容した。しなびて黒く干《ひ》からびて
——生命を失って、死に絶えたのだ。

やっぱり『死の乙女』だった！

アウローラは悲鳴をあげて、一目散に居住地へ逃げ込んだ。

「もう、五十年以上前のことですが、今も鮮明《せんめい》に覚えております」

そう言葉を結んで、アウローラは嘆息《たんそく》した。

「アウローラ様が語る『死の乙女』は、恐ろしげな存在には聞こえませんのね」

エカテリーナが言うと、アウローラは目を見張り、微笑んだ。

「そうですか。子供の頃は『死の乙女』と遭遇《そうぐう》したことを恐ろしくも思い、自慢《じまん》にも思ったものでした。あの頃であれば、彼女のことをもっと恐ろしげに語っていたのでしょう。ですが時を経て、彼女の言葉をひとつひとつ思い起こしてみると、ただ親切にしてもらっただけだとしか思えなくなってきたのです」

ふっと、アウローラはため息をついた。

「あの時は、悪いことをしました。迷子に優しくしてくれた人に、ひどい失礼をしてしまって。いつか再会して、あの時のことを謝りたいと思っているのですが、二度と会えないままなのです」

「皆《みな》、退《さ》がるがよい」

食事が済んだのち、フォルリがそう言って騎士《きし》たちと御者を天幕から去らせた。

給仕をしてくれた森の民の女性たちも、一礼して去る。エカテリーナが美味《おい》しい食事の礼を言うと、礼儀《れいぎ》だけではなさそうな、嬉しそうな笑顔《えがお》を返していった。

ミナは残っている。いつも通りの無表情ながら、エカテリーナから離《はな》れるつもりは毛頭ない、という空気をゴゴと発していて、フォルリもひとつうなずいた。彼女を退がらせるつもりはないらしい。

「お嬢様《じょうさま》、こちらをどうぞ」

微笑んで、アウローラが薄焼《うすや》きクッキーのようなものを載《の》せた皿を差し出した。

「大王蜂《だいおうばち》の王養蜜《おうようみつ》を塗《ぬ》った菓子《かし》です。本来は大王蜂の女王蜂だけが食べるもの、ごく少量しか作られませんので、人間に分けてくれることは稀《まれ》にしかありません。皇帝陛下《こうてい》でさえ、これを召《め》し上がることはお出来にならないでしょう。私ども森の民にできる、唯一《ゆいいつ》の贅沢《ぜいたく》なおもてなしです」

「まあ、そのような。いただいた夕餉《ゆうげ》は、どれをとっても素敵《すてき》で美味しゅうございましたわ」

とはいえやはり、そんな貴重なものと思うとわくわくする。

エカテリーナが口にしてみると、サク、といい歯ざわりだった。甘みは強くなく、ほんのりしている。

(あっ!?)

ひと呼吸置いてから来た感覚に、エカテリーナは目を見開く。

なんだろう、魔力《まりょく》が。燃料を投げ込まれたかのように、ぱっと漲《みなぎ》った。単眼熊《たんがんぐま》を掃討《そうとう》したり畑の土起こしをしたりして消耗《しょうもう》した分が、一気にチャージされた感じ。

「お嬢様のように魔力の強い方には、効果が強く現れまする」

ふっふ、とフォルリが笑う。

「大王蜂の王養蜜は、普通《ふつう》の人間が食べても非常に身体《からだ》によく、病や傷の治りが驚くほど早くなる効能がございますが、魔力を持つ者が口にすると、魔力を高めてくれまする」

「まあ……なんと素晴《すば》らしい」

「五代公爵《こうしゃく》ヴァシーリー公は、王養蜜を『森の秘宝』とお呼びになったそうにございまする」

前世のゲームとかでよく出てきた、回復薬《ポーション》みたい。すごい。ここが乙女ゲームじゃなくて冒《ぼう》険《けん》系ゲームの世界だったら、ゲットしようと冒険者が殺到《さっとう》してきただろうな。よかった、この世界に冒険者いなくて。

……ここが乙女ゲームの世界だってこと、しばらく忘れてたわ……公爵領へ来てから乙女ゲームのシナリオと無縁《むえん》の日々だから。乙女ゲームのシナリオとかイベントとかの内容を、忘れ果ててしまいそうで怖《こわ》い。

「大王蜂の女王蜂は高い知性を持ち、この地を治めるのがユールノヴァ公爵であるという人間界の理《ことわり》を理解しているように思われまする。公爵家の方が森の民《たみ》の居住地を訪《おとず》れる時、王養蜜を分けてくれることが多いのでございます。己《おのれ》の価値を知らしめているように思えまする」

だとしたら本当に知能高いな女王蜂。人間のニーズを把握《はあく》して売り込みって、ある意味マーケターやってのけてるぞ。

そしてしっかり功を奏したね。ヴァシーリー公が大王蜂の森を保護したのは、この王養蜜を確保するためもあったんだろう。個人の魔力が絶大なアドバンテージになり得るこの世界、魔力を高めてくれるアイテムなんて、この上ないお宝。病気や怪我《けが》にも効くなら、医療《いりょう》がまだそれほど発達していないのだし、それはもう秘宝にして至宝。

「……お兄様に食べていただきとうございますわ」

ぽろりと言葉が口から転がり出た。

お兄様、今どうしてるだろう。私がいないからって、遅《おそ》くまで働いたりしてないだろうか。ちゃんと食事してくれたかなあ。

この王養蜜を食べてくれたら、過労死フラグも折れるかも。食べずに持って帰ればよかった。あ、でも、回復できるからって仕事時間を増やしてしまう恐れが。いけません、回復薬飲んで二十四時間タタカエマスカ、なんて昭和のキャッチコピーです過去の遺物です……って、この時代から見るとあれは未来？　いやどうでもええわ。

うわーん、お兄様がいなくて寂《さび》しいよう。

うるっとしそうになったエカテリーナの気をそらすように、アウローラが言う。

「お嬢様、私ども森の民が伝えてきた、ヴァシーリー公ゆかりの品をご覧になりますか」

「まあ。ぜひ、お願いいたしますわ」

いかんいかん、ブラコン発揮していいタイミングじゃないぞ自分。

アウローラは天幕の隅《すみ》から、抱《かか》えるくらいの大きさの木箱を持ってきた。使い込まれてつややかな、表面に細かな彫刻《ちょうこく》が施《ほどこ》された美しい物だ。木箱の前面のみ、碁盤《ごばん》の目状に九つに区切られて、九つそれぞれに異なる植物が彫《ほ》られている。

アウローラが上部の蓋《ふた》を開いて何かを動かすと、カタリと音がして前面の九つに分かれた板のひとつが外れた。アウローラはさらに、パズルのように残る八つの板をずらしていく。

これ、からくり箱なんだ。日本では箱根《はこね》の寄木《よせぎ》細工《ざいく》が有名だけど、皇国にも似たようなものは存在する。森の民はこういう物まで作れるんだなあ。

最後に薄《うす》い引き出しが現れて、そこから取り出した古めかしい書状をアウローラが渡《わた》してくれた。

「もしや、祝宴《しゅくえん》でお兄様がおっしゃった、認許状《にんきょ》では」

「ええ、そうです」

手触《てざわ》りは普通の紙とあまり変わらないけれど、約三百年も前の書状のはずなのにインクが変色していないところからして、おそらく羊皮紙。こちらの世界での、アレクセイの執務室《しつむ》へ出入りするようになってからの知識では、皇国の建国期にはもう紙が普及《ふきゅう》していたけれど、重要文書には長らく羊皮紙が使われていたのだそうだ。一般的《いっぱん》に紙より羊皮紙のほうが、長期保管に耐《た》えるとされているから。

これが羊皮紙なら、ヴァシーリー公は森の民を守ること、この大王蜂の森を守ることを、後々まで伝えるべき重要事項《じこう》と考えていたんだろう。

書状を開いて読んでみる。

古風な書体だけど、力強い手蹟《しゅせき》。さすが、ユールノヴァ歴代公爵の中でも賢君《けんくん》と名高いヴァシーリー公、意志の強さが感じ取れる。文体も古典的だけれど、正式文書は今もこういう書き方をするから、執務室で文書に接していたおかげでなんとか読める。

内容は簡潔で、要点は四つ。

森の民がユールノヴァ領に居住することの許可。

森の民がユールノヴァ領内のどこなりと例外なく通行することの許可。

森の民が住まう森を伐採《ばっさい》・開墾《かいこん》することの禁止。

上記の特権を与《あた》える代償《だいしょう》として、発明家ジョヴァンニ・ディ・サンティにあらゆる便宜《べんぎ》を図《はか》り、身の安全を守り、求めるものを提供すること。そして、公爵家に忠誠を尽《つ》くすこと。

最後に一行、異なる筆跡《ひっせき》で添《そ》え書きが加えられている。この書状は今も有効であるとして、日付と署名が書かれていた。執務室で見たことのある、祖父セルゲイの手蹟。

……この内容だと、森の民はこの書状を見せれば、ユールノヴァ城にさえ入って来ることができるな。むしろそれができるように書いたものかも。王養蜜が必要になった時、届けてもらうことができるように。

しかしこれだけの厚遇《こうぐう》の代償が、発明家ジョヴァンニ・ディ・サンティへの便宜か……なんかヴァシーリー公、発明家に関してはやたら尽くしているような。いや本題は公爵家への忠誠で、王養蜜を得るための隠《かく》れ蓑《みの》なんだろうけど。これ以外にも、皇国に特許制度というものを創設したのがヴァシーリー公で、それはディ・サンティの権利を守ることで彼が祖国へ帰るのを思いとどまらせるためだったというしねえ……隠れ蓑だけとは思えないのよ、なんか。

「お嬢様、こちらもご覧ください。ヴァシーリー公と発明家の肖像画《しょうぞうが》です」

「まあ！　発明家の肖像画が残っておりますの？」

全然見たことなかったわ。発明家ディ・サンティって、業績は有名だけど、本人の人となりとか容姿とか、そういえば全然知らないなあ。

手鏡くらいの大きさの細密画《ミニアチュール》を受け取って一目見て、エカテリーナはうっかり笑いそうになってしまった。

「意外に……お若く見える方でしたのね」

アウローラが白珠虫《しらたまむし》の籠《かご》をテーブルの上に置いてくれたので、その灯《あか》りでじっくり見る。ヴァシーリー公と並んでかしこまって座っている発明家は、かなりの童顔、というか可愛《かわい》い顔立ちだった。赤毛というには淡《あわ》いサーモンピンクの髪《かみ》に、レモンのように鮮《あざ》やかな黄色の瞳《ひとみ》、ぱっちりした大きな目がチャームポイント。その顔に口髭《くちひげ》を生やしているのだが、素晴らしく似合っていない。

前世のバラエティ番組で、なぜかたまに女子アイドルが髭《ヒゲ》ダンスっていうのをやってたけど、あれのつけ髭くらい取ってつけた感満載《まんさい》。いやー、発明家ってことで、勝手にすっかりレオナルド・ダ・ヴィンチと重ねてたわ。有名な自画像の渋《しぶ》いおじいさんを予想してたら、まさかの髭アイドル。なんという意外性。

また隣《となり》のヴァシーリー公が、ユールノヴァ公爵らしい長身に、鍛《きた》えていることが見て取れる立派な体格だから、落差が華厳滝《けごんのたき》。ブルーグレーの髪と瞳がちょっと厳しそうだけどイケメン、たぶん三十歳前後のヴァシーリー公と、童顔可愛い系のたぶん二十代のディ・サンティ――前世の友達でBL好きだった子が見たら、即妄想《そくもうそう》に入るな。ご先祖様どうもすみません。

「お嬢様《じょうさま》、次はこちらを」

アウローラがもう一枚の細密画を渡してくれて、今度は童顔髭男子を予想しながらそれを見た。

髭はなかった。

というか、服がドレスだ。

森の民が着ているものに似た古風な、ゆったりしたもの。髪は短いけれど、花の飾《かざ》りをつけていて、それが可愛い顔立ちによく似合っている。ヴァシーリー公に手を取られ、公の長身に包み込まれるように寄り添われていて……。

えーと……。

はっと思いついて、エカテリーナは細密画の裏を見た。

そこには、ヴァシーリー公の筆跡でこう書かれていた。

『ジョヴァンナ・ディ・サンティ

我が伴侶《はんりょ》』

ジョヴァンナって、じょ、女性ーっ!?

そして伴侶ー!!

あわてて、エカテリーナは頭の中の家系図をたどった。

五代目ヴァシーリー公は、祖父セルゲイと同様に、皇女の降嫁《こうか》を賜《たまわ》っていた。皇国の貴族として一般的な結婚適齢期《けっこんてきれいき》である、十八歳か十九歳くらいで結婚しただろう。皇都公爵邸《こうしゃくてい》にも公爵領のユールノヴァ城にも、うら若きヴァシーリー公夫人の肖像画が残っている。

しかしその夫人は、病のためほんの数年で早世してしまったはず。幸い嫡男《ちゃくなん》が生まれていたので、ヴァシーリー公は再婚せず男やもめを通したのだ、公式記録では。

でも実は、妻の死後数年経《た》って、伴侶と呼ぶ女性に巡《めぐ》り合っていたと。まあ正式な結婚はいろいろ手続きが要《い》るわけなので、公式には生涯《しょうがい》発明家であり男性であったジョヴァンナさんとは本当に結婚したわけではなく、あくまで気持ちの上での伴侶なんだろうけど。唯一《ゆいいつ》と思い定めた女性、なのは間違《まちが》いない。

……よかった、浮気《うわき》とかじゃないわ。

まず疑ってすみませんヴァシーリー公。でも元皇女の奥さんがクソババアみたいな性格だったのなら、浮気だろうが不倫《ふりん》だろうが全力で応援《おうえん》しましたよ。奥さんは肖像画を見る限り儚《はかな》げな美人だったから、たぶんあんな性格ではなかったでしょうけど。

で、そこはいいとして……発明家と言えば通じる歴史上の偉人《いじん》、ジョヴァンニ・ディ・サンティが、女性って……ひえええええ。衝撃的《しょうげきてき》な歴史の裏話！

正直、なんちゃって歴女として美味《おい》しい！　歴史の陰《かげ》に埋《う》もれた真実ってやつですね。前世で、上杉謙信《うえすぎけんしん》は女性だった説とか、割と好物でした。

「驚《おどろ》かれましたか」

ふふ、とアウローラが笑い、エカテリーナは我に返ってうなずいた。

「ええ、もちろんですわ」

しかしそうか。ディ・サンティに人をつけるなら騎士《きし》や森林官が妥当《だとう》なのに、なぜ森の民《たみ》に？　と疑問に思っていたけど、発明家がこんな秘密を抱えていたなら、納得《なっとく》できる。一般社会と交流がなく、公爵家と多大な利害関係で結ばれた森の民は、その秘密を守りつつ発明家に助力するのにうってつけの存在だったんだ。

あらためて思い返す。ディ・サンティの業績は、まだ彼が、いや彼女が母国にいた頃《ころ》、アストラ帝国滅亡《ていこくめつぼう》から数百年間続いた戦乱期に失われてしまった、上下水道の修復および建設技術を再確立したことに始まる。まだごく若い頃にそれを成し遂《と》げ、その名声を知った五代目ヴァシーリーの熱心な招聘《しょうへい》により、ユールノヴァ領へやって来た。

いつから男のふりをしていたんだろう。ヴァシーリー公はいつ知ったんだろう。謎《なぞ》が謎を呼ぶわー。

と思ったら、アウローラが古いノートを渡《わた》してくれた。

「当時の森の民の長《おさ》が書いた手記です。長はルシオラという女性で、発明家とは親友と言ってもいいほどの間柄《あいだがら》でした。断片《だんぺん》的な内容ですが、どういう事情だったか、読んでいただければお解《わか》りになるでしょう」

「まあ、ありがとう存じますわ」

すごい、知られざる歴史の一級史料！　テンション上がる。

読んでみると、いきなりこんなやり取りから始まっていた。

『なぜ男のふりをしているのか、なぜ生命がけで自分の国から逃《に》げて来たのかと尋《たず》ねてみた。すると「男のふりをしたのは、父の生命を救うため。でも私の国で本当は女と知られたら、きっと火刑《かけい》に処されていた」と答えた』

火刑ー！

あと生命がけで逃げてきた？　父親の生命を救うために男装？　情報密度が濃《こ》い！

ああでも、前世でもいた。男装が罪のひとつとされて、火あぶりの刑に処せられた少女が。

オルレアンの乙女《おとめ》、ジャンヌ・ダルク。

発明家の母国は、少なくとも三百年前は、中世カトリック教会なみに女性を抑圧《よくあつ》していたんだろうか。

手記に書かれていた切れぎれの情報に、アウローラとフォルリの補足を加えると、発明家の事情がほぼ見えてきた。

ジョヴァンナ・ディ・サンティは、都市国家アストラの周辺都市に生まれた石工の親方の娘《むすめ》だった。

最初から男として育てられたわけではなく、女の子として育ったそうだ。ただしちっとも女らしくはなく、小さな頃から男まさりで、近所の男の子たちを手下にして駆《か》け回って遊ぶようなお転婆娘《てんばむすめ》。当時から頭は良く、ひとつ違《ちが》いの兄ジョヴァンニが父親から字を習うのを横で見ていただけで、先に読み書きができるようになってしまい、兄からひどく嫌《きら》われたという。

都市国家アストラは、かつてのアストラ帝国《ていこく》の中心地。

ローマ帝国の中心がローマだったのと、同じですね。ローマはのちにイタリアの首都になったけど、長らく都市国家のひとつだったのも同じだし。

しかし、それだけに帝国滅亡後の戦乱は激しく、書物は焼かれ遺跡《いせき》は壊《こわ》され、その頃になっても――三百年後の今でもだが――主な都市同士で戦闘《せんとう》に明け暮れているばかりで、かつて花開いた文化文明は大きく後退してしまっていた。

いや、戦乱によって文化文明が後退したというのは、この世界の定説なのだけど。

前世の世界とこちらの世界で、地球レベルの大きな気候が同じように変動しているとしたら、文明後退の根本原因は戦乱ではないのだと思う。戦乱は結果のひとつであって、その結果を生み出した一番大元の原因は。

帝国衰退期《すいたいき》から数百年続いた、気候の寒冷化、だろう。

前世の研究では、ローマ帝国衰退期からヨーロッパ中世の少なくとも前半にかけて、気候が寒冷化したことがわかっているそうだ。冷害で農作物がやられ、人々が飢《う》えた。北に住んでいた人々（ゲルマン民族ね）が土地を捨てて南下、食料や農地の奪《うば》い合いが起き、戦乱の時代となる。文化文明の発展はおろか、継続《けいぞく》するゆとりもなくなって、帝国は滅亡《めつぼう》。古代は終焉《しゅうえん》し、「暗黒の」と言われた中世に突入《とつにゅう》した。

それと同じことが、こちらの世界でも起きたのだろう。

もちろん気候変動だけが原因ではないだろうけど、大きな要素だったはず。

前世の昔の定説では、中世にあまり文化文明が発達しなかったのは、キリスト教が厳格に人々を押さえつけていたからだ、ということになっていた。

けど、キリスト教って最初から厳格だったわけじゃないらしいからねえ。

七世紀のアイルランドが舞台《ぶたい》で、修道女が名探偵《めいたんてい》役をするミステリがあって割と好きだったけど、彼女は弁護士の資格も持つ自立した女性で、結婚も可能だった。作者はケルト研究の学者だそうだから、実際に当時あり得ることだったんだろう。

でもその作品中でも、キリスト教が厳格化していく描写《びょうしゃ》が出てきた。さらにその後、聖職者は異性との接触《せっしょく》不可、異端審問《いたんしんもん》とか魔女《まじょ》狩りとか、聖書に書いてあることと合わないことは認めないとか、キリスト教はギスギスしていってしまった。

寒冷化が一因で暮らしに余裕《よゆう》がなくなって、人々が宗教に傾倒《けいとう》するようになって、それでキリスト教が強大な権力を握《にぎ》ったのじゃないかな。これも、原因ではなく結果なんじゃ。

まあそんなわけで、前世と違って一神教が主流にならなかったこの世界も、大きな歴史の流れは前世とさほど変わらない。異端審問とか魔女狩りに相当するものまであって、都市国家アストラ周辺などでは厳しくおこなわれた。

人型の魔物《まもの》、吸血鬼《きゅうけつき》や人狼《じんろう》などが邪悪《じゃあく》な存在とされ、それらと関《かか》わった人間は堕落《だらく》した罪人とされたのだ。

魔物との恋愛《れんあい》は、まさに邪悪にして堕落。魔物と交わったと噂《うわさ》が立っただけで投獄《とうごく》されて拷《ごう》問《もん》され、自白すれば火刑に処された。

以前、皇都邸《てい》でクソババアの侍女《じじょ》だったノンナがミナのことを、穢《けが》れているとか言って騒《さわ》いだことがあったけど、理由がやっとわかりましたよ。

ババアと関係の深いユールマグナは古代アストラ帝国の研究に熱心で、都市国家アストラとつながりがある。皇女の降嫁を賜《たま》われない場合、アストラの名家から妻《めと》を娶ることがあるほどだと、フォルリさんが教えてくれた。現在のアストラでは、魔物に関わったからといって火刑に処されるようなことはないけれど、差別の対象にはなるそうだ。だからユールマグナも、魔物の血を引く者は雇用《こよう》しないそうな。

ノンナもその考え方に感化されて、魔物の血を引くミナにあんなことを言ったんだろう。

私がよく世間知らずって言われるの、こういう大っぴらには言えないけど常識、みたいなことを知らないからなんだろうな。だって幽閉《ゆうへい》されてたんだもん。知らんがな、だよ。

そして今後も、そんな考えに感化される気は、毛頭ないっ！（握りこぶし）

かつてアストラ帝国に存在したという、魔獣《まじゅう》を召喚《しょうかん》する技術が失われたのも、邪悪な行為《こうい》とされたせいだそうだ。それについての記載《きさい》がある本は、焚書《ふんしょ》の対象になったらしい。

しかし、いつからなぜ魔物や魔獣が邪悪ということになったのか、よくわからないっていうのがね……。アストラ帝国では、魔獣の使役《しえき》は普通《ふつう》に行われていたし、魔物は吸血鬼だろうが人狼だろうが望めば（というか税金を納めれば）市民権を得ることさえ可能だったのに。

……しかし税金を納める吸血鬼ってシュールだな。

おそらく気候変動も関係して魔獣が強力になり、被害《ひがい》が甚大《じんだい》になったせいなんだろう。

あとは戦乱期に、とある強力な魔物が北方からきた異民族に助力して、その魔物に蹴散《けち》らされた都市国家アストラの支配者が、恨《うら》み骨髄《こつずい》で魔物は悪！　と決めつけたのが理由じゃないかって話があるらしい。

それにしては、アストラだけじゃなく周辺の都市国家にも、いや地理的には遠い別の国にも飛び火したりして、あちこちにそういう考え方が広がってしまった。

なんかホロコースト的な、苦しい時代に少数派をスケープゴートにしてガス抜《ぬ》きする、イヤーな手法の臭《にお》いがする。

で、ジョヴァンナさんだけど。

戦争に明け暮れる都市国家アストラの周辺都市で、いろいろな抑圧の中ではあったけれど、父親に可愛《かわい》がられてすくすくと育った。

父親は武骨な石工だったが、優《すぐ》れた職人でもあって、知識欲《ちしきよく》のかたまりのような娘の「どうして？　どうして？」攻撃《こうげき》に根気よくつきあって、わかる限りのことを教えてくれたようだ。

女に学などあっても害になるだけ、という風潮の中、父親はジョヴァンナの最大の理解者となり、いろいろな思い付きを試《ため》すのを手伝ってくれるようになった。

その『思い付き』の中に、上下水道の修復技術がすでに含《ふく》まれていたっていうからスゴい。破壊《はかい》された遺跡で遊ぶうちに構造を理解したジョヴァンナは、ここは元々こうなっていたと思う、そう直せば水を汲《く》み上げられそうだからやってみたい、と父親に相談し、石工の父親はそれを了承《りょうしょう》して、一緒《いっしょ》に試行錯誤《さくご》していったそうだ。

本人にとってはあくまで遊びだったそうな。夏休みの工作感覚？　小学校高学年くらいで古代の叡智《えいち》を解き明かすって、天才こわい。いや最初は失敗続きだったそうだけど、数年かけて徐々《じょじょ》に理論と技術を確立し、ついに成功したのは十六歳の時だった。

十六歳。天才こわい。

兄とは、仲が悪いままだった。兄ジョヴァンニは、女の子によく間違《まちが》われたくらいの女顔。ジョヴァンナと同じく母親似で、兄妹《きょうだい》はよく似ていた。父のように優れた石工になるには線が細く、かといって学問は妹にかなわないジョヴァンニは、コンプレックスを抱《かか》えたひねくれ者になっていったらしい。

そんな兄を母親は可愛がり、父と娘、母と息子《むすこ》、二組の間に溝《みぞ》が生まれていった。

こういう構図、いつでもどこでもあるもんですね。

ジョヴァンナにそろそろ嫁入《よめい》りの話が出てきた頃《ころ》、またも戦乱が勃発《ぼっぱつ》。ジョヴァンナの住む小さな街も巻き込まれ、流れ矢で母親が生命を落とした。

だがそれを悲しむ暇《ひま》もなく、一家を嵐《あらし》が襲《おそ》う。戦《いくさ》の指揮官であるアストラ貴族が、修復された再び水が流れるようになった上水道に気付き、誰《だれ》が直したのかを街の人々に問いただしたのだ。

そして父親の名が挙がり、貴族は父親をアストラへ連れ帰った。

発明家ジョヴァンナの父親を都市国家アストラへ連れ帰った貴族は、周辺に残る上水道の遺《い》跡《せき》を修復して使えるようにするよう命じた。野心家のその貴族は、軍を率いての戦果が思わしくなかった埋《う》め合わせに、水道の修復を手柄《てがら》にして勢力を拡大したかったようだ。

父親は、一部は直すことができた。

だが、ほとんどは直せなかった。故郷の街で娘と共に試行錯誤した遺跡とは、形状が違う、大きさが違う、違う技術が使われていたと思われる箇所《かしょ》も多い。わからないことが多すぎたのだ。

娘《むすめ》のことは、話さなかった。今まで誰もできなかったことを、十六歳の少女が成し遂《と》げたなど、信じてもらえるはずがない。

なにより、娘の身を案じて、関わらせまいとしたのだった。

上水道は、源から利用場所まで繫《つな》がってこそ意味がある。一部を直すことができても、水を流すことはできない。

修復を命じた貴族はあてが外れて激怒《げきど》したが、どうなるものでもなかった。

しかしそこへ、その貴族と対立関係にある別の貴族が登場し、父親を告発する。無学な石工が遺跡の修復技術など考え出せるはずがない。魔物と契約《けいやく》して得た知識に違《ちが》いないと。

……エカテリーナは心底思う。私がそこにいたら、某格闘家《ぼうかくとうか》さんが大忙《おおいそが》しだったに違いないと。

『お前は何を言っているんだ』

前世でも異端審問《いたんしんもん》って、裕福《ゆうふく》な人とかを有罪にして財産を取り上げることが、多くの場合の目的だったりしたもんね。権力者の都合で好きに利用できるから、この世界でも『異端』を罪とする考えが生まれたんだろう。

しっかし、権力者にとっては小競《こぜ》り合い程度のことだけど、有罪にされたらお父さん火刑《かけい》なんだぞ。身分の低い人間の生命を生贄《いけにえ》にして権力闘争《とうそう》、歴史上で連綿と続いてきた悪《あ》しき伝統みたいなもんだとわかっちゃいるけど、やめんか罰当《ばちあ》たり！

告発など、馬鹿《ばか》げた言いがかりだ。けれど、その馬鹿げた言いがかりによって、生命を落とした人が大勢いる。

父親は法廷《ほうてい》に引き出され、上水道遺跡の修復技術をどうやって思いついたのかと問いただされた。寡黙《かもく》な石工には、娘のことを隠して上手《うま》く説明するなど、できなかった。

父親が告発されたという連絡《れんらく》は、当然すぐに、残されたジョヴァンナと兄ジョヴァンニへ伝えられた。

衝撃《しょうげき》を受け悲嘆《ひたん》にくれながらも、どうやって父を支えるかを相談しようとしたジョヴァンナに、兄は言ったそうだ。

『あんな親父《おやじ》のせいで、厄介《やっかい》ごとに巻き込まれるなんざ冗談《じょうだん》じゃない。俺の知ったことか』

そして家の有り金すべてをさらい、姿をくらました。

……最低だな兄。うちのお兄様の爪《つめ》の垢煎《あかせん》じて飲めと言いたいけど、飲ませるのも勿体《もったい》ないわ！

呆然《ぼうぜん》としたジョヴァンナだが、それでかえってふっきれた、開き直った、と森の民の長《おさ》に語っている。

彼女がまずやったことは、母の裁縫箱《さいほうばこ》から持ってきたはさみで、長い髪《かみ》をざくざく切ることだった。

そしてさほど体格の変わらない兄の服を着込むと、てきぱきと荷物をまとめ、フード付きのマントを着てアストラへ向かった。

歩いてゆく間、ずっと歌を歌ったり、言うべきことを声に出してぶつぶつと呟《つぶや》いていた。声がすっかり潰《つぶ》れてしゃがれるまで。女の声とは聞こえなくなるまで。

たどり着いた法廷では、まさに父親の審判《しんぱん》の最中。問われたことにほとんど答えられず、ただ無言を通す父親の有罪は避《さ》けられない。そういう空気が満ちていた。

ジョヴァンナは、その法廷に駆《か》け込んだ。そして叫《さけ》んだ。

『お待ちを！　その上水道遺跡の修復を計画したのは息子の私、ジョヴァンニ・ディ・サンティです！　父は、若すぎる私を案じてくれただけなのです！　私も、いかなる魔物《まもの》とも契約などしてはおりません、すべて観察と考察の結果であることを、ご説明いたします！』

証拠《しょうこ》として、ジョヴァンナは数年間書き溜《た》めたメモやスケッチを差し出した。大量のそれを法廷の床《ゆか》にぶちまけ、近所の遺跡で遊んでいる時に修復方法を思いついたきっかけ、数年かけてさまざまな方法を試してきたこと、失敗してはやり直してをコツコツと繰《く》り返した末に、ようやく修復に成功したことを、嗄《しゃが》れ声ながらとうとうと述べ立てる。寡黙な父親より、勝気な娘のほうがはるかに口が回るのは当然と言うべきか。

話し終わった時に湧《わ》き起こった拍手喝采《はくしゅかっさい》に、一番驚《おどろ》いたのはジョヴァンナ本人だった。

だが傍聴《ぼうちょう》席をぎっしり埋めていた庶民《しょみん》たちは皆《みな》、父親を守ろうと駆けつけたけなげな息子の味方になっていた。女の子のように可愛い（女の子だ）顔をして、難しげな話を理路整然と話す天才少年に、すっかり夢中だったのだ。

『この子に金を！　権限を！　水道を修復して、我らに水を！』

と庶民たちは声を揃《そろ》えて叫ぶ。

本人にはまったくそんな意図はなかったが、これが『発明家ジョヴァンニ・ディ・サンティ』誕生の瞬間《しゅんかん》だった。

あれよあれよという間にお膳立《ぜんだ》てが整って、ジョヴァンナはアストラの水道を修復することになった。法廷にいた都市国家アストラの若き支配者が、鶴《つる》の一声でそう決めたので。

もちろん最初は、隙《すき》を見て父親と逃《に》げるつもりだった。

女とバレたら、間違いなくまた異端審問《しんもん》にかけられ、今度は即《そく》有罪となる。古代アストラ帝《てい》国《こく》では女性の地位は低く、権利はないに等しかったという。帝国滅亡《めつぼう》後の中世にはさらに虐《しいた》げられ、読み書きを習うことすらできなかったようだ。この辺りも前世のローマ帝国や中世ヨーロッパと同様。

ジョヴァンナの時代はそこまでひどくはなかったが、少女に古代遺跡の修復などできるとは、誰も信じない。魔物の力を借りたと決めつけられることは、確実とさえ言えた。けれど……。

すぐに彼女は、ジョヴァンニとして働くことに、すっかりハマってしまった。

でしょうな！

才能ある人間は、その才能を発揮するのが幸せなものだもんね。

『ジョヴァンナが思い付きを話しても、みんな鼻で笑うだけだった。でも、ジョヴァンニ・ディ・サンティの言うことには、みんなが耳を傾《かたむ》ける。思い付きを現実にできる。私が指し示すほうを、みんなが見て動いて、一緒に同じものを作り上げていく。そうして、感謝されたり感動されたりする。……戻《もど》れなかった、ジョヴァンナには』

彼女は、森の民の長にそう話していた。

うん、わかる気がする。

三年ほどで、ジョヴァンナは都市国家アストラ周辺に遺《のこ》る上下水道の遺跡の構造をほぼ解き明かし、修復技術を確立して、職人たちに広めた。かつての技術をよみがえらせるだけでなく、自分で創意工夫《くふう》したことも多い。水はふたたび都市を流れ、広場の噴水《ふんすい》もよみがえって、人々の憩《いこ》いの場となった。それ以外にもさまざまな工夫を形にして、発明家と呼ばれるようになった。名声はアストラ周辺を越《こ》えて、他国まで広がっていった。

堂々としていれば、意外に誰も疑わないものだ。これだけ目立つ存在になってしまえば、まさか女だとは思わないものらしい。

とはいえ、安心などできはしない。生まれ育った街が近いのだ、ジョヴァンニではなくジョヴァンナであることが、露見《ろけん》してしまう危険は常に隣《とな》り合わせだった。

そんな頃、届いたのがユールグラン皇国の公爵《こうしゃく》、ヴァシーリー・ユールノヴァ公からの招聘《しょうへい》だった。

『ユールグランには憧《あこが》れていた。だって、女も男と一緒《いっしょ》に学べる学校があると聞いたから』

ジョヴァンナさん、すいません。あれ国家の罠《わな》です……。

とはいえ、魔法学園《まほうがくえん》（の原形）が設立されたのは、皇国の建国まもなくの頃。乱暴に前世ヨーロッパの歴史に当てはめると、今が近世後期くらいに当たるとしてそこから四百年前は、ルネサンス初期くらい？　日本に当てはめれば、室町《むろまち》時代とか？

それで男女共学って、確かにすげえ先進的！

建国の父ピョートル大帝《たいてい》、あらためて尊敬しました！

が、ジョヴァンニ・ディ・サンティがユールノヴァの招聘に応じる意向と知ると、都市国家アストラの若き支配者は激怒した。

彼はジョヴァンニの庇護者《ひごしゃ》、パトロンだ。領民でもあるジョヴァンニを、己《おのれ》の所有物のように思っていただろう。支配者自身気に入っており、民衆の人気も高いジョヴァンニを、手放すつもりは毛頭なかった。なにより戦乱の時代、都市の水路は軍事機密の側面がある。アストラのそれを知り抜《ぬ》いた、ジョヴァンニ自身が機密の塊《かたまり》だ。

『我が手の内から出たいだと。他人へ渡《わた》すくらいなら、骨にしてでも我がもとへ留《とど》める』

そう言い渡されたが、ジョヴァンナも必死。そして、ヴァシーリーに発明家の価値を見定めるよういいつかってきた使者は、三年間で成し遂げた業績を目にして、必ず発明家を主君のもとへ連れ帰ると決意を固めていた。

『座して死を待つか、手にある賽《さい》を投げるか。選ぶまでもなかった』

ジョヴァンナに迷いはなかったそうだ。

かくして、アストラからの逃走《とうそう》計画が練られた。

ついつい妄想《もうそう》してしまうけど、当時のアストラ支配者が、ジョヴァンナさんが女性であることに気付いていた、少なくとももしかしたらと疑っていたとしたら、『他人へ渡すくらいなら……』という言葉の味わいが変わるよね。

支配者の名前は手記に書かれていないけど、まだ若いのになかなかの切れ者だったことは語られている。ヴァシーリー公はこの頃《ころ》たぶん二十代後半、そのアストラの支配者も同じくらいの年齢《ねんれい》だったかも。男装の天才美少女ジョヴァンナさんを奪《うば》い合う、地位も能力も備えた男性二人……誰《だれ》かー！　この三角関係を映画化してー！

……その前に、この世界に映画を生み出してもらわないとならないか……。

まあ結局、ジョヴァンナさんはアストラを脱出《だっしゅつ》してユールノヴァへ来ることに成功したわけだけど、かなりきわどいところだったらしい。

完全武装の警備兵の一団が、どこへ行くにも付いて来るようになった。発明家ジョヴァンニ・ディ・サンティを警護するためと言いつつ、逃がさないための監視《かんし》だ。発明家は水道の修復などの現場をいくつも掛《か》け持ちして毎日駆け回っていたから、そうした現場の監督《かんとく》に出かけることは禁じられなかったが、それ以外の外出はいっさい許されなくなった。

ヴァシーリー公からの使者とは、会うことを禁じられた。手紙のやり取りはできたが、内容は検閲《けんえつ》された。

そんな状況《じょうきょう》でも脱出できたのは、ジョヴァンナたち自身も思いがけなかった鬼札《ジョーカー》の出現ゆえだ。

兄ジョヴァンニが父親の前に現れて、ユールノヴァとの橋渡《はしわた》し役を引き受けたのだ。金に困ってる、と言って報酬《ほうしゅう》を要求してのことだったが、最後にジョヴァンナが脱出した時には、突《とつ》然《ぜん》現れて逆方向へ追っ手を引きつけていった。

『兄さんには感謝してる……兄さんのことだから、お金に困ってたのも、きっと本当だと思うけど』

妹の心情は複雑だったようだが、兄が時間を稼《かせ》いでくれたおかげでジョヴァンナはアストラの城壁《じょうへき》の外へ逃《のが》れ、ユールノヴァからの使者と、そして発明家をユールノヴァに連れて行くために来た迎《むか》えと合流することができた。

そして合流したとたん、迎えの男に馬の背に押し上げられ、使者と父親とを置き去りにして、二人乗りで爆走《ばくそう》することになったそうだ。

『いつ兄さんが囮《おとり》だとバレて追っ手がこっちに来るかわからなかったから、正しい対応だった。でも、無《む》茶《ちゃ》苦《く》茶《ちゃ》だった！』

……その時のことが話題になると、ジョヴァンナさん毎度キレ気味になってますね。

しかし、本当にこんなだったら、確かに無茶苦茶だわ。

なにしろ、普通《ふつう》は七日かかる道のりを、一日で駆け抜けたそうなので。

七日を一日。

いやこれは記載《きさい》ミスだろう、と思ってフォルリさんに確認《かくにん》したら、いえ事実にござります、と無造作に断定されました。可能なんだそうだ。

まあ、七日かかるというのは馬をポクポク歩かせちょくちょく休憩《きゅうけい》する普通の移動でのことであって、早馬なら二日の距離《きょり》だそうだ。でも、途中《とちゅう》で何度も馬を替《か》えてめいっぱい走らせての最速で、もちろん二人乗りなんかしない。それでやっと二日。

それを、あちこちでショートカットしてとはいえ、ずっと同じ馬に二人で乗ったまま、一日で駆《か》け通した。

それが可能な馬が、この世界には存在するのだね。

クルイモフの魔獣馬《まじゅうば》。

フォルリさんが可能と断定できるのは、セルゲイお祖父《じい》様の親友だっただけに、お祖父様の魔獣馬ゼフィロスをよく知っていたから。ゼフィロスも同じくらいのことができたそうだ。

セルゲイお祖父様と同じくヴァシーリー公も、当時のクルイモフ伯《はく》から魔獣馬を贈《おく》られていた。

つまりユールノヴァから発明家を迎えるために来た男は、ヴァシーリー公その人だった。

ジョヴァンナさん、あなたは正しい。確かに無茶苦茶！

三大公爵家の公爵閣下が何をやっとるんですかー！

しかしヴァシーリー公、効率の権化《ごんげ》というか、そうするのが効率的とか効果的とか判断すると、前例も常識もほっぽってサクッと実行してしまう人だったらしい。それだからこそ、賢公《けんこう》としてユールノヴァの歴史に名を刻《きざ》むほどの功績を残すことができたわけだけど、同時代の身近な人間にとっては、いろいろ困った人だったと。

ジョヴァンナさんはこの時まで、馬に乗ったことがほとんどなかったそうだ。

ただでさえ、初心者が馬の背に乗ると高くてびびるし、馬が歩くと意外に揺《ゆ》れて怖《こわ》い。

それが、いきなり爆走。

魔獣馬は並みの馬の全速力くらいの速さをずっと維持《いじ》できるそうで、周囲の景色がちぎれとんで見えたそうだ。馬の全速力って、時速五十キロくらいなのかな？　車や電車での移動に慣れている前世とは違《ちが》う、ジョヴァンナさんにとっては想像を絶する体験だっただろう。後ろからがっちり抱《だ》きかかえられていたけれど、とにかく怖かったと。さらに、人の背丈《せたけ》ほどもある壁《かべ》を跳《と》び越えた時には悲鳴を上げ、河を大跳躍《だいちょうやく》で跳び越えた時には――。

『気絶したけど悪い⁉』

それから数年後であろう森の民《たみ》の長相手に回想している時点でなお、キレ気味、というかキレているジョヴァンナさん。あなたは悪くないです。……ご先祖様、なんてことをしてるんですか。

いや捕《つか》まるわけにはいかなかったのは解《わか》るんですけどね。当時のアストラ周辺だと、魔獣馬も異端《いたん》とか穢《けが》れた存在とか言われてアウトだっただろうし。普通の馬に見えるように偽装《ぎそう》して行ったろうけど、こんな爆走しちゃったらバレバレだから、いったん走り出したら安全圏《けん》まで駆け通すしかなかったのは解る。

でも酷《ひど》い。

ジョヴァンナさんはすぐ意識を取り戻《もど》し、その時には二人を乗せた魔獣馬はゆったりした速足で進んでいた。

それを停《と》めて、ヴァシーリー公は言ったそうだ。

『君は女だな。本物の発明家はどこにいる』

言われた瞬間《しゅんかん》、ジョヴァンナさんは思わず、相手を引っぱたいていた。

『私は偽者《にせもの》じゃない！　私が発明家、私がジョヴァンニ・ディ・サンティだ！　水道を修復したのは私、巻き上げ機やクレーン、工具を発明したのも私、この私！　男だろうと女だろうと、頭の中身に違いなんかない！』

溜《た》まりに溜まった鬱憤《うっぷん》やら疲《つか》れやらストレスやらが爆発《ばくはつ》して、叫《さけ》んだ後に大泣きしたそうな。

なお、この時彼女は、相手が公爵《こうしゃく》とは夢にも思っていない。思わないよね、そりゃ。

『そうか。では、仕事で証明してもらう』

慰《なぐさ》めるでもなくジョヴァンナさんが落ち着くのを待って、ヴァシーリー公はあっさり言った。

嘘《うそ》をつくなとか、女にできるわけがないとかいった言葉を予想していたジョヴァンナさんが驚《おどろ》いて見上げると、何を驚くと言いたげに見返したそうだ。

『上手にネズミを獲《と》る猫《ねこ》なら、雄《おす》だろうが雌《めす》だろうが気にするものか』

この後、無事にユールグラン皇国の勢力圏内《けんない》にたどり着いて、迎えの一団から相手がユールノヴァ公爵だと聞かされたジョヴァンナさんは、もう一度気絶したとのこと。深く同情します。

のちにヴァシーリー公はこの時のジョヴァンナさんのことを、『毛を逆立てた子猫のようだった』と評したらしい。ピンタも、子猫の猫パンチみたいで可愛《かわい》いもんだったと。余裕《よゆう》だなー。

お兄様も、私に引っぱたかれたらそんな風に思ってくれるかしら。

いや……駄目《だめ》だっ。想像でもお兄様をはたくなんてできない！

代わりに想像でお兄様の頭をなでなでしておこう。ついでにハグ。えへへ。

アホか自分。

そんな道中でありながら、ユールノヴァ領へやって来た後のジョヴァンナさんは、大活躍《だいかつやく》だった。

水道の遺跡《いせき》修復を手始めに、鉱山の作業を効率化する機械や工具の発明、改善。高炉《こうろ》などの性能向上。さらにはかつて戦闘要塞《せんとうようさい》だったユールノヴァ城を、現在の瀟洒《しょうしゃ》な政治行政の拠点《きょてん》に変える設計を担《にな》った。床下暖房《ゆかしただんぼう》やら斬新《ざんしん》な採光やらの創意工夫《くふう》をこらし、建築も監督。まさに八面六臂《はちめんろっぴ》。

一時は、彼女が撒《ま》き散らすアイディアを書き留めるために四人の書記が付き従って、メモを取りまくっては試作担当の職人のもとへ走っていたそうな。天才こわい。

故国アストラからちょいちょい発明家を返せという交渉《こうしょう》があったり、当時の皇帝《こうてい》陛下からも皇国全体の発展のために発明家を皇都へ出仕させるよう命令が下ったりしたけれど、全部ヴァシーリー公が潰《つぶ》したそうだ。

その中で、発明家の権利を守るための特許の仕組みを考え出して、まずユールノヴァ領の領法として施行《しこう》した。うちは発明家のために、ここまでやった。アストラも皇国も、まず同じものを作ってみろ。話はそれからだ。――って感じですね。

先進的な取り組みを実現して、巧《たく》みに交渉カードにした、ヴァシーリー公も凄《すご》い。

もっとやりたいことがたくさんあるのに時間が足りない、と嘆《なげ》くジョヴァンナさん、完全にワーカホリックです。過労死イエローカード。

しかし、あまりに寝食《しんしょく》を忘れて働いていると、ヴァシーリー公が首根っこを摑《つか》まえて、ベッドへ投げ込んで休ませたそうだ。やだもっと働く、と駄々《だだ》をこねる彼女を押さえ込んで寝《ね》かせたと。

そんなことをやってた割には、この二人、まとまるまでに時間がかかったそうで、森の民の長《おさ》にちょくちょく揶揄《からか》われている。

『我が伴侶《はんりょ》』

細密画の裏に記されていた言葉。

あらためて思うけど、ユールノヴァ公爵が『伴侶』という言葉を使うのは、とても重いことだ。性別を偽《いつわ》っている上に、大きな身分差のあるジョヴァンナさんを、ヴァシーリー公は本当に深く愛したのだろう。言葉ひとつに、それが表れている。

手記の終わり近くの晩年、公爵位を嫡子《ちゃくし》に譲《ゆず》ったのち、ヴァシーリー公は何度かジョヴァンナさんにプロポーズしたらしい。結婚《けっこん》しておかなければ、ジョヴァンナさんはユールノヴァ家の霊廟《れいびょう》に入ることができないから。

皇室や三大公爵家の墓は、巨大《きょだい》な霊廟というか迷宮《めいきゅう》じみた地下墳墓《カタコンベ》のようなものだそうで、内部は数多くの部屋に分かれており、代々の当主とその家族は同じ部屋で棺《ひつぎ》を並べて眠《ねむ》りについているという。ヴァシーリー公はジョヴァンナさんと、死した後も一緒《いっしょ》にいたかったのだ。

発明家ジョヴァンニ・ディ・サンティの名を捨てて貴族女性に身分を偽る必要のある申し出だし、やはりいろいろ無理があるから、ジョヴァンナさんは頷《うなず》かなかった。なにより、若くして亡《な》くなった奥様に悪いからと。

でも、ヴァシーリー公の棺をデザインして、そこに猫を彫《ほ》らせたそうだ。

猫の傍《かたわ》らには古代アストラ語が刻まれている。『生ける時も死せる後も離《はな》れざりき』と。

「……驚くべきお話ですわ」

読み終わった手記を見つめて、エカテリーナはしみじみと言う。

「当時の森の民の長、ルシオラ様は、ジョヴァンナ様のまさに親友でしたのね。これほど何もかも包《つつ》み隠《かく》さず話せるお友達がいらして、さぞ心強かったことでしょう」

「大王蜂《だいおうばち》と共生する私どもの生き方に、きっと最初は驚いたでしょう。彼女の故郷アストラでは考えられないことだったはずですから。だからこそ、自由を感じたのかもしれません」

アウローラは微笑《ほほえ》んだ。現在の森の民の長としての誇《ほこ》りが、その言葉ににじんでいるようだ。

「森の民が、わたくしどもユールノヴァ家にとってどれほど信頼《しんらい》できる友であるかが、よく解りましたわ。このような秘密が、当時も今も守られてきたのですもの。ユールノヴァの娘《むすめ》として、お兄様と共に大王蜂の森を守り森の民との友誼《ゆうぎ》を大切にしていきたいと、あらためて思いましてよ」

この手記を見せてくれた目的のひとつは、きっとそれだろう。

ユールノヴァ公爵家にとっての森の民は、忍者《にんじゃ》の里か影《かげ》の軍団みたいだと思っていたけど、本当に深い信頼関係にあったんだ。これからも、Win-Win でお願いしたいです。

「ところで、お尋《たず》ねいたしますけれど」

エカテリーナは咳払《せきばら》いする。前世日本人として見逃《みのが》せない言葉が、手記に書かれていたもので。

「森の民は……森にある温泉をよくご存じですの？」

「はい。この居住地にもございますよ。ただ、屋内ではありませんので、お嬢様《じょうさま》は落ち着かないのでは」

そ、それってつまり。

天然温泉露天風呂《ろてんぶろ》ですね！

（露天風呂ー！）

うっきうきで、エカテリーナはゆっくりと湯船に浸《つ》かった。思わずほうっとため息がもれる。

日本人の感覚では、隠れ家温泉の秘湯という感じだ。小川沿いに造られていて、引き込んだ川の水で温度調節して適温になるよう工夫されているらしい。きっと発明家ジョヴァンナが遺《のこ》したもの、森の民《たみ》に三百年間守られてきたものだ。

森の民の居住地方向に、視線をさえぎるための天幕が張られているが、小川方向や空には何もない。小川のせせらぎを聞きながら、満天の星を見上げることができる。

控《ひか》えめに言って最高！

前世の日本とは、見える星の数がまるで違《ちが》う。夜空が星でいっぱいですよ。天の河が見えるよ！

……天の河の正体って、銀河系の中心方向に見える星の大群だよね。この世界のこの太陽系も、銀河系の端《はし》のほうに位置しているんだろうか。ここは異世界の地球なのか、別の星なのか……やめよう、考えると眠れなくなっちゃいそう。

「お嬢様、外の風呂は怖《こわ》くありませんか」

続いて入ってきたミナに訊《き》かれて、エカテリーナは笑顔《えがお》で首を振《ふ》った。

「とても心地《ここち》好《よ》くてよ。戸外のすがすがしい空気の中でくつろぐのは素敵《すてき》ね。それに、ミナと一緒に入れるのも嬉《うれ》しいの」

「……メイドと一緒に風呂に入るのが嬉しい公爵令嬢《こうしやくれいじよう》って、変です」

「あら、久しぶりの言葉ですこと」

ミナと出会ったばかりの頃《ころ》はよく『お嬢様は変です』と言われたもんだったけど、そういえば最近は、あまり言われてなかったわ。私が令嬢生活に慣れたのか、ミナが私に慣れたのか。

しかしミナの腹筋すごい。世界陸上とかで見た、世界最高峰《さいこうほう》の女子アスリートばりにキレッキレ。

私、悪役令嬢はといえば、引きこもりだった頃よりちょっぴり引き締《し》まったような気がするけど、相変わらずですよ。

若干《じやつかん》成長してますけどね、けしからん感じで。ユールノヴァ領に旅立つ前に、皇都でデザイナーのカミラさんに採寸してもらったら、嬉しそうに『さらに魅惑《みわく》的におなりですわ〜』って言われたし。いやもう充分《じゆうぶん》なんですけど。

ミナが、背中を洗ってくれた。森の民が入浴に使う分厚い葉っぱがあって、揉《も》むとぬるぬるした感触《かんしよく》になる。これで身体《からだ》を洗うと、肌《はだ》がきれいになるそうだ。

この世界、というか皇国は、入浴や洗顔、手洗いに関する意識が高い。貴族だけでなく、街中にも庶民《しよみん》向けの共同浴場があると、フローラちゃんが言っていた。

中世近世の前世ヨーロッパは、衛生状態が悲惨《ひさん》だったというのは有名な話。皇国がそうではないのは、ジョヴァンナさんが修復してくれた上下水道のおかげもあるかもしれない。それに、全体的に良質な水が豊かだし。森林資源が豊富なユールノヴァ領なんて特に、あちこちにおいしく飲めるきれいな泉が湧《わ》いている。

そして、神様のおかげも大きいらしい。人々がまめに手を洗うのは、そうすると神様のご利《り》益《やく》があるからだそうだ。

医療《いりよう》神は清潔が好きなので、手を洗うと病気になりにくくしてくれると。

みんな細菌《さいきん》の知識なんてもちろんなく、おまじない的にやっているわけだけど。科学的に正しい！　昔、神託《しんたく》で人々にそれを伝えた医療神様、グッジョブ！

「ミナの背中はわたくしが洗ってあげるわ」

「いりません。お嬢様にそんなことさせられません」

にべもない！　裸《はだか》のつきあいなのに！

いや〜、洗う〜、と駄々をこねたけど、ミナのガードは鉄壁《てつぺき》でさっさと自分で洗ってしまった。ちぇ。

あまりゆっくりしては申し訳ないので、洗い終わったらさっと上がり、天幕の陰《かげ》で服を着る。

何が申し訳ないかといえば、騎士《きし》の皆《みな》さんが温泉の周りをガードしてくれているから。食事の時も、皆さん酒豪《しゆごう》そうなのに警護の仕事中だからとアルコールなしで済ませてくれてたし、ほんとに申し訳ない。

「皆様、ありがとう存じます。わたくしはもう休みますので、皆様もどうぞお入りになって、くつろいでくださいましね」

そう声を掛《か》けると、騎士たちは全員こちらに背を向けたまま、はっ！　と応《こた》えた。……いろいろ申し訳ない。

就寝《しゅうしん》用に貸してもらった天幕へ入り、ミナに髪《かみ》を梳《す》いてもらう。森の民の居住地へ来る時、あわただしく馬車を降りることになったのに、ミナはしっかりエカテリーナの髪や爪《つめ》を手入れする道具を持ってきていた。青薔薇《あおばら》の髪飾《かみかざ》りなどの貴重品も入っているので、その点でも手元に置いておくに越《こ》したことはない。

食事の時は床《ゆか》のクッションに座ったから、寝《ね》るのは布団《ふとん》かと思ったら、小さいながらもベッドだった。

そして、枕《まくら》からいい香《かお》りがする。レモングラスのような、爽《さわ》やかな香りだ。きっと虫除《むしよ》け効果があるのだろう。大王蜂は平気なのか？　まあ、天幕の中には入ってこないからいいのだろう。

森の民は、アロマの知識も豊富なようだ。これも今後、活《い》かすことができるといい。森を維《い》持《じ》しつつ、森の民が経済的に力を持って、時代が変わっても彼らしく暮らしていけるような道筋をつけられたらいいな、と思うのだ。前世で、さまざまな国の先住民族が、いろいろな苦難を味わっていた。この世界が前世のように発展していっても、森の民がそういう思いをしないで済むことを願う。

ベッドに入ると、アウローラから言われていた通り、籠《かご》に入っていた白珠虫《しらたまむし》をミナが外へ放した。暗くなった天幕の中で目を閉じると、エカテリーナはすぐに眠《ねむ》りに落ちた。

目が覚めたのは、いつ頃《ごろ》だったのか。

天幕の外が明るいが、深夜であるような感覚があった。

――呼ばれている……。

ああ、行かなければ。自然にそう思って、身を起こす。

ベッドから下り、夜衣の上にショールを羽織って、ふとおかしいと気付いた。

ミナが起きない。

少しでも気配があれば目覚めるミナが、同じ天幕のもうひとつのベッドに横になったまま、起きる様子がない。

それでも、怖くはなかった。何が自分を呼んでいるのか、解《わか》る気がしたので。

天幕を出る。

誰《だれ》もいない。レジナたち猟犬《りようけん》さえ、丸くなって眠ったまま動かない。

いつの間にか、月が出ていた。皓々《こうこう》と輝《かがや》く満月。あれほど天を満たしていた星々が、圧倒的《あつとう》な月光の前にほとんど見えなくなっていた。

足元を見下ろす。くっきりと、月の影が落ちていた。

視線をあげる。満月の下に、人馬がたたずんでいる。

乗り手が持つ大鎌《おおがま》が、月光に輝く。

エカテリーナはいとも優雅《ゆうが》に淑女《しゅくじょ》の礼をとった。

「お初におめもじいたします。わたくし、エカテリーナ・ユールノヴァと申します。死の乙女《おとめ》と呼ばれるお方、わたくしに御用《ごよう》がおありでしょうか」

少女は微笑《ほほえ》むと、巨大《きょだい》な黒馬の背からするりと滑《すべ》り下りた。

長いまっすぐな金髪《きんぱつ》がさらりと流れる。ほっそりと華奢《きゃしゃ》な身体つき、細面《ほそおもて》の顔立ちは少し寂《さび》しげだが気品があって、美しい。

「わたしはセレーネというの」

セレーネとは、この世界の神話で月に住み竪琴《たてごと》を奏《かな》でている美女の名前だ。昔はポピュラーな名前だったらしく、古典文学などでもよく見る。

「わたしを怖がらないでくれて嬉しいわ」

「アウローラ様から、お話をうかがっておりましたの。迷子の子供を案内してくださった、優《やさ》しい方と」

それに正直、夢の中にいるような気持ちだから。

ミナ、騎士たち、森の民、レジナたち猟犬さえも眠りから目覚めず、周囲の森も静まり返っている。これは、セレーネがなんらかの影響《えいきょう》を及《およ》ぼしているためだろう。自分もどこかが、麻《ま》痺《ひ》しているような気がする。

「まあ、嬉しい。わたしを見た人は、とても恐《おそ》ろしいと話すことが多いようなのに」

馬に寄り添《そ》い、銀色のたてがみに頬《ほお》を埋《うず》めて、セレーネはおっとりと言った。

……この少女が、かつて仇《かたき》の一族を殲滅《せんめつ》したのだろうか。

けれどふと見れば、彼女が着ている白いシンプルなドレスには、黒ずんだ汚《よご》れがある。死の乙女は、伝説の通り、血染めの屍衣《しい》をまとっているのだった。

「あなたは、とても賢《かしこ》いのね。わたしに近寄らない」

ふふ、とセレーネは微笑《わら》う。

小首を傾《かし》げてエカテリーナを見る、その目が淡《あわ》く光っていた。

「こんな風に呼び立ててごめんなさい。でも、とても不思議だったものだから——あなたの魂《たましい》が。二千年この世に留《とど》まって、あなたのような魂を初めて見たの。他《ほか》の誰とも、何かが違《ちが》う。あなたは何？」

エカテリーナは、大きく息を吸い込んだ。

何？　と訊《き》かれてしまいましたよ。

すいません悪役令嬢《れいじょう》です。って答えていいですか？

いけません。二千年前に乙女ゲームないから通じない。ていうか二千年後の現在だって、この世界で乙女ゲーム言うても通じんわ。この世界が乙女ゲームなのになー。

いや、いいからさっさとお答えしろ自分。

「わたくしは……」

言いかけて、エカテリーナはいったん言葉を切った。

思い切って言う。

「わたくしには、前世の記憶《きおく》がありますの」

こんな怪《あや》しげなこと、人に言う日が来るとは……。

でも相手も、死の乙女という超常《ちょうじょう》的存在だし！

……この目で見られて嘘《うそ》つくとかごまかすとか、無理ですから。

「前世の記憶」

おうむ返しに言って、セレーネは首を振《ふ》る。

「そういう人は、他にもいたわ。でも、あなたは、何かが違う。とても目立つの。聞いたことのない旋律《せんりつ》が響《ひび》いてくるような、不思議な色の光が射《さ》しているような。何かが……今までの誰とも違う。この世界と、微妙《びみょう》にずれている、のかしら。それがどうしても気になって、こんな風に会いに来てしまったのよ」

うわあ。

ほぼバレてる……ような？

「それは……前世のわたくしが生きた世界が、この世界ではない別の世界であったから、なのかもしれません」

腹をくくったエカテリーナの言葉に、セレーネは目を見開いた。

「別の、世界？」

「まず、前世のわたくしが生きていた世界は、この世界よりも歴史が進んでいたようでしたわ。この世界も数百年後には、前世の世界のようになることでしょう。そして何より、前世の世界には、魔力《まりょく》が存在いたしませんでした。魔獣《まじゅう》も存在しない、神様もいない世界だったのです」

セレーネは絶句しているようだった。黒馬を見上げ、銀色のたてがみに指をからめて、首を振る。

「……とても想像できないわ」

「さようでございましょうね」

神が存在しない世界では、死の神に願ってこの世に留まったという、彼女もあり得ない存在だ。この反応は、無理もないものかもしれない。

「あなたは他にも、ここではない別の世界を生きたことがあるの？」

「いいえ――いえ、わかりませんわ。わたくしに記憶がございますのは、今の生のひとつ前、前世のみですの」

「そう……不思議ね。魂はひとつの世界を巡《めぐ》るものだと思っていたわ。あなたの魂がとても特《とく》殊《しゅ》で、いろいろな世界を巡るのかもしれないと思ったのだけど。別の世界からこちらの世界へ、魂が移ってくるのはきっと珍《めずら》しいことね。なぜそうなったのか、心当たりはあるかしら」

うう。

心当たりはありますが、つくづく、前世の乙女ゲームがこの世界と一体どういう関係にあったのか、私もあらためて不思議です。

「わたくし、前世の世界で……この世界について、なんと申しましょうか……この世界が描《えが》かれている、ものを、見ておりましたの。それゆえに、世界を移ることになったのかもしれませんわ」

「この世界が描かれているもの？　その前世の世界では、別の世界をのぞき見るすべがあったということかしら」

「いいえ、そうではございません。ただの、物語のようなものでございました。わたくしは、それが実在する異世界のこととは夢にも思わず、想像上の世界とばかり思って、ただ楽しんでおりましたわ。それでもそこには、皇都でわたくしが通う魔法学園が描かれており、共に学ぶ学友である皇子殿下《でんか》や、聖の魔力を持つ友人のことが語られておりました。このユールノヴァ領については、そこでは触《ふ》れられておりませんでしたが……そう、わたくしどもが玄竜《げんりゅう》と呼ぶ存在は登場いたしました。そこでは……」

言葉を切って、エカテリーナは少し考える。日本語で思考したことも口に出す時には自然に皇国語（のお嬢様《じょうさま》言葉）に自動的に変換《へんかん》される、というか令嬢エカテリーナの語彙《ごい》の範囲《はんい》内でしか話すことができない（おかげでクソババアとか口から出ないで済んでいる）ので、前世での言葉をそのまま話すのはかえって難しいのだ。

「……ヴラドフォーレン。魔竜王ヴラドフォーレンという名で語られておりました」

エカテリーナがそう言った途端《とたん》、セレーネの黒馬が、彼女からすいと離《はな》れた。

ブワ、と闇《やみ》が噴《ふ》き出して、馬の輪郭《りんかく》が崩《くず》れる。夜よりも黒々とした闇が形を変じると、そこには見上げるほど背の高い、一人の男性の姿があった。

「……」

エカテリーナは言葉もない。

馬が人に変じたことに、驚《おどろ》いたのではなかった。

肌《はだ》は漆黒《しっこく》。身の丈《たけ》と変わらぬほど長い髪《かみ》は、きらめくような銀色。瞳《ひとみ》も同じ、光る銀色。身につけている古代めいた長衣はすべて黒、わずかに帯に銀色の文様がある。

銀色の目が、こちらを見た。

心臓をぐいと掴《つか》まれたようだった。

銀色の髪に月光が輝く、まるで讃《たた》えているかのように。

(前世のスマホ画面で見た魔竜王も絶世の美形と思ったけど――リアルで見る『絶世』はわけが違う!)

漆黒の、異質な、けれど絶世の美貌《びぼう》。

鳥肌が。

「ヴラドフォーレンと言ったか、ユールノヴァの娘《むすめ》」

低い声は、磁力を帯びているかのように聞く者を惹《ひ》き付けた。

「それは確かに、北の王の名だ。この地のすべての魔獣を統《す》べる、竜の王。しかし、人間がその名を知るはずはない……お前はそれを、前世で知ったと言うのか」

エカテリーナは、応《こた》えることができない。ぐらりと倒《たお》れてしまいそうなのを、必死にこらえている。

なん……なんだろう、この圧。行幸で拝謁《はいえつ》した皇帝《こうてい》陛下の威厳《いげん》でさえ、これとはまるで違った。

ああ、そうだった、死の乙女《おとめ》をこの世に留めているのは。

『冥府《めいふ》へくだるのを拒《こば》むなら、この世にあって我がものとなれ』

死の神。

この圧は、神威《しんい》なのか。

セレーネが死の神に歩み寄り、神は手を伸《の》べて彼女の肩《かた》を優《やさ》しく抱《だ》いた。それで圧が少し緩《ゆる》んで、エカテリーナは息をつく。

「……よく答えた。わたくしはその御名《おんな》を、前世で知りました」

死の神は、微《かす》かに笑う。気丈《きじょう》な娘だ」

美貌の笑《え》みは、違う意味で気を遠くさせる威力《いりょく》があった。

「その物語によってこの世界と縁《えにし》を結んだために、お前の魂はこの世界に移ってきたというのだな。奇妙《きみょう》なことだ……なぜその物語には、別の世界の存在が正確に語られていた？」

「わたくしにも、理由は何もわかりませんの……」

むしろ教えてください。

「では、いまひとつ尋《たず》ねよう。お前は、前世の記憶があると言う。今お前の魂がこの世界にない色をしているのは、その別の世界の記憶を残しているためだ。死して忘却《ぼうきゃく》の河を渡《わた》り、再び生まれてきたなら、一度は忘れたのだろう。記憶は、いつよみがえった」

では、前世の記憶がよみがえるまでは、異世界から移ってきた魂でも他《ほか》と区別はつかない

「前世の記憶は、つい数ヶ月前に突如《とつじょ》よみがえったものですの。さきほど触れた皇都の魔法学園を初めて訪《おとず》れた折に、突然噴《とつぜんふ》き出すように、前世の自分を思い出したのですわ」

エカテリーナが言うと、死の神はうなずいた。

「その魔法学園に、聖の魔力を持つ友人がいると言ったな。創造神が関与《かんよ》しているのやもしれぬ」

「創造神……とおっしゃいまして？」

この世界の神話では、創造神は、マントを着て目深《まぶか》にフードを被《かぶ》り、杖《つえ》を手にした人の姿をしているとされている。

フードに隠《かく》れた顔は双面《そうめん》であるとも無貌であるとも言われ、手にした杖には二つの鈴《すず》『宿命』と『偶然《ぐうぜん》』が結び付けられているという。

――創造神は杖を振《ふ》った。宿命、偶然、いずれかの鈴が鳴り、無に光が生じた。

エカテリーナが読んだ創世神話は、そんな風に始まっていた。

創造神が杖を振り、鈴が鳴って、世界が創《つく》られてゆく。鳴った鈴が宿命であるのか偶然であるのか、それが語られることは決してない。

創造神は、言葉を発することはないようだ。そして、人間とは関《かか》わりを持たない。ただ勝手に、宿命か偶然かを投げかけるのみ。他の神々も創造神とは関わろうとせず、創造神に何かを願った人間を制止したり咎《とが》めたりした話がいくつか知られている。

そのため、創造神を祀《まつ》る神殿《しんでん》は存在しないそうだ。

「そうだ。お前たちが聖の魔力と呼ぶものは、創造神の力に繋《つな》がっているからだ」

死の神が言う。

ど、どういうことでしょうか。

でもなんか、すごいな聖の魔力。フローラちゃん、さすがヒロイン。

「創造神が杖を振り、お前が前世を生きた世界に偶然が干渉《かんしょう》したのやもしれぬ。お前が読んだ物語をつづった者は、それとは知らずこの世界の、聖の魔力を持つ者の宿命を垣間見《かいまみ》、それを描いた。それがお前の魂《たましい》とこの世界の縁《えにし》を生み、魂が移ることとなった……。そういうことかもしれぬ。かの者のやりそうなことだ」

おお……じゃあ、あれですか。クリエイターが時々『降りてきた』『最初から出来上がっていたみたいだった』なんて言って小説とか音楽とかを創作することがあるけど、インスピレーションの正体ってそういうものかもしれないわけですか。異世界の神様の無茶振《むちゃぶ》り？

「……人間に話すべきでないことを話した。他の者には決して話すな、お前のもとに創造神が現れて、宿命か偶然かをもたらすことがないように」

宿命とか偶然とか、それ絶対逆らえないやつですね。気をつけます。

「肝《きも》に銘《めい》じますわ。あの、わたくしごときが案じることも非礼とは存じますけれど、秘密をお話しいただいて、お二方の御身《おんみ》にお困りごとは起きぬものでございましょうか」

宿命と、偶然。神々でさえ、あらがえるものではないのでは。

死の神はふっと笑った。

「神を案ずるとは、さすが世界を超《こ》える魂と言うべきか。……さて、創造神がどう出るかは誰《だれ》にもわからぬ。ただ、かの者は、我らに対してすでに杖を振っている」

思わずエカテリーナは、死の神とセレーネを見る。

「それがどの時点のことであったかは、我にも解《わか》らぬ。我を崇《あが》めていた者たちがセレーネの先祖に滅《ほろ》ぼされ、我は封《ふう》じられた神となった。その時か。代々我を封じていた一族の娘が、『冥』の魔力《まりょく》を持って生まれた。その時か」

封じられた神？

そういえば、この世界では神と魔は紙一重《かみひとえ》。被征服《ひせいふく》民族の神が、魔物扱《あつか》いに堕《お》とされることもしばしばあるのだった。

しかし、『冥』の魔力？

「聖の魔力以上にまれな存在ゆえ、人間たちには知られておらぬ。『冥』の魔力は生命と魂に力を及《およ》ぼす、我の巫女《みこ》となるべき者が持つ力だ。だがその時が来る前に、今度はあの一族が謀《ぼう》殺《さつ》され、セレーネは生ける者ではなくなった……あの時、かの者は杖を振ったのやもしれぬ」

……思考が筒抜《つつぬ》けっぽいのは気にしないでおこう。神様だもんね。

フォルリさんが語ってくれた伝説では、死の乙女は冥府へいざなおうとした死の神を拒んだ、という話だった。

でも、セレーネさんはもともと、死の神と関わりのある一族の生まれだったのか。

じゃあ、セレーネさんが今の、触《ふ》れるものすべてを死に至らしめるという、死の乙女になったのは――。

「……わたしは自分でこうなったの。自分に『冥』の魔力があるなんて知らなかったけれど、殺されて死んでゆく中で、怒《いか》りと、怨《うら》みで、わたしはわたしを造り変えていた。本当は生命と魂を癒《いや》す優しい力を、すっかり歪《ゆが》めてしまって」

こちらもエカテリーナの心を読んだように、セレーネは言う。

「わたしの一族は、結婚《けっこん》式の夜にみんな殺されたの。姉様の結婚相手に。愛してる、一生守る、生命よりも大事と姉様にさんざん言っていた男に。あんなに幸せそうだった姉様を、あんなにむごく殺した奴《やつ》らを、絶対に許さないと思ったのよ」

エカテリーナの脳裏《のうり》をよぎったのは、亡《な》き母の姿。母親の嫁《よめ》いびりから妻を守りもしない夫に、最後まで恋《こい》していた。

お母様を守らなかったクソ親父《おやじ》に、拳《こぶし》とか蹴《け》りとか入れたい……うん、セレーネさんの経験とは比べ物にならないのにそう思うんだから、彼女の悲憤《ひふん》を責めることなんてできない。

「だがそのままであれば、肉体が朽《く》ちて死霊《しりょう》になるはずだった。それを留《とど》めたのは我だ。初めは封印《ふういん》を解かせるためだったが……応じなかったな」

セレーネの髪《かみ》を撫《な》でて、死の神は苦笑《くしょう》する。そんな神を見上げて、セレーネは言った。

「あなたは、とうに自由よ」

「囚《とら》われている……深く」

死の神の言葉に、セレーネは微笑《ほほえ》む。

そして、エカテリーナを見て、ふふっと笑った。

「わたし、幸せなの。こんななのに、おかしいでしょ。お花に触れられないことだけ悲しいけれど、でも、幸せなの」

ああ、彼女が触れると、花はたちどころに枯《か》れてしまうのだ。

ふと、エカテリーナはひらめいた。

「恐《おそ》れ入りますわ、少々お待ちくださいまし」

急ぎ足に、天幕へ戻《もど》る。ミナの道具入れを開けて探すと、すぐ見つかった。

青薔薇《あおばら》の髪飾《かみかざ》り。

レフ君、親切にくれた物を、勝手にごめん。

「セレーネ様、どうぞ。枯れないお花ですわ」

「まあ！」

エカテリーナが掲《かか》げた、月光にきらめくガラス細工の青薔薇を見て、セレーネは目を見張った。地面に置くよう頼《たの》まれて、エカテリーナがそうすると、セレーネは恐るおそる拾い上げる。

彼女の手の中で変わることなく美しいままの花を見つめて、ぱあっと顔を輝《かがや》かせた。

「枯れない……枯れないお花だわ。……なんてきれいな……」

そして死の神を見上げ、セレーネは手にした薔薇を差し出した。

「覚えているかしら。生きていた頃《ころ》、わたしは毎日お花を摘《つ》んで、あなたが封じられていた廟《びょう》に投げ入れていたの。寂《さび》しくないかしらと思って」

「忘れはしない」

死の神が、そっとセレーネの手から青薔薇を取る。

そして、彼女の長い金髪《きんぱつ》に飾った。

死の神と目を見合わせて、セレーネは微笑む。

「エカテリーナ、本当にありがとう」

「ユールノヴァの娘《むすめ》、礼を言う。この恩義は、いずれ返す」

両者の言葉に、エカテリーナは笑顔《えがお》で首を振った。

「どうかお気になさらないでくださいまし。喜んでいただければ、それだけで嬉《うれ》しゅうございますわ」

死の神の、絶世の美貌《びぼう》が笑う。

「解っておらぬな。人の身で神に恩義を与《あた》えるのは、小さなことではない。この先、創造神がお前に杖《つえ》を振ることがあるやもしれぬ。その時、思い出すがいい」


その夜、アレクセイはいつもより遅《おそ》い時間に就寝《しゅうしん》した。

遅くなったのは、仕事に時間を要したせいだ。いや、正確には仕事そのものではなく、仕事

を終えた後の時間に押しかけてきた者たちへの応対だが。

ノヴァダインほか父アレクサンドルの代に不正を働いていた者たちを、捕縛《ほばく》したことが知れ渡《わた》った。これから彼らの爵位《しゃくい》や財産を没収《ぼっしゅう》し、しかるべく配分することは、たやすく予想できる。

それに、早くも多くの者たちが群がってきた。

爵位を、財産を、自分に与えてほしいと訴《うった》える陳情者《ちんじょう》たち。根拠《こんきょ》はさまざまだ。遠い先祖の手柄《てがら》、現在の困窮《こんきゅう》、前公爵《こうしゃく》の時代に経験した理不尽《りふじん》。

本人が語る理由はどうあれ、真の理由は欲望《よくぼう》だ。

彼らはアレクセイの領政に、なんら貢献《こうけん》したわけではない。それなのに要求だけはする。図々《ずうずう》しい、とアレクセイが嫌悪《けんお》するのも無理はないだろう。

が、門前払《もんぜんばら》いにはすべきでない、とノヴァクは言う。

「セルゲイ公なら、ひととおり話を聞いてやったことでしょう。それぞれが抱《かか》える事情を押さえて彼らを掌握《しょうあく》する、よい機会になりますので」

祖父セルゲイは高潔な人格者だったが、それだけではない策士の一面もあった。高潔なばかりでは、統治者は務まらないものだ。

アレクセイはうなずいた。

「お祖父《じい》様なら、もしも正当な理由だったなら、救済はなさっただろうな。そうでなくとも、何らかの使いどころがあれば、適所で使ってやることもできる」

ノヴァクは満足げに笑ったものだ。

「まことに、さようで。閣下もセルゲイ公に似てこられました」

「いや。エカテリーナならなんと言うかと思っただけだ。あの子なら、もっと優《やさ》しい言い方をしたろうが……お祖父様に似ているのは、やはりあの子だな」

アレクセイは苦笑したが、ノヴァクの満足げな表情は変わらなかった。

以前のアレクセイならば、陳情者たちの訴えを聞いても、切り捨てる言葉を返すだけだったかもしれない。だがそんな会話の後ゆえに比《ひ》較的《かくてき》穏《おだ》やかに応じ、ノヴァダインたちから金銭的な被《ひ》害《がい》を受けた者については、確認《かくにん》のうえ損害への補償《ほしよう》をすることになった。

これが、閣下は意外に人の話を聞いてくださる方、という評判が広がるきっかけとなる。

とはいえ、疲《つか》れる時間ではあった。爵位を欲《ほっ》するまともな理由がある者のほうが、少数なのだ。理屈《りくつ》の通らない話に付き合わされるのは、理性的なアレクセイにとって苦痛でしかない。

夕餉《ゆうげ》の時間には、エカテリーナの不在が身に沁《し》みた。兄が疲れた様子をしていれば、すぐに気付いていたわってくれる、優しい妹の声がない。

欲望まみれの陳情でユールノヴァ城が騒《さわ》がしくなることがわかっていればこそ、エカテリーナを山岳神殿《さんがくしんでん》への代参という理由で遠ざけることに同意したというのに。祖父を喪《うしな》ってから、長く家族の情など知らずに生きてきたというのに。

自分が、弱くなった気がする。

そんなことを考えながら寝入《ねい》ったせいか、こんな夢を見た。

——巨大《きょだい》な建物の中を、アレクセイは彷徨《さまよ》っている。

夢の中だと、わかっていた。昔から、ときおり見る夢だ。

この夢の中では、彼はまだ子供の姿で、なぜか正装している。

あたりはどんよりと重い灰色で、霞《かす》んでいる。階段が、廊下《ろうか》が、あるはずなのに、ゆらゆらと定まらない。

ここは、どこか。今は、いつか。定《さだ》かなものが何もない中、何かを探していた。

胸に痛みがある。

探しているものが見付かれば、その痛みは癒《い》える。それは、解《わか》っているのに。探すべきものが何かすら、解らない自分に気付いて、アレクセイは立ちすくむ。

誰《だれ》もいない。

何もない。

どんな音もしない。

ここは、なんて空虚《くうきょ》なのだろう。

いつも夢の中、彼は彷徨うばかりだ。探して探して、何も見付けられはしない……。

その時。

「お兄様！」

空虚だった世界に、音が生まれた。

「わたくしです！　エカテリーナはここにおりますわ！」

アレクセイは振《ふ》り返る。

灰色の世界に唯一《ゆいいつ》の色が、宵闇《よいやみ》色のドレスをまとった藍色《あいいろ》の髪の少女が現れた。

祝宴《しゅくえん》の時のあでやかな姿で、細身のスカートを品よくつまんで、精一杯《せいいっぱい》の速さで駆《か》けてくる。

幸せそうな笑顔の彼女を、天の河のようなおぼろな光が包んでいる。

夜の女王が、星々を引き連れてやってきた。

「エカテリーナ――」

腕《うで》を広げると、エカテリーナは迷わず飛び込んできた。

「お兄様、お会いしとうございました！」

「エカテリーナ」

アレクセイは妹を抱《だ》きしめる。

子供の姿をしていたはずが、現実と同じ十八歳の姿に変わっている。

「エカテリーナ……エカテリーナ」

「お兄様」

兄を見上げて、エカテリーナは明るく微笑《ほほえ》んだ。

「ここは私の夢の中だ。いつも誰もいない世界なのに、なぜお前が現れたのだろう」

「わかりませんわ。ですけれど、実は縁《えん》あって、さる古き神に捧《ささ》げ物をいたしましたの。それがたいそう御心《みこころ》にかないましたので、お兄様にお会いしたいわたくしの気持ちに、お応《こた》えくださったのではないかと」

「神とは？　山岳神《さんがくしん》か」

「いいえ、別のお方でございますわ」

首を振って、エカテリーナは悪戯《いたずら》っぽい表情をする。

「お兄様。今宵《こよい》、わたくしが居なくて寂《さび》しいと、思ってくださいまして？」

その言葉に、アレクセイはふと胸に手をやった。

「そうか。ここに痛みを感じていたが……」

あれは、寂しさだったのか。

エカテリーナは小首を傾《かし》げ、気遣《きづか》わしげな表情でアレクセイの手に手を重ねた。

「寂しさをそれとお解りにならないほど、長く寂しくていらしたの」

「そう……かもしれない。お祖父様が亡《な》くなってからお前と会うまで、ずっと、ここに抱えていた気がする」

呟《つぶや》いて、アレクセイは周囲を見回す。灰色に霞んでいた世界が、宵闇と星々の微《かす》かな光の中に、形を現していた。

「ここは、皇城、ですの？」

「皇城だったのか」

まだ皇城に行ったことがないエカテリーナは、けげんな顔だ。皇城のイメージからは遠い場所だから無理もない。

　ここは皇城の、階段の陰《かげ》だった。

「……昔、ひとり友達がいて。ここは、彼と初めて会った場所だ……」

　呟くアレクセイの手を、エカテリーナは優しく握《にぎ》る。

「あの方を、本当に大切に思っていらしたのですわね。お兄様は、なかなか人に気を許さない方でございましょう。その分、一度心に入れた方は、関係がどう変わろうともずっと、心から捨て去ることがお出来にならないのですわ」

「そう、かな」

「そうですわ。さらに申し上げるなら、お兄様は人の選《よ》り好みが激しいところがおありですわ。お小さい頃《ころ》から、お祖父様がお取り立てになった、すぐれた側近の皆様《みなさま》に囲まれてお育ちになったのですもの。同年代の子供など、相手にならなくとも仕方がありません。そんなお兄様が友達と思った方でしたら、さぞすぐれた方でしたのでしょう」

　夢の中であるせいか、エカテリーナは普段《ふだん》より、遠慮《えんりょ》がないような気もする。人の選り好みが激しいと言われると、反論はできない気がした。

「そう、かもしれない。神童と呼ばれていた。そのくせ、人見知りで自信なげで……守ってやらなければと思っていた」

「お兄様は、心に入れた相手を、ご自分の全《すべ》てで愛して守る方ですものね。ミハイル様もすぐれた方ですけれど、あの方は主君であられますもの。心に入れてはならないと、子供の頃からお思いでしたのね。だからこそあの方は、お兄様が初めて、心に入れた方……」

「今はもう、お前がいてくれる。私が全てをかけて愛し守るべきはお前なのに、彼を探すなど愚《おろ》かなことだった」

「以前はずっと、寂しい時にはここに来ていらしたのですもの。心がそう動くようになっているのですわ」

アレクセイは微笑んだ。

「お前には、なんでも解ってしまうようだ」

すると、エカテリーナはちょっと唇《くちびる》をとがらせた。

「ここがお兄様の夢の中で、お兄様がわたくしをそういう存在と思っていらっしゃるからですわ。わたくし本当は、ここまで察しが良いわけではありませんことよ」

「そうかな」

アレクセイは破顔し、指先でエカテリーナの唇にちょんと触《ふ》れる。

「それでもお前は、本当のエカテリーナであるようだ。お前のこれほど愛らしい表情を、私は見たことはなかったのだから。ふくれた顔なら、以前に見せてくれたことがあったが、今の顔はいっそう愛らしいよ。私の愛《いと》しいエカテリーナ」

「まあ、お兄様ったら」

エカテリーナはぱあっと笑顔《えがお》になった。

「旅はどうだ？　危ないこと、不自由なことはないか？」

「何もございませんわ。思いがけないことはありましたけれど、フォルリ卿《きょう》からたくさんのこ

とを教えていただいて、珍《めずら》しいものを見聞きして、楽しい旅路をたどっておりましてよ。お兄様はいかがお過ごしでしたの？　寂しくお思いになったのですもの、お辛《つら》いことがおありだったのでは」

心配そうな顔になった妹の頰《ほお》に片手を添《そ》えて、アレクセイは微笑んだ。

「どうだったかな。お前を見つめることができる今があまりに幸せで、忘れてしまった」

「お兄様ったら」

再び笑顔になったエカテリーナを、アレクセイは抱きしめる。

「気にかけてくれてありがとう、エカテリーナ。お前ほど誠実に人を愛してくれる者は、この世にいない。お前のように素晴《すば》らしい妹を持って、私はなんと幸せなのだろう。お前が側《そば》にいないのは辛いことだが、夢の中でまで気遣ってくれたことを思って、不在に耐《た》えよう。どうか心楽しく安全に旅をして、早く帰ってきてほしい」

「お兄様、わたくしがお兄様を愛するのは、お兄様が誰より素敵《すてき》な方だからでしてよ。お兄様が早く帰ることをお望みなら、わたくしは仰《おお》せの通りにいたします。ですから、お元気にお健《すこ》やかに、お待ちくださいましね」

兄の身体《からだ》に腕を回して、エカテリーナは抱擁《ほうよう》を返した。

安全な旅を願った兄に、その通りにすると応じたエカテリーナ。

その言葉をたがえることになろうとは、この時にはわかるはずもなかった。

第三章　大叔父アイザックと山岳神

翌朝。

気持ちよく目覚めたエカテリーナは、ミナに着替《きが》えをさせてもらいながら、昨夜、青薔薇《あおばら》の髪飾《かみかざ》りを贈《おく》り物にしてしまったことを話した。相手が死の乙女《おとめ》と死の神であることも。

だいぶトンデモな話なので話すかどうか悩《なや》んだが、髪飾りがなくなっている理由はミナに説明しなければならない。そして相手がミナでは、適当にごまかすことはできないだろう。正直にぶっちゃけるのが一番、と判断した。もちろん話す内容は最小限に留《とど》め、創造神だの転生だのについては伏《ふ》せたが。

「山岳神殿《さんがくしんでん》に参拝する時に着けるはずだったのに、どうか許してね」

さすがにしばらく絶句したミナだった。

「お嬢様《じょうさま》……そんな危険なものと会う時に、あたしがお側にいなかったなんて」

眠《ねむ》らされて侵入者《しんにゅう》に対処できなかった自分に、青白い炎《ほのお》が見えそうなほど怒《おこ》っているようだ。

「素敵な方々だったの。神様のお呼びだったのですもの、ミナが気にすることなどなくってよ」

「お嬢様は、今朝はなんだか、ご機嫌《きげん》がよろしいみたいですね」

ミナに言われて、エカテリーナはぱっと笑顔になった。

「そうなの、そのあと、とっても夢見がよかったのよ。お兄様とお会いしたの！」

その後、朝食の前にアウローラに時間をもらって、死の乙女セレーネと会ったことを話した。彼女は、優《やさ》しい女性と語られたことを喜んでいたと。

アウローラはしばし言葉を無くしていたが、信じてくれたようだ。そして、セレーネが花に触れられないことを悲しんでいるので、森の民《たみ》が得意な木彫《きぼり》で花を彫って捧げれば喜ばれると思う、と話すとうなずいた。

「捧《ささ》げ物をして喜んでもらえるなら、後悔《こうかい》も軽くなります。皆《みな》にも話してみましょう」

一緒《いっしょ》に朝食をとった後、アウローラはたくさんのお土産《みやげ》を渡《わた》してくれた。木製の優美な食器、草木染めで美しく染め上げられた布、レモングラスのように爽《さわ》やかな香《かお》りがする匂《にお》い袋《ぶくろ》まで。

「私どもも、刃物《はもの》や塩など、どうしても外から買い入れなければならないものがありますので。こういうものがお金になるなら、ありがたいことです」

「お役に立てれば嬉《うれ》しゅうございますわ。もし商売になったとしても、森の民の暮らしを乱すことのないよう、アウローラ様、フォルリ卿《きょう》としっかりとご相談して進めるつもりでしてよ」

エカテリーナの言葉にアウローラは微笑《ほほえ》んだ。

「ありがとうございます。そのお若さでこれほどのご配慮《はいりょ》、感服いたしました」

あうっ。

詐欺《さぎ》ですいません〜。

滞在《たいざい》した一晩、エカテリーナに話しかけてはこないものの友好的だった森の民は、最後は皆で手を振《ふ》って見送ってくれた。

来た時と同様にオレグの馬に同乗させてもらったエカテリーナは、微笑んで彼らに手を振り返す。

なんだか、ロッジ風ペンションで一泊《いっぱく》したような感じだったかも。しかも天然温泉露天風呂《ろてんぶろ》つき。ご飯も美味《おい》しかったから、オーベルジュっていうやつとか。

素敵な一夜をありがとう！

そしてエカテリーナ一行は、旅を再開した。

いやその前に、馬車の中になぜか入り込んでいた甜菜《てんさい》二体を、フォルリがぺいっと放《ほう》り捨てるという一幕はあったのだが。

多分あの二体は昨日のイケメン甜菜ともう一体。なんでここにいたんだ。気付かなかったら、連れて出発しちゃってたぞ。馬車の扉《とびら》を葉っぱで開けたのか、器用な。冷蔵庫の扉を開けちゃう猫《ねこ》並みに器用。

そしてどんだけ仲良しなんだ。放り捨てられる時も手をつないで、じゃない葉っぱをつないでたし。

そんな二体を、農作物を収穫《しゅうかく》するスタイルで淡々《たんたん》と投げ捨てたフォルリさん、生まれは侯爵《こうしゃく》家なのに森林農業長として農業にもすっかり精通しているんですね……。

甜菜は美味しいので森の動物に食べられてしまうのでは、と心配したが、馬車の屋根にとまって守ってくれていた大王蜂《だいおうばち》の伝令が、さっと飛び立っていった。怪奇《かいき》植物めいた甜菜の成体もどこかにいるだろうし、大丈夫《だいじょうぶ》だろう。

「非常食に持って来るのもよかったやもしれませぬな」

フォルリが思いついたように言ったが、エカテリーナはふるふると首を振った。

うっかり個体識別できちゃった相手はさすがに……。連れていったりしたら、ますます情が移っちゃうに違《ちが》いないし。

それがスープに入ってたら、さすがに泣いちゃうわ。

ともあれその後は、旅は快調に進んだ。

なにぶん初日に遅《おく》れが出てしまったので、取り戻《もど》さなければならない。そのあたり、御者《ぎょしゃ》と馬とが頑張《がんば》ってくれて、一行は深い森の中を縫《ぬ》うように続く街道《かいどう》を、急ぎで進んでいった。

といってもエカテリーナの感覚では、前世に比べればのんびりしたものだ。車や電車の移動と違い、馬車での旅であるからして、定期的に馬を休ませて水を飲ませたり、草を食べさせたりしなければならないので。

休憩《きゅうけい》の間はエカテリーナは馬車を降り、近くをそぞろ歩いたり、レジナたち猟犬《りょうけん》と遊んだりした。頑張ってくれる御者と馬をいたわるべく馬のブラシかけを手伝ったら、初老の御者を死ぬほど恐縮《きょうしゅく》させてしまったが、二頭の馬のどちらがどのへんをブラッシングされるのが好き、なんてことを教えてもらって楽しかった。馬はかわいい。

草花を摘《つ》んで馬にあげようとした時には、ミナに馬には毒になる草が交じっていると指摘《してき》されて、大慌《おおあわ》てでチェックしてもらった。一見すると、花を手にしたご令嬢《れいじょう》と一緒に花をのぞき込む美人メイド、という眼福な光景なのだが、実は毒草チェックという。

騎士《きし》たちの馬にもチェック済みの花をあげた。もっしゃもっしゃ食べる馬に、お嬢様から花をいただくありがたみを理解しろ、と説教する騎士がいて笑ってしまった。馬が理解したらびっくりだ。フォルリや他《ほか》の騎士たちも笑っていた。

街道沿いの村で飼葉を買って食べさせることもあり、そういう時には村人たちが物見高く集まってくる。エカテリーナは好感度を上げるべく手を振ったり話しかけたりして、たいていの村人がエカテリーナのことを公爵《こうしゃく》閣下の奥様だと思っていることに笑った。そういう噂《うわさ》がすっかり広まっているらしい。

そもそも、爵位を継承《けいしょう》する前から領政を担《にな》ってきたアレクセイだから、まだ十八歳だとは思われていないようだ。本人の見た目もどう見ても二十代だから、仕方ないのかもしれない。

「このお方、エカテリーナ様は、公爵閣下の妹君であられる。初代セルゲイ公より連綿と続く、正統なるユールノヴァの姫君《ひめぎみ》であるぞ」

フォルリは何度も村人たちに言って聞かせることになった。

「わたくしがお兄様の奥方様だなんて、光栄な間違《まちが》いですわ」

エカテリーナはコロコロと笑う。

ブラコンとして嬉しいですよ！　私がお兄様の奥様って……いや－ん素敵《すてき》！

そんな呑気《のんき》な旅は、けれどこの世界では立派な強行軍だったので、その日の夜は予定通り街道沿いのやや大きな街に到着《とうちゃく》して、宿に泊《と》まることができた。

翌日も順調に旅は続き、やがて、切り立った岩肌《いわはだ》が見えてくる。

「お嬢様、あれが旧鉱山にございます。山岳神殿はあの麓《ふもと》にございまする」

「あれが……」

深かった森はいつしか途切《とぎ》れ、周囲は再び畑になっている。木々は燃料として伐採《ばっさい》され、開墾《かいこん》されたのだろう。製鉄は、すさまじい量の燃料を消費する。

緑のない大地の起伏《きふく》の向こうに見える灰色の岩山は、なぜか異様な迫力《はくりょく》でエカテリーナの視界に迫《せま》ってきた。

なんだろう、この感じ……。なにか、覚えがあるような。

旧鉱山は、かつては大きな鉱脈を持つ鉄の鉱山であり、皇国の建国期にはすでに採掘《さいくつ》が始まっていたそうだ。当時のここは採掘や製鉄の技術に長《た》けた土着の豪族《ごうぞく》のものだったが、建国四兄弟が平定。ユールノヴァ公爵家の開祖セルゲイが豪族の娘《むすめ》クリスチーナを娶《めと》り、平和裡《り》に鉱山と採掘・製鉄技術を手に入れた。

しかし現在、この山の鉱脈はすでに採取し尽《つ》くされ、鉄鉱石は別の鉱山で採掘されている。が、『旧』鉱山と呼ばれながらも今もほそぼそと鉱山として生きているのは、虹石《こうせき》が採れるからだった。

採掘場は別の場所に移ろうとも、ここは今も、ユールノヴァの鉱山業の中枢《ちゅうすう》だ。旧鉱山の麓には、山岳神殿だけでなく、ユールノヴァの全《すべ》ての鉱山関連事業を統括《とうかつ》する鉱山事業本部がある。

それを率いているのが、鉱山長アーロン・カイルだ。

「お嬢様《じょうさま》！」

馬車が到着すると、待ちわびていたようにアーロンが出迎《でむか》えた。

「お忙《いそが》しいのに出迎えていただき恐縮ですわ、アーロン様」

「ご無事のご到着、なによりです。さぞお疲《つか》れになったでしょう、まずはお休みください。のちほどアイザック博士とご挨拶《あいさつ》いただければ幸いです、お嬢様にお会いするのを楽しみにしておられました」

やっぱりアイザック大叔父《おおおじ》ラブ全開なアーロンに、エカテリーナは微笑む。

「嬉しゅうございますわ、わたくしも大叔父様にお会いするのが楽しみでなりませんでしたの」

その人は、鉱山事業本部の片隅《かたすみ》にある雑然とした部屋で、何か書き物をしていた。

向かっているのは立派な机ではなく、簡素なテーブル。ただ板に四本の脚《あし》がついているだけ、という感じだが、とても大きい。そのあちこちに何の変哲《へんてつ》もなさそうに見える石が置かれていて、ハンマーで細かく砕《くだ》かれてなにかの薬品に浸《つ》けられていたり、ランプに炙《あぶ》られたビーカーの中でコポコポと熱せられたり、魔法陣《まほうじん》に置かれて明滅《めいめつ》したりしている。

部屋の奥にはずらりと戸棚《とだな》が並び、そのすべてにさまざまな鉱石がきちんとケースに収まり名前が書かれた名札を付けられて、大切に保管されていた。

うーん、大学時代の研究室を思い出すわー。試験管洗いたくなる。

「アーロンかい」

穏《おだ》やかな声がした。

「今手紙を書いているから、あとで送ってくれないか。『神々の山嶺《さんれい》』の麓にある観測所へ」

今やこの鉱山事業本部のトップであるアーロンだが、昔通りに助手と思われているようだ。

そしてアーロンも、当然のようにうなずいた。

「はい、わかりました。その前に博士、お客様です」

「お客様？」

不思議そうに、鉱物学者アイザック・ユールノヴァは振《ふ》り返った。

エカテリーナを見て、大きく目を見張る。

そんな大叔父に微笑《ほほえ》みかけながら、エカテリーナも内心驚《おどろ》いていた。

セルゲイお祖父《じい》様に似てる！

肖像画《しょうぞうが》でしか知らない祖父は、優《やさ》しい人柄《ひとがら》を知ってはいても、威厳《いげん》を擬人《ぎじん》化したようにいかめしい見た目だった。宰相《さいしょう》や外務大臣など国の要職を歴任するに、この上なくふさわしく。そして、ダンディそのものの魅力《みりょく》的な男性だった。

祖父の異母弟であるアイザック大叔父は、その祖父と明らかに似通った、整った目鼻立ちをしている。けれどずっと柔和《にゅうわ》な印象で、祖父ほど長身でもないようだ。

髪《かみ》の色が青みがかった白なのは、もともと青い髪がほとんど白髪《しらが》になっているためだろうか。瞳《ひとみ》の色は、祖父は鮮《あざ》やかな青だったようだが、大叔父は勿忘草《わすれなぐさ》のように淡《あわ》い青。水色とも言えるが、アレクセイのネオンブルーとも、祖母の氷のような色とも違う、優しい印象だ。

「……アナスタシア？」

戸惑《とまど》ったように母の名を呼ばれて、エカテリーナはかぶりを振った。淑女《しゅくじょ》の礼をとる。

「お初におめもじいたします。わたくし、エカテリーナです。アイザック大叔父様、お会いできて嬉《うれ》しゅうございますわ」

「エカテリーナ！」

弾《はじ》かれたように立ち上がり、アイザックは大きな笑顔《えがお》でエカテリーナに歩み寄った。両手を差しのべて、エカテリーナの両手を優しく包み込む。大きな温かい手だった。

「なんてことだ、会えて嬉しいよ！　なんだか、まだ小さな女の子のように思っていた。こんなにきれいなお嬢《じょう》さんだとは……でもそうだ、アーロンが、とても賢《かしこ》いご令嬢だと教えてくれて」

と、アイザックははたと言葉を切った。おろおろと言う。

「ああ……ごめんよ、僕は、君とアレクセイを城で出迎えることになっていたんだった。すっかり忘れていた。もう皇都からこちらに着いてしまったんだね。あれ、いや、城で宴《うたげ》があるから行くように言われていたんだったかな。どちらにせよ、ごめん。僕は本当に駄目《だめ》な奴《やつ》だ……」

しょんぼりしてしまったアイザックに、エカテリーナは微笑んだ。

アーロンやユールノヴァ城の家政婦ライーサから聞いていた通り、現実的なことには対処できないタイプらしい。天才学者なのだから、いっそこれくらいのほうが、伝記が面白《おもしろ》いと思う。

「どうぞお気になさらないでくださいまし。わたくし、お兄様の名代で山岳神殿《さんがくしんでん》へ参拝に参りましたの。ちょうどお会いできて、ようございましたわ」

「そうかい……？　でも女の子が一人で旅をするなんて、えらかったね。エカテリーナはしっかりした子だ」

……すいません中身アラサーなんです。そんな純粋《じゅんすい》な笑顔で褒《ほ》められると、ほんとにすいませんとしか。

「一人ではありませんでしたの。フォルリ卿《きょう》がご一緒《いっしょ》くださいましたのよ。今は山岳神殿の神官様たちと、明日の参拝について打ち合わせをしていらっしゃいますわ」

「ああ、バルタザール兄さんと一緒だったなら、心強かっただろうね。僕も昔はよく、一緒に旅をしたんだ」

兄セルゲイの親友だったフォルリだけに、アイザックも親しく付き合っていたようだ。

「博士、お嬢様は博士にお土産《みやげ》を持って来られたそうですよ。早くお渡《わた》ししたいとおっしゃるので、打ち合わせはフォルリ卿にお任せして、お嬢様をこちらにお連れしたんです」

アーロンが振ってくれた話に、アイザックは驚いた顔をする。

「お土産？　エカテリーナが僕に？」

「大叔父様のご研究に、ぜひ役立てていただきたいものですの。——ミナ」

　エカテリーナが呼ぶと、大きな荷物を軽そうに持ったミナがすすっと寄ってきた。テーブルの上に荷物を置き、手早く荷ほどきをする。

　現れたものは、顕微鏡《けんびきょう》だ。

　エカテリーナにとってはいささかレトロな印象の、しかし明らかに顕微鏡とわかる形状。だが、アイザックは不思議そうに首を傾《かし》げた。

「なんだろう、初めて見たよ。でも、研究用の器具らしい感じがするね」

　アイザックがこう言うのは、この世界にも顕微鏡が存在はするが、前世とは形状から違《ちが》っていてかなり使いにくいものであるせいだ。プレパラートもまだ存在しておらず、拡大する対象はテーブルの上などに置く。ので、かなり見づらい。

　今回、皇都のムラーノ工房《こうぼう》で雇《やと》い入れたレンズ職人エゴール・トマにこの顕微鏡を作ってもらうと共に、プレパラート用のスライドガラスも作製依頼《いらい》して送ってもらった。それに拡大対象をセットして、下の鏡で光を反射させて視界を明るくすれば、この世界に既存《きそん》の顕微鏡よりはるかに見やすい。

　それにトマは、いろいろ工夫《くふう》して、皇都の公爵邸《こうしゃくてい》にあった顕微鏡より拡大率を高くしてくれたそうだ。凝《こ》り性《しょう》だと自称《じしょう》していたのは、事実らしい。

「これは、顕微鏡ですの。皇都でユールノヴァ家が買い入れたガラス工房で作らせた、改良型ですわ。このように使いますのよ」

テーブルの上にあった、細かく砕かれた岩石の粉をもらってスライドガラスに載《の》せる。

前世では、プレパラートといえば水とかを一滴《いってき》落としてカバーガラスをかぶせたものだったが、極薄《ごくうす》のカバーガラスはまだちょっと作れない。スライドガラスだって、かなりきれいに透《す》き通った均一な厚さのものを作ってくれたのは、すごいと思う。

台にセットして、レンズをのぞき込む。下の鏡を調節して反射光で視界を明るくし、調節ねじを回してピントを合わせると、粉はまったく違う姿で見えるようになった。黒っぽいゴツゴツしたものに交じって、明るく透き通った、美しい色の結晶《けっしょう》らしきものがいくつも見える。まるで雪の結晶のように美しい形のものも。形状から見て、水晶などではなさそうだ。

「どうぞ大叔父様、ご覧になって」

「ありがとう」

エカテリーナの操作を目を丸くして見ていたアイザックは、いそいそとレンズをのぞき込んだ。

「おお！」

一目見たとたん、アイザックが叫《さけ》ぶ。

「すごい！　こんなに明るく……こんなに拡大できるのは初めてだ。なんてはっきり見えるんだろう。ああ、語りかけてくるようだ……」

感動の声はうっとりした呟《つぶや》きに変わって、アイザックは息を詰《つ》めて、無言で顕微鏡を見つめ始めた。

と、顕微鏡から目を離《はな》し、何かを探すようにきょろきょろする。

そんなアイザックに、アーロンが心得顔でノートと羽根ペンとインク壺《つぼ》を差し出した。いつの間にか、テーブルの別の場所に置いてあったものを持ってきたらしい。

「ああ、ありがとうアーロン」

嬉しそうに受け取ったアイザックは、ノートにスケッチとメモを描《か》き始めた。

他《ほか》のことをすべて忘れて没頭《ぼっとう》するアイザックを、満足げに眺《なが》めるアーロン。助手スキルは完《かん》璧《ぺき》なようだ。

なおアーロン、この若さで鉱山長を務めているのは伊達《だて》でもコネでもない。

ユールノヴァのすべての鉱山を把《は》握《あく》し、それぞれの鉱山の産出量に推定埋蔵《まいぞう》量、所在地周辺の地形や輸送路、およその経費、利益、雇用《こよう》人員数、主要な関係者と彼らの相関関係、その他もろもろの膨大《ぼうだい》なデータを脳内に収めている。豊富な知識にもとづいて各鉱山に的確な指示を出し、鉱山に巣食う海千山千の叩《たた》き上げたちが水増しした費用を申請《しんせい》してきたり指示通りの結果を出してこなかった場合、にんまり笑って通常の指揮系統とは違うところへ何かを伝え、それでなぜか問題が改善する、というちょっと怖《こわ》い現象を起こすことさえできる。

執務《しつむ》室では最年少のため控《ひか》えめに振る舞《ま》っているが、人材育成が趣味《しゅみ》だった祖父セルゲイが取り立てたメンバーだけあって、とんでもなくできる男なのだ。そして実は黒い。

それほどの鉱山長としての能力も、実はアイザックが存分に研究に没頭できる環境《かんきょう》を作るための、助手スキルの一環《いっかん》なのかもしれない。と、アーロンがアイザックの助手をやっている時の幸せそうな表情が思わせる。

――アーロンさんのアイザック大叔父《おおおじ》様ラブが深すぎる。私のブラコンが負けているかもしれない。これは危機！

アホな焦燥《しょうそう》を感じるエカテリーナであった。

手早くスケッチを描《か》き上げて、顕微鏡から目を離したアイザックは、あらためて感心したように顕微鏡自体をしみじみと見て、そっと撫《な》でる。

それからようやく我に返って、あわてた様子でエカテリーナを見た。

「ああ、すまない。また僕は、夢中になってしまって」

エカテリーナは微笑《ほほえ》んだ。

「大切なご研究ですもの、集中されるのは良いことですわ。この顕微鏡は、お役に立ちますかしら」

「もちろんだよ。これは、素晴《すば》らしいね。こんな風に台をつけて、ガラスに載せて鏡で下から光を当てられるようにするなんて、すごい工夫だ。他の顕微鏡とは、まるで違うよ」

アイザックは嬉《うれ》しそうに顕微鏡を撫でている。

「こんなすごいものを、本当に僕が貰《もら》ってしまっていいのかい？」

「もちろんですわ。お使いいただいて、もっとこうして欲しいといったご要望がありましたら、ぜひ教えてくださいまし」

「博士、この顕微鏡はお嬢様《じょうさま》が改良されたんですよ」

アーロンの言葉に、アイザックはきょとんとなった。

ええ、その反応は正しいです。私がこんなの思い付けるなんておかしいですよね！　だって思い付いてないもん！

本当は、顕微鏡が生み出されてから百年二百年かけて、いろんな人がいろいろな改良を積み重ねて、こういう形になったものですよ。

でもそんなことは絶対に言えない。

「素人《しろうと》ならではの思い付きですわ。女性たるもの、宴《うたげ》の前に装う時には、鏡の反射で光を当てて髪《かみ》やお化粧《けしよう》を確認《かくにん》するものですのよ。殿方《とのがた》には馴染《なじ》みのない鏡の使い方なのかもしれませんわね」

つるつると言い訳が出てくる自分に感心するわ……。でもこの世界、ぐるっと照明が囲んだ女優鏡とかないから、メイク時に工夫はするんです。

「そうなんだね。でも、すごいし素晴らしいよ。アーロンが言っていた通り、エカテリーナは本当に賢《かしこ》い子だ」

子供のような笑顔《えがお》で、アイザックが褒めそやす。

その純粋な笑顔が、エカテリーナの良心にグサグサきていたりする。

「お……大叔父様、今ご覧になっているのはどういった鉱物ですの？」

苦しまぎれに尋《たず》ねたエカテリーナに、アイザックはにっこり笑った。

「これかい？　これは、虹石《こうせき》だよ」

「まあ、これが！」

エカテリーナは目を見張る。

「気付きませんでしたわ、虹石はもっと光が強いものと思っておりましたの」

「うん、これだけ小さいとわかりにくいよね。でも、視界が明るいから透き通っているだけに見えるけど、光っているんだよ。魔力《まりょく》の渦光《かこう》を確認できたから、間違《まちが》いない。これは大きな虹石を採取した周辺の屑石《くずいし》なんだけど、そこからこういう微細《びさい》な虹石を効率よく抽出《ちゅうしゅつ》する方法がないかと思って、いろいろ考えているんだ」

おおー！

虹石は、しげしげ見たのは皇都公爵邸での行幸の時にブローチにしたものだけだけど、透明《とうめい》な石の中に青い光が閉じ込められて渦巻《うずま》いていた。渦光というのは、あの渦巻く光のことなんだろうな。

ああいう、大きくて光の強いものも採取できるのに、微細な虹石を抽出したいのか。

「それは、虹石魔法陣《まほうじん》に用いるためですのね。高品質な虹石を採掘《さいくつ》するだけでなく、微細な虹石を抽出することで、人工的に高品質の虹石を造り出すという試みをなさっておられますの？」

「エカテリーナも虹石魔法陣を知っているのかい。だいたいそんな感じだよ。天然の大型虹石では、含《ふく》まれる魔力の品質が低い場合や属性が複数混在している場合があって、魔法陣の起動結果が安定しない可能性が高いんだ。それで砕《くだ》いて品質や属性で選別することにしたんだけど、どうせなら今まで捨てていた屑石からも微細な虹石を抽出できればと思ってね。小さくても品

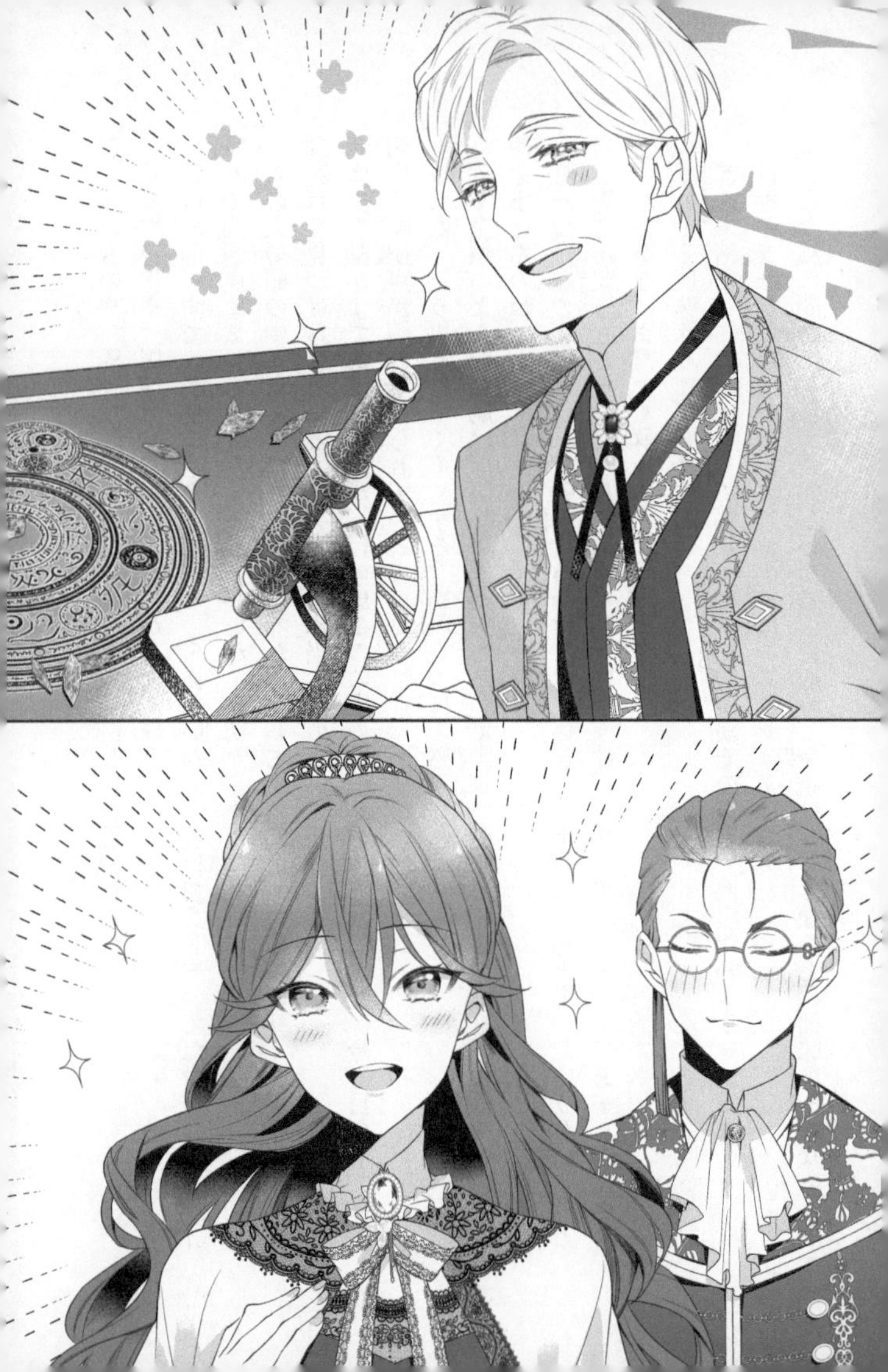

質の高いものや、稀少《きしょう》な属性のものもあるから、惜《お》しいと思ったんだ」

品質均一化や、属性単一化が狙《ねら》いなのか。なるほど。

試行の前にすでに改良が始まっている……えらいなあ。前世でSEやってた身として、設計段階で問題点に気付いて改善することがいかに大切か、よく解《わか》ります。

この人の頭の中には、すでに虹石魔法陣が存在しているんだ。頭の中のシミュレーションで問題点を見つけられるほど、リアルに。本当に頭のいい人だ。

歴史を動かすであろうものが、目の前のこの人の頭脳から生まれたんだ。今も目の前で、人類史の転換《てんかん》点が練り上げられていっている。

うわあ、そう思うとぞくぞくする。鳥肌《とりはだ》立つほど感動だわ。

「鉄や金銀のような金属は、高熱で鉱石を溶《と》かして製錬《せいれん》いたしますわね。虹石にはその方法は使えませんのね」

「虹石は金属のように、熱で融解《ゆうかい》するわけではないから。宝石の一種と思ったほうがいいけど、自然魔力が凝縮《ぎょうしゅく》したものだから、普通《ふつう》の石とは違《ちが》う性質があってね……今まであまり研究されていないから、まだよく解っていないんだよ」

「まあ……興味深《ぶこ》うございますわ」

前人未踏《ぜんじんみとう》の、知の新大陸って感じかな。知的冒険《ぼうけん》そのもの。浪漫《ロマン》だわー！

目をキラキラさせているエカテリーナに、アイザックは微笑む。

「そんな風に聞いてもらえて嬉しいなあ。普通のご令嬢《れいじょう》は、こんなことに興味は持たないと思うのに」

「わたくしとしては、興味を持たないほうが不思議ですわ。これほど胸がときめくことが、他にありましょうか。大叔父様のご研究に触《ふ》れることができて、光栄に存じますわ。人の暮らしをすっかり変えるかもしれない可能性を秘《ひ》めているのですもの、わくわくしてたまりませんの」

「嬉しいよ。ありがとう」

アイザックは手を伸《の》ばし、エカテリーナの頭をよしよしと撫でた。

「エカテリーナは賢い子だね、さすがアレクセイの妹だ。アレクセイも小さい頃《ころ》からとても賢くて、いつも感心していたけど、君はあの子とまた違う賢さがあるみたいだ」

天才に賢いって言われたー。照れるわー。

いや照れてる場合じゃない、詐欺《さぎ》ですいませんだろ。私は賢いわけじゃなく、前世で数百年後の文明を知っていただけなんだから。賢いなんて自惚《うぬぼ》れたら人として終わるぞ、肝《きも》に銘《めい》じねば！

「あらためてだけど、この顕微鏡《けんびきょう》をくれてありがとう、エカテリーナ。とても嬉しいよ、こんなに嬉しいものをもらったのは、小さい頃に兄様から戸棚《とだな》をもらって以来かもしれないくらいだ」

「戸棚……とおっしゃいまして？」

エカテリーナは首を傾《かし》げる。

大叔父様、セルゲイお祖父《じい》様のことを『兄様』って呼んでいるのか。昔からずっとなんだろうな。白髪《はくはつ》の紳士《しんし》がちょっと子供っぽい呼び方をするの、かわいい。

小さい頃なら、お祖父様も子供だよね。子供が子供に戸棚をあげるって、それが嬉しいって、どんな状況《じょうきょう》だろう。

「僕は昔から鉱物に惹《ひ》きつけられるたちでね、小さい頃には毎日のように石を拾って部屋に持ち込んでいたんだ。でも、いつも怒《おこ》られて、捨てられてしまった。今考えると仕方ないんだけど、あの頃は悲しくてねえ。庭でわんわん泣いていたら、兄様が来て、捨てられずに済む方法を教えてくれた。きれいに並べて、名札をつけるといいよって。そうすれば、珍《めずら》しいから取っておきたいんだってことが、他《ほか》の人にも解るから、って。それで、石をしまっておくための戸棚と、鉱物図鑑《ずかん》をくれた」

なるほど！

人は見た目が九割っていうけど、物だって大事そうに展示されていれば、価値あるもののように見えるのは同じ。お祖父様、子供の頃から頭良かったんだなー。

でも、弟にぽんと『戸棚』あげられるなんて、お値段高いし大きさデカいし、なにげにセレブならではだわ。

「僕が七歳だった頃だよ。だけど、僕はその頃になってもまだ、字が読めなくてねえ。家庭教師が教えてくれていたのに、わからなかったんだ。文字から意味を読み取るより、外へ出て空や木々や、何より石の声を聞くほうがよく解るのに、と思っていたものだから。それで、駄目《だめ》な子だって言われてしまっていたよ。でも図鑑なら絵がたくさん載《の》っているから、絵と石を比べて同じものを探せばいい。石と同じ絵を見付けたら、名前を書き写すんだよ。字の勉強にもなるから。兄様はそう言ってくれた」

懐《なつ》かしげに、アイザックは微笑む。

「鉱物図鑑はすごく面白《おもしろ》くて、今まで拾ってきた石に誰《だれ》かが付けた名前があったことに驚《おどろ》いた。それで夢中になって、一晩中見ていたら、翌朝には全部読めるようになったんだ」

はい？

「書くほうも、鉱物の専門用語ならだいたい書けるようになったよ。大人向けの図鑑だったから、とても勉強になった」

にこにことおっしゃる大叔父《おおおじ》様、いろいろ認識に間違いがあります。ツッコミがもはや無理と白旗上げるほどです。

……本当に一晩で読み書きできるようになっちゃったんだろうな！　天才こわっ！

ふとアーロンさんと目が合ったら、深くうなずかれてしまった。そうですね、あなたの大好きなアイザック博士は、本当にすごい人です。そのうち伝記を執筆《しっぴつ》してください。

……すでに書いてるかもしれない。

「でも、やっぱり戸棚が嬉《うれ》しかった。兄様が言った通り、名札をつけて戸棚に並べたら、それまで怒るばっかりだったメイドが、感心してくれたんだ。石に名前があるなんて知りませんでした、って。あれで、すっかり世界が変わった気がする。もらった戸棚が名札をつけた石でいっぱいになった時、兄様に見せたら驚いて、すごく褒《ほ》めてくれた。そして、新しい戸棚をくれた。それからずうっと、僕の研究を応援《おうえん》してくれてね。いっぱいになった戸棚を保管する場所の手配や、よその領地や普通では行けない場所に行って蒐集《しゅうしゅう》する許可を取ってくれたり、いろいろなことをしてくれたんだ。最後までずっと、そうしてくれた」

しみじみと、アイザックは語る。戸棚は彼にとって、兄セルゲイとの絆《きずな》の象徴《しょうちょう》なのかもしれない。

「兄様が……逝《い》ってしまってからは、アレクセイが同じことをしてくれる。まだあんなに若いのに、あの子は賢《かしこ》くて立派で、いつも感心するよ。それに君も、兄様と同じことをしてくれた。兄様はいつも僕の話を、今の君みたいにわくわくした顔をして聞いてくれたんだ」

アイザックはにっこり笑った。

「兄様に鉱物図鑑をもらってから、僕もいつか同じようなものを作るのが夢になったんだ。あの図鑑に載っていなかった鉱物を網羅《もうら》してね。そして作ったんだよ。でも、もう一度作り直したくなった。図鑑にこの顕微鏡で見た姿を添《そ》えて、もっと良いものに改訂《かいてい》したい。虹石《こうせき》の研究が一段落したら着手しよう、僕の新しい夢だ。兄様のように夢をくれた君が、兄様の孫で嬉しいよ。ありがとう、エカテリーナ」

かわいい。すごい人なのに、なんでこんなにかわいいんだ。

アーロンさんのラブがちょっと理解できてしまった。それにお祖父様も、アイザック大叔父様のこと、すごく可愛《かわい》かっただろうな。

私はブラコンですが、大叔父様のことも大好きになりましたよ。

エカテリーナは微笑《ほほえ》む。

「わたくしも大叔父様のお身内であることが、嬉しゅうございますわ」

もうひとつお土産《みやげ》がありますの、と言ってエカテリーナがガラスペンを渡《わた》すと、アイザックはこちらも大いに喜んでくれた。

アレクセイにプレゼントしたような華《はな》やかな色ガラスではなく、色なしの試作品だ。フィールドワークで足場の悪いところを旅することも多いアイザックだから、破損してもいい物のほうが適切でしょう、というアーロンのアドバイスに従った結果である。

「すごいねえ、羽根ペンよりずっといい。こんなことを思い付くなんて天才的だ、エカテリーナはすごい子だ」

いいえ、天才は大叔父様です。そしてこれは、私が思い付いたわけじゃないんです。ガラスペンの本当の発明者、前世明治の風鈴《ふうりん》職人さん、本当にすみません。

「こういう細長いものをガラスで作ると、強度が問題になりそうだね」

「やはりそこにお気付きですのね！　職人の工夫《くふう》で、強度を高めておりますのよ」

「そうなの？　どんな工夫だろう」

興味深げに、アイザックはガラスペンを見つめる。

「うーん、温度かな。強いガラスを作るには、高温が必要なはずなんだ。他にも方法があるかもしれないけど」

「ああ、思い出しましたわ。炉《ろ》に工夫があるということでしたの。先代親方の工夫が詰《つ》まった炉でなければ、強度が出せないと」

「それは興味深いね。一度見てみたいなあ」

「ぜひ、皇都にいらした折には、ご覧になってくださいまし。大叔父様の学識で職人に助言をいただければ、いっそう素晴《すば》らしいものが生まれるに違いありませんわ。顕微鏡の職人にも、会っていただきとうございます」

大叔父様に助言をもらって工房《こうぼう》の設備をさらに向上して、レフ君に亡《な》き先代ムラーノ親方を越《こ》える作品を生み出してもらえたらいいな。彼も天才なんだから、あながち夢じゃないよね。

っていうか、ただミーハーに、天才と天才のツーショットが見たい！

熱心に言うエカテリーナを、アイザックはにこにこと見た。

「君も鉱物に興味があるんだね。嬉しいなあ」

誤解！

いや嫌《きら》いではないですが、ガラスを鉱物と捉《とら》えているわけではないのでして。ガラス工房に関《かか》わることになったのも、なりゆきだったんです。

でもこんなに純粋《じゅんすい》に嬉しそうな大叔父様にそんなこと言えない！

そんなわけで、ええまあその、とにごしてホホホと笑うエカテリーナに、アイザックはこう言った。

「僕からも君に、ちょっとお礼がしたい。一緒《いっしょ》に旧鉱山に来てくれないかな」

かくして、エカテリーナは大叔父に同行することになった。

お礼などとお気遣《きづか》いなく……と答えかけたのだが、アイザックの背後でアーロンが『ぜひ！』とジェスチャーゲームばりに身振《みぶ》り手振りを加えて勧《すす》めてきたので、受けることにしたのだ。

「アレクセイは元気かい」

「はい、お元気ですわ。でも、日々お忙《いそが》しくて心配ですの……」

あわよくば大叔父を、アレクセイの過労死フラグを折る陣営《じんえい》に引き込む下心満載《まんさい》のエカテリーナである。

「大叔父様からもお兄様に、働きすぎないよう身体《からだ》をいたわってほしいと、おっしゃってくださいませんこと？」

「あの子はそんなに忙しいのかい」

目を見張って、アイザックはショックを受けた様子だ。

「兄様もそうだったのかな。僕ときたら、仕事を増やしてしまうばっかりで、役に立てなくて……」

ああっ地雷《じらい》が埋《う》まってた！

いえ大叔父様、あなたが増やす仕事はユールノヴァの未来につながるものですから——って仕事を増やしていることを肯定《こうてい》してるぞ自分！　口に出してないからセーフ。あぶないところだった。

などという会話をしながら鉱山事業本部を出て、旧鉱山へのゆるやかな勾配《こうばい》を登る。

公爵令嬢《こうしゃくれいじょう》たるもの、こんなわずかな距離《きょり》でも、邸《やしき》や学園の敷地《しきち》の外を自分の足で歩くなど稀《まれ》なことだ。しかもこの道、鉱山から出てきた筋骨たくましい鉱夫たちが、手押し車に採掘《さいくつ》した虹石を載《の》せて行き交《か》っていたりする。

アレクセイがここにいたなら、エカテリーナが男どもの視線にさらされて歩くなどとんでもないとシスコンを発揮して、馬車か輿《こし》でも用意させたかもしれない。しかしアレクセイは不在で、立場的にエカテリーナの保護者たるべきアイザックは、鉱夫たちから「先生、お元気そうで」などと声をかけられて「ありがとう、元気だよ」などと気さくに返したり手を振《ふ》ったりしているのだった。

「えらい別嬪《べっぴん》さんとご一緒で」

にやにや笑って言う鉱夫もいるが、エカテリーナがにこやかに「恐《おそ》れ入りますわ、ごきげんよろしゅう」などと返すとぽかんと見惚《みと》れ、その後アーロンやミナにぶっ殺されそうな目で睨《にら》まれてビクッとなったりする。雉《きじ》も鳴かずば撃《う》たれまいに、だ。

灰色の岩山にポッカリと口を開けた、鉱山の入り口が見えてくる。

そして蒼《あお》みがかった灰色の岩山は、やはり異様な迫力《はくりょく》というか、圧力をもってのしかかってきた。

「お嬢様、坂がしんどいですか。あたしが抱《だ》いてお連れしましょうか」

山を見上げて足取りが重くなったエカテリーナに即《そく》気付いて、ミナが言う。エカテリーナはぷるぷると首を振った。ミナはエカテリーナをお姫様《ひめさまだ》抱っこしてスタスタ歩ける戦闘《せんとう》メイドだから、本当にやってくれかねないが、それはあまりに恥《は》ずかしい。

「いいえ、疲《つか》れたわけではなくってよ。ただ……」

言葉が見つからず、エカテリーナは眉《まゆ》を寄せた。この感覚に覚えがある気がするのに、思い出せない。

そんなエカテリーナを見て、アイザックはおやという顔をした。

「エカテリーナは、神々のどなたかにお会いしたことがあるのかい」

「えっ⁉」

思いがけない言葉に、エカテリーナは声を上げる。

「今、この山には山岳神《さんがくしん》が三柱くらい降臨なさっているみたいだよ。公爵家の参拝があることを、神官たちが言上したからだろうね」

さらりとアイザックはすごいことを言った。

「大叔父様《おおおじさま》、そのようなこと、お解《わか》りになりますの？」

「うん、山岳神にはよくお会いするから」

さらりとアイザックはすごくとんでもないことを言った。

いやあなたは何者ですか大叔父様⁉

歴史に残る天才学者に加えて、どういう属性を持っているんだ！

しかしそれで、エカテリーナが感じていた疑問は氷解する。

そうか、これは、神威《しんい》だ。死の神と対面した時に、感じたもの。

山岳神殿《しんでん》に祀《まつ》られている山岳神は、一柱ではない。ユールノヴァ領のすべての山々の神を祀るのが、この神殿の役目だそうだ。特に採鉱する山々の神に、山肌《やまはだ》を傷付けて鉱物を採取する罪科への赦《ゆる》しを請い、怒《いか》りを宥《なだ》めることが、この山岳神殿の最大の役割。

しかし神殿に山岳神を祀っても、神そのものが降臨するとは限らない。呼びつけるような非礼は許されておらず、気まぐれに降臨されるのを願うばかり。とはいえここ数十年、つまり祖父セルゲイが参拝するようになってから、その後アレクセイが役目を引き継《つ》いだのちも、公爵家の参拝の際には少なくとも一柱の山岳神が降臨されるそうだが。

「存じませんでしたわ。山岳神が神殿に降臨なされる場合、この山に宿られるとは」

「この山の神は山岳神の中でもとりわけ位が高いお方でね、他《ほか》の神々も、山岳神殿に降臨される前に挨拶《あいさつ》に立ち寄られるそうなんだ。温厚《おんこう》なお方で、開祖セルゲイ公の正妻クリスチーナ様はこの神殿の巫女《みこ》でいらしたんだけど、あの方のことがとてもお気に召《め》していたそうだよ。今でも、山岳神殿とユールノヴァ公爵家に良くしてくださる」

そうだったんだ……クリスチーナさん、ありがとうございます。

そういえば、ユールノヴァ騎士《きし》団の忠誠の誓《ちか》いが騎士の肩《かた》を軽く叩《たた》く派で、思い切りぶん殴《なぐ》る闘魂《とうこん》注入派にならずに済んだのも、初代貴婦人だったクリスチーナさんが優《やさ》しい性格だったおかげだったたな。温厚な神様と優しい巫女で、相性《あいしょう》が良かったのかも。

そんな話をしているうちに、一行は旧鉱山の入り口に着いていた。

鉱夫たちが下りてゆく本坑道《ほんこうどう》の他に、鉄格子《ごうし》で塞《ふさ》がれ立ち入り禁止の札が貼《は》られた坑道がある。現在は使われていない鉄鉱を採取していた頃《ころ》のものだと、アーロンが教えてくれた。鉄格子には、南京錠《なんきんじょう》で鎖《とざ》された扉《とびら》がついている。アーロンが持ってきた鍵《かぎ》で南京錠を開け、さらに準備よく持ってきていた虹石《こうせき》のカンテラを出し、彼の先導で細い坑道をたどっていった。

「ここに何かがございますの？」

「いいや。本坑道でもいいんだけどね、ここのほうが人がいなくてやりやすいだけ」

と言って、アイザックははたと立ち止まった。

「ああ、怖《こわ》いよね。女の子にこんな暗いところへ来てもらってごめんよ。僕はまたうっかりして……」

「大叔父様、どうぞお気遣いなく。皆様《みなさま》とご一緒ですもの、怖くなどありませんわ」

中身、アラサーですから。暗くてこわーいきゃー、とか言っても需要《じゅよう》のない人生くぐってますから。ＳＥは夜間リリースも普通《ふつう》でしたし、帰宅は深夜がデフォの社畜《しゃちく》でしたし。すげえ、大丈夫《だいじょうぶ》な要素しかないな前世の自分。

しかし、やりやすいって何がだろう。

「エカテリーナは優しくてしっかりした子だ。頑張《がんば》っていいのを採ってみるよ」

また謎《なぞ》の言葉を口にして、アイザックはその場に片膝《かたひざ》を突《つ》いた。

(あっ……)

魔力《まりょく》が張りつめる。

アイザックの魔力が、足下《あしもと》の岩盤《がんばん》に流れ込んでゆくのを感じる。稲妻《いなずま》のように素早《すばや》く、深く深く、地の底へと。

土の魔力、では、ないのだろうか。エカテリーナの土の魔力は、岩盤にはこんな風に流れない。アイザックは特殊《とくしゅ》な魔力属性の持ち主なのか。土とは近しいけれど土ではない、岩の魔力とでもいうべきもの？

その魔力の流れゆく先は、エカテリーナには到底《とうてい》追いきれない。

と、アイザックが呟《つぶや》いた。

「摑《つか》んだ」

魔力が反転する。

はるかな深みから、何かが引き上げられてくる。

「これは大きい！」

エカテリーナと同じ土属性の魔力でアイザックの魔力を感じていたのだろう、アーロンが興奮気味の声を上げるのと、彼が持つカンテラよりはるかにまばゆい光が坑道に満ちるのとは、ほぼ同時だった。

「ああ、これはいいのが持ってこられた」

アイザックがのんびりと、しかし少し疲れのにじむ声で言う。

その腕《うで》の中に、まばゆいばかりに強い光を放つ、抱《かか》えるほどに大きい虹石があった。

アイザックの腕の中にある虹石は、まるで枝珊瑚《さんご》のように、根元から枝分かれして上へ伸《の》びたかのような形をしている。

光の色は薄紅《うすべに》。いわゆる薔薇色《ばらいろ》。あたたかく華《はな》やかな色彩《しきさい》が、天へ枝を伸ばすかのような形の中で、ゆったりと渦巻《うずま》いていた。

息を呑《の》む美しさだ。

「はい、君にあげる」

「まあ……！　ですが、このように貴重なものを」

にこにこしてアイザックが虹石を差し出すが、エカテリーナはためらう。大きさが大きさだし、光の強さや美しさを総合した価値として、これはかつてブローチにした虹石とさえ比較《ひかく》にならないほどの逸品《いっぴん》ではないだろうか。

「学術的に興味深いサンプルではございませんの？　大叔父様がお持ちになったほうが。わたくしは、お気持ちだけで充分《じゅうぶん》ですわ」

「エカテリーナはいい子だね。稀少《きしょう》な属性のようだし品質も良さそうだから、そのうち分析《ぶんせき》させてくれれば嬉《うれ》しいけど、君のために採ったものだし、気にせず受け取ってほしいな。ああでも女の子には重いから、僕が持っているね」

「博士、僕がお持ちします」

「アーロン様、お嬢様の物なら、あたしがお持ちします」

さっとアーロンが進み出たが、その上を行く素早さでミナがアイザックの腕から虹石をさらった。

「重いのに……ああ、でも君は、そうなんだね」

メイドであろうと女の子に重い物は持たせない人のようだが、軽々と持つ様子にミナの背景を察したようで、アイザックはうなずく。

「では博士、お嬢様、戻《もど》りましょう」

「ああ、そうだね。エカテリーナ、疲れただろう。戻ったらゆっくり休んでおくれ」

我に返ったようにアーロンが言い、おっとりとアイザックがうなずいた。

アーロンの口調が妙《みょう》に焦《あせ》った風で、次の予定でもあったのだろうか、とエカテリーナは首を傾《かし》げたが、思えば閉鎖《へいさ》した坑道に入り込んでいるのだった。安全性とか、もろもろ問題があるに違《ちが》いない。

納得《なっとく》して、エカテリーナは急いで撤収《てっしゅう》することにした。


「大叔父様、さきほど大叔父様の魔力が、地中のはるか深みに向かうのを感じましたわ。この虹石はその深みから——引き寄せたものですのね」

鉱山事業本部へ戻る道すがら、エカテリーナはアイザックに言ってみた。

すごい特殊な魔力。前世の『引き寄せ《アポート》』みたい？　あれは超能力《ちょうのうりょく》だっけか。

逆にこの世界では、物質を手元に呼び寄せる魔力なんて、ほとんど例がないはず。魔力に関する研究書に、そういう事例があったという記述を見たことはあるけど、数行しか書かれていなかった。

存在しないところへ呼び出すといえば、炎《ほのお》や光、闇《やみ》、雷《いかずち》など。水も可能だけど、あれは実は、大気中の水蒸気を液体化しているのじゃないかと思う。地中に埋《う》まっている石を手元に持ってくる、というのは根本的に違う。

思えば、森の民《たみ》の居住地で知ったこの世界の中世における迫害《はくがい》。こういう特殊な魔力の持ち主も異端《いたん》とされ、歴史から抹消《まっしょう》されてきたのではないだろうか。

「小さい頃から石を探しているうちに、珍《めずら》しい石には向こうから呼ばれるようになってね。呼ばれるとどうしても採りたくなって、昔はスコップで地面を掘《ほ》っていたんだ。でも服が汚《よご》れるから迷惑《めいわく》になるって知って、魔力で持ってこられないか頑張って、できるようになったんだよ」

洗濯女《せんたくおんな》だったライーサさんの言葉がきっかけか！

それで『石を採取するのをやめる』じゃなくて『服を汚さずに採取できるようになる』方向に努力するあたりが、天才の思考か……。

天才とは一パーセントのひらめきと九十九パーセントの努力、って本当なんだなあ。

「大叔父《おおおじ》様の魔力は、土属性ですの？」

「分類上はね、そういうことになっているよ。でも土属性は、そう呼ぶのはどうかと思うタイプも多いよね。植物を操《あやつ》る魔力の持ち主と僕が同じ属性というのは、奇妙《きみょう》な感じだよ。アストラ帝国《ていこく》時代の分類に当てはめるのは、もういろいろ無理があると思っているんだ」

なるほど。

魔力属性は土、水、火、風、氷、光、闇、雷、聖などさまざまな種類があるのだけど、これらは古代アストラ帝国時代に分類されたもの。燦然《さんぜん》たる権威《けんい》があって、揺《ゆ》るがすことができないのだろう。どれにも該当《がいとう》しないようなものでも、無理やりどれかに押し込んでしまうのだ。死の乙女《おとめ》セレーネさんの魔力属性『冥《めい》』だって、古代アストラの分類上に存在しないはず。だから、今現在『冥』の魔力を持っている人がいたとしても、他《ほか》のどれかに紛《まぎ》れてしまっているだろう。

前世でも似たようなことがあって、世界を構成するのは土・水・火・空気の四元素であるという説を古代ギリシャのアリストテレスが推《お》したもんだから、長いこと盲信《もうしん》されて『異論は認めない』状態が続いた、というのを漫画《まんが》で読んだことがある。アリストテレスの権威は、ほとんど神だったそうな。

「仰《おお》せの通りですわ。魔力を属性で分類すること自体、いつか行われなくなるのかもしれませんわね」

物質の最小単位は原子だと証明されて四大元素説が消えたことを念頭にエカテリーナが言うと、アイザックは目を見張り、にっこり笑った。

「大胆《だいたん》なことを言うんだねえ。そういうの、僕は大好きだ。そのうち必ず皇都に行くよ。君の工房《こうぼう》を見せてもらって、そして、君とたくさん話をしたいね」

翌日、エカテリーナは山岳神殿《さんがくしんでん》への参拝におもむいた。

神への敬意を表すべく控《ひか》えめながらも、美しく装ったご令嬢《れいじょう》の姿に見惚《みほ》れる神官たちに導かれ、森林農業長フォルリと鉱山長アーロンを従えて、エカテリーナは神殿の奥殿《おくどの》に足を踏《ふ》み入れる。

なお、一緒《いっしょ》に参拝するのかと思ったアイザックは、

「うーん、やめておくよ。神様の冗談《じょうだん》ってよくわからないから」

と、それこそよくわからないことを言って、今日も研究に没頭《ぼっとう》しているようだ。冗談を言われるほど、神様と親しいのだろうか。

歴史を感じる石造りの神殿には、見事な彫刻《ちょうこく》がずらりと並んでいた。ユールノヴァ領内の山々を司《つかさど》る山岳神《さんがく》一柱一柱の姿を写しとったもので、人間の姿をしている神もいれば、狼《おおかみ》や猪《いのしし》など動物の姿、あるいはもっと独特な姿の神もいるようだ。

それらの神々の中心に、いかにも長老然とした白髪白髯《はくはつはくぜん》の老人の姿の神がいる。これが旧鉱山の山の神だと教えてもらったところで、その神像がぼうっと光った。

降臨だ。

神像から流れ出た光が、像と瓜二《うりふた》つの老人の姿に変容する。その場に満ちる神威《しんい》に、人間たちはうやうやしく礼をとった。

そこへ、声がかかる。

「ユールノヴァの娘《むすめ》、顔をあげるがよいぞ。他の者どもも、楽にするがよい」

底知れぬほど年老いた、やさしい声だ。

エカテリーナは顔を上げた。

「拝顔をお赦《ゆる》しいただき、恐悦至極《きょうえつしごく》に存じます。わたくし、エカテリーナ・ユールノヴァにございます」

「きれいな娘ごじゃ。よく来たのう」

ほっほと笑う旧鉱山の神は、前世のハリウッド大作映画に登場した灰色の魔法使《まほうつか》いをうんと優《やさ》しげにしたような、侵《おか》しがたい威厳《いげん》がありつつも好々爺《こうこうや》そのものの印象だ。

そして別の神像にも光が宿り、あと二柱の神々が降臨した。

一柱は、同じく人間の姿だが旧鉱山の神とは対極的に、幼い女の子の姿をしている。外見は小学生女児だが、前世では肉眼で見たことがなかったレベルの可愛《かわい》さだ。まるで天使。神様なのに天使。長いやわらかそうな髪《かみ》は若草色で、さまざまな花で編まれた花冠《はなかんむり》をつけている。花咲《さ》き乱れる春山そのもののように、愛らしくかぐわしい姫神《ひめがみ》。

もう一柱は、巨大《きょだい》な狼の姿。レジナたち猟犬《りょうけん》よりも、さらに大きい。

しかも、炎をまとっている。

たてがみと尾《お》の先が、あかあかと燃えるオレンジ色の炎だ。金色の瞳《ひとみ》は溶《と》けた黄金のよう、大きな口からも炎があふれ出る。それでも熱を感じないのは、旧鉱山の神が守ってくれているのだろうか。

この神が司る山は、火山なのかもしれない。魔獣《まじゅう》よりも恐《おそ》ろしげな姿だ。すごい、ファンタジックでファンタスティック！

エカテリーナが怖《こわ》がると思ったらしく心配そうにちらりと見た神官が、むしろわくわくしているのに気付いて微妙《びみょう》な表情になっていた。

三柱の神々に、アレクセイの公爵位継承《こうしゃくいけいしょう》を報告し、本人の不在を詫《わ》びる。

「なんと、あの子はとうにユールノヴァの当主かと思うておったわ。小さい時分に先代に連れられてやってきてから、たびたび会いにきてよく務めを果たしておったに」

あ、旧鉱山の神様、親父《おやじ》を認識《にんしき》していない。お兄様を連れてきた先代って、絶対、お祖父《じい》様だ。

オッケーあえて訂正《ていせい》しません。

山岳神へ奉《ささ》げる奉納《ほうのう》物の一覧を、エカテリーナが読み上げる。慣例通りの酒、食べ物、装飾《そうしょく》品など。全《すべ》て極上《ごくじょう》のもの。嘉納《かのう》してもらい、参拝はつつがなく進む。

続けて、エカテリーナはユールノヴァ家の領政について、神々にお伺《うかが》いを立てた。

内容は、植林について。

山と森に直接関《かか》わるところだから、神々に言上しておくに越《こ》したことはない。

「植林とな。ほほう」

旧鉱山の神は、おっとりと笑う。

「樹々《きぎ》に比べれば人間たちは生命短き身であろうに、刈《か》った森を元に戻《もど》そうとは、気長なことを言うようになったのう」

と、炎をまとう狼神《ろうしん》が口を開いた。

「森を保てば、魔獣が棲《す》むぞ。人間は魔獣を根絶やしにしたいのではないのか」

重低音の、迫力《はくりょく》のある声だ。溶けた黄金のような金色の瞳が、ひたとエカテリーナを見据《みす》えている。

エカテリーナは一礼した。

「率直《そっちょく》に申し上げれば、魔獣は恐ろしゅうございます。人間など一人一人は弱きもの、魔獣に行き合えばひとたまりもなく生命を失いましょう。存在しなくなることを、望む者は多いと存じます」

単眼熊《たんがんぐま》、大王蜂《だいおうばち》。どちらも魔力《まりょく》を持たない一般人《いっぱん》なら、あらがいようもない存在だった。畑に入り込んだ単眼熊をどうすることもできず、作物を食《く》らい尽《つ》くすのを見ていることしかできなかった老人は、魔獣が絶滅《ぜつめつ》すればただほっとするだろう。

前世の日本でさえ、野生の熊が出没《しゅつぼつ》する地域の人々は、内心では熊に絶滅してほしいと思うことも多いという。下手をすれば殺されるのだ、そう思うのは当然。

森を保ち生態系を残そうとする試みは、魔獣におびやかされながら暮らす人々から見れば、魔獣たちから遠い安全な場所に住む者の身勝手なのだろう。

「ですが、偉大《いだい》なる北の王たる玄竜《げんりゅう》様は、人間がこれ以上森を削《けず》ることを不快に思うご様子。あの方のお怒《いか》りを受ければ、根絶やしになるのは人間のほうでございましょう。それゆえ、植林という試みで森を保ち、人間と魔獣が共に生きる道を探《さぐ》ることにいたしました」

植林しないと玄竜がまた居座っちゃうから仕方ないんだ！　って、わかりやすくていい言い訳だよね。隠し攻略《こうりゃく》キャラの魔竜王様、ありがとうございます。

「それに、森の恵《めぐ》みは人間にとっても尊きもの。森を開拓《かいたく》し農地に変え、魔獣を絶やせば、人間の暮らしからひとつの憂《うれ》いを除くことにはなりましょう。けれど、それで失われるものは、永遠に消えてしまって取り返しがつかないことでありましょう」

前世で、白神山地《しらかみさんち》で見つかった酵母《こうぼ》でおいしいパンができたり、熱帯雨林の植物研究から薬が開発されたり、いろいろあったのを知っているから。森を潰《つぶ》してしまうことは、そういう可能性を潰してしまうことだとわかっている。

「魔獣も同じ生命ゆえ生かすべき、などと綺麗事《きれいごと》は申しませんわ。人間は、人間の未来のために、何かを永遠に失うようなことはつつしむべきと考えているだけでございます。……ただ」

単眼熊の、最期《さいご》の声を思い出す。

「人間は……何かの生命を断《た》つ時に、心に痛みを覚えますの。それが、自分を殺《あや》める存在であっても。おかしなことですわね。わたくし、魔獣であれ何であれ、なるべく生きて、存在していてほしいと思いますのよ」

なんだか甘っちょろい考えなんだろうけれどね。

あ、いかん。神様相手に、思いっきり自分の言葉で語ってしまった。

「……」

炎狼神《えんろう》は、なんとも言い難《がた》い表情でエカテリーナを見ている。

ややあって、言った。

「お前は、変わった魂《たましい》をしている」

ぎゃあ！

死の乙女《おとめ》セレーネさんにも言われたけど、別の世界から転生した魂って、他《ほか》の神様にも変わった感じに見えるのか。

フォルリさんアーロンさんこっち見ないでー。おぬしも人間を嫁《よめ》に望むことにしたかの？」

「なんじゃ、考えを変えたか。おぬしも人間を嫁《よめ》に望むことにしたかの？」

花冠の姫神が可愛らしい声でとんでもないことを言い出し、エカテリーナは内心でもう一度ぎゃあと叫《さけ》んだ。

「おぬしと一緒《いっしょ》にするな」

炎狼神はフンと鼻を鳴らす。

姫神はエカテリーナに目を向け、のたまった。

「ところでそなた、昨日、わしの嫁と一緒におらなんだか」

（は？）

わしの嫁。

……。

……。

……いかん、頭がついていかない。

わし、はこの方の一人称《いちにんしょう》でいいとして、天使みたいな美幼女の一人称と思うと違和《いわ》感《かん》は壮絶《そうぜつ》だけどいいことにして、嫁？

外見年齢《ねんれい》女子小学生が『わしの嫁』とはこれいかに！

ていうか！

誰《だれ》のこと!?

なんか怖い予感がしなくもないんですが、昨日一緒にいたと言えば――。

ちら、とアーロンに視線を送ると……没後《ぼつご》三日くらいの魚のような目をしていた。

花冠の姫神は、高らかに言う。

「嫁の名前は、アイザックというのじゃ」

やっぱり……！

ＪＳな姫神様に嫁認定されている天才学者アイザック・ユールノヴァ、御歳《おんとし》六十歳男性。

いやおかしいだろ。

よくわからない神様の冗談《じょうだん》って、これですか。

四十五度くらい傾《かたむ》いてしまいそうな自分を、エカテリーナは必死で立て直す。頑張《がんば》れ自分、
今はお兄様の代参でここにいるんだから。お兄様の恥《はじ》になるような真似《まね》、しちゃならん！　ブ
ラコンの名にかけて！

ぐっと力を込めて背筋を伸《の》ばし、エカテリーナは微笑《ほほえ》んだ。

「はい、アイザックはわたくしの大叔父《おおおじ》にあたりますの。昨日は、一緒に御山《おやま》に入らせていた
だきました」

「うむ。嫁の魔力を感じたゆえ、たどって訪《おとな》おうと思ったが、すぐ去ってしまってな」

……旧鉱山から戻る時、アーロンさんが妙《みょう》に焦《あせ》ってたのは、それを察していた、というか予想していたからなのか？

アーロンさん、姫神様を知っていたのか。大叔父様を巡《めぐ》ってライバル関係的な？

……神様と張り合うほどのラブ……アーロンさんのラブが深すぎて、もはや沼《ぬま》。

私もブラコン頑張ろう。頑張っていいのかよくわからないけど。

「わしの嫁は、きれいであろう。あれほどきれいな魂は、そうはおらん」

あ、ちょっと解《わか》る。大叔父様の魂は、さぞ澄《す》んできれいに違《ちが》いない。

「あれの縁者《えんじゃ》だけあって、確かにそなたも変わった魂をしておるの。なかなか美しい」

ああっお鉢《はち》が回ってきた。

「お……お美しい姫神《ひめがみ》様よりそのようなお言葉を賜《たまわ》り、光栄に存じますわ」

「わしは美しいか？」

姫神が得意そうに幼い胸を張ると、髪《かみ》を飾《かざ》る花冠《はなかんむり》に色鮮《いろあざ》やかなユリがぽんと咲《さ》いた。

花冠の花々は、摘《つ》んで編んだわけではなくナマモノらしい。

「お前もわしの嫁にするとは言わぬゆえ、安心するが良いぞ。人間は一人の相手と添《そ》うのであろう。わしは人間の慣習にも配慮《はいりょ》しておる」

どうしようツッコミが追いつかない。

「しかしアイザックが嫁に出ていることを知らなんだのは、いかがなものか。わしはそなたらの先代に伝えて、もらい受けておるぞ」

　お祖父《じい》様ー！

　当時何があったんですかー！

　あ……今気がついた。大叔父様は独身だけど、あのセレブな仲人趣味《なこうどしゅみ》のお祖父様なら、かわいい弟には腕《うで》によりをかけていいお嫁さんを見つけたはず。そうしなかったのは、お祖父様は姫神様へ大叔父様を嫁に出すことに同意していたから……？

　大叔父様本人は冗談だと思ってましたけど。

　いやとにかく『嫁』じゃないですから！　せめて『婿《むこ》』で！

　訂正《ていせい》したいけど、して大丈夫《だいじょうぶ》なのか？

　そしてそこを訂正したからって、なんぼのもんなのか。本人がよくわかってないみたいなのに、神様の伴侶認定《はんりょにんてい》って、どうなんだ。

　おそるおそるエカテリーナが口を開こうとしたところで、旧鉱山の神がほっほと笑った。

「知らなんだものは仕方あるまい。教えたのだから、もうよかろ」

「古神様がそう言われるなら、わしはもう言わぬが」

　幸か不幸か、訂正の機会はどんぶらこと流れていった。さようなら。

　気を取り直して、エカテリーナは参拝の式次第《しだい》へ戻《もど》る。もう、終わりが近い。

　そこへ、重低音の声がかかった。

「俺からひとつ、伝えておこう」

炎狼神はぶっきらぼうに言う。

「俺の山は、近々、噴火《ふんか》するだろう。備えるがいい」

……。

（ひえええええ～～～～！）

こ、この、終了《しゅうりょう》直前に重大発言をぶっ込んでくる感じ。

前世の社畜《しゃちく》時代にイヤっちゅーほど経験した、今日の仕事はここまでにしようと思って片付けてるところへ緊急《きんきゅう》のトラブル連絡《れんらく》が来る、あのパターンみたいですごく嫌《いや》！

という内心の叫びをぐっと呑《の》み込んで、エカテリーナは炎狼神に丁重《ていちょう》に一礼した。

「そのように重大な問題をお伝えくださり、ありがとう存じます。おかげさまで、多くの領民が救われることでございましょう」

「別に人間など、どうなっても知りはせんがな」

ふん、と炎狼神はそっぽを向く。

神様のツンデレが王道すぎる件。

前世であれば社畜の残業延長が確定しているところだが、神様に残業はないようだ。その後は何事もなく、参拝の儀《ぎ》は終わりを迎《むか》えた。

三柱の神々が再び光となって神像へ戻ってゆくのを最敬礼で送ったのち、人間たちはすぐさま額を付き合わせて対策会議だ。

神様がお帰りになったとたん、ダッシュで奥殿《おくどの》から駆《か》け出していった若い神官が、地図と過去の神託《しんたく》記録を抱《かか》えて戻ってきた。超《ちょう》グッジョブ。

山岳《さんがく》神から噴火予告の神託がもたらされることは過去にもあったそうで、神官たちは色めき立っている。キター！　って感じだ。こういう神託を受けて対処するのが、山岳神殿《しんでん》の役目のひとつであるらしい。

「近々、との仰《おお》せでございましたが、過去の例で申し上げれば、今日明日ということはございません。神託があってより百年近く後に噴火した事例もございますので、まずはご安心くださ い」

まずそう言われて、エカテリーナはちょっと脱力《だつりょく》した。

「山岳神の御方々《おんかたがた》には、百年など刹那《せつな》にすぎないのでございましょう。とはいえ数ヶ月後に噴火、という例もございますので、急ぐに越したことはございませんが」

うーむ。神様のお告げなんだから、もっと正確に教えてくれよ！　と思ったりもするけれど、何月何日何時なんてところまでは、神様にもわからないものなのだろう。たぶん人間で言えば、なんかくしゃみ出そうだけど出ない、でもそのうち出そう、みたいな状態かも？　卑近《ひきん》な喩《たと》えですみません。

前世の火山予知って、文献《ぶんけん》とかから噴火の周期を予測して、噴火の可能性の高い山に地震計《じしんけい》を設置して火山性微動《びどう》を拾ったり、地磁気の計測とかしていたんだったような。それに比べたら、人間側の労力なしでピンポイント予報をもらえるんだから、めっちゃコスパいいよね。うん、やっぱりありがたいです。

「森林農業長を拝命する者として、ともかくも一度、あの神の御山を遠目にでも実際に見ねばならぬと存じまする。噴火した場合の森と農地の被害《ひがい》を予測すると共に、近隣《きんりん》の村を把握《はあく》し避《ひ》難《なん》先の算段をせねばなりませぬ」

なるほど、フォルリさんの言う通り。山の形、地形から被害予測をするにも、地図だけでは難しい。この世界この時代の地図、前世みたいな等高線とか入った精緻《せいち》なものではまったくないし。危険ではあるけれど、現地を確認する必要がある。さすが、ワイルドライフな現場主義。

「仰せの通りですわ。それに現地へ行けば、火口からの噴煙《ふんえん》や、周囲の地震《じしん》などから、噴火の時期がある程度は予測できるのではありませんかしら」

火山性微動や噴煙が激しければ、噴火が近いと考えられる。近隣の村人にヒアリングすれば、最近変化があったかわかるだろう。

「神官の皆様《みなさま》は、噴火の予兆についての知識がおありかしら。フォルリ卿《きょう》とご一緒《いっしょ》に御山へおもむいて、噴火が近いかどうかを確かめていただくことはできまして？」

「はい、火山についての知識を蓄《たくわ》えることは、我々の役目でございますので。詳《くわ》しい者を選んで遣《つか》わします」

「お願いいたしますわ。もうひとつ、文献から、その御山で過去に起きた噴火の被害を調べることはできますかしら」

「すぐにも調べを始めさせていただきます」

古株らしい神官が胸を叩《たた》く。

とはいえ、前世と違って検索《けんさく》一発で見たい記録にたどりつけるわけではないだろう。人海戦術で記録をあさる必要があるはず。あぁっデータベース化したい。

「避難先ですが、この旧鉱山には、かつて鉱夫の宿舎だった建物が残っております。鉄鉱石が採れなくなって、今は一部しか使用しておりません。だいぶ荒《あ》れているでしょうが、状態を確認しておきましょう」

「よいご提案ですわ、アーロン様。もし噴火が数ヶ月後であれば、避難先の準備はすぐにも始める必要がありますもの」

勝手に動き出すのもなんだけど、非常事態だし、お兄様も問題視はしないに違いない。

「お兄様にご報告しなければ。わたくしが戻ってお話しするのが一番早《はよ》うございましょうか。それとも、騎士《きし》のどなたかに早駆《はやが》けしていただいたほうがよろしくて？」

「考えまするに、多少早く一報のみを届けまするとも、閣下もご采配《さいはい》は難しいかと。お嬢様《じょうさま》から詳細《しょうさい》をお話しいただくことが望ましいと思われまする」

「フォルリ卿がそのようにご判断されるなら、そういたしましょう」

と、山岳神殿の神官長がエカテリーナに頭を下げた。

「お若いご令嬢《れいじょう》が、このような突発《とっぱつ》事態にこれほど冷静にご対応なされるとは……それに噴煙や地震という、噴火の予兆などよくご存知でいらっしゃる。お嬢様のご聡明《そうめい》さには、感服いたしました」

あ、いや、前世社畜時代のトラブル対応モードが起動してしまいまして。

でもそうか、前世では常識だった火山性微動とか、この世界では特殊《とくしゅ》な知識だもんね。当然のように言ってしまったのはまずかったかも。でも、緊急事態なんで気にしてる場合じゃない。

「わたくしは、皆様のご対応ぶりに感服しておりましてよ。山岳神殿は神々を敬うお務めだけでなく、現世の人々を救うことにも向き合っておられますのね」

「恐《おそ》れ入ります。かの賢公《けんこう》ヴァシーリー公が、神託を受けるだけであってはならぬ、と山岳神殿のありようを定められましたので」

さすが効率主義者のヴァシーリー公、宗教施設《しせつ》だろうとがっつり働かせるスタイルですね。人間社会に反映させるところまでが神託、みたいな。

前世だと政教分離《せいきょうぶんり》に神経を尖《とが》らせていたけど、ユールノヴァは政治が宗教を統治に組み込んでいるんだなあ。前世と違《ちが》って山岳神殿は神様が本当に現れるから、宗教関係者が宗教にかこつけて自分の欲望《よくぼう》を実現する恐れがないのが大きいんだろうな。

皇都の太陽神殿《しんでん》あたりは、そうそう神様が降臨しないせいか、大神官とかが好き勝手してそうだったけど。

「お嬢様が仰せになった通り、御神託《ごしんたく》のおかげでいくつもの村が救われることでしょう。このような御神託は、参拝者が神々の御心《みこころ》にかなうお方でなければ下されません。このたび三柱もの神が降臨なされたことといい、お嬢様は、神々の覚えめでたきお方。ぜひまたご参拝くださいませ」

「わたくしなど……お兄様の領政が、神々の御心にかなうものであればこそですわ」

でもまた、今度はゆっくり、山岳神殿に参拝したいな。神々の石像をじっくり見せてもらって、どんな山のどんな神様がいらっしゃるのか、教えてもらおう。

さあ、また御者《ぎょしゃ》さんと馬たちに頑張《がんば》ってもらって、急いで帰らないと。

お兄様！　夢で約束した通り、早く帰ります！

ちょっと緊急《きんきゅう》の報告事項《じこう》ありですけど！

「フォルリ卿、どうか危険なことはなさらないでくださいましね。決して火口にはお近づきにならないで、周囲の様子を確認《かくにん》なさったらお戻《もど》りくださいまし。たとえ噴火《ふんか》の兆候が見られなかったとしても、突如《とつじょ》何かが起きるかもしれないのですもの。くれぐれも御身《おんみ》を大切になさって」

「お嬢様、このような老人など、そうご案じくださることはございませぬ」

当座の方針が決まった後、くどいほどに言い募《つの》るエカテリーナに、日焼けした顔をほころばせて、フォルリは言った。

「こたびは現状把握が目的であることは、しかと承知しておりまする。深追いはいたしませぬ」

「そうですわね、わたくしがフォルリ卿を案じるなどおこがましいことですわ。お許しくださいまし。ですけれど、フォルリ卿は、お兄様にとってかけがえのないお方でいらっしゃるのですもの」

お兄様にとって、お祖父《じい》様は常に変わらぬ指針であり目標だから。お祖父様の親友というポジションのフォルリさんは、特別な存在。

皇国よりずっと科学が発達していた前世でも、確か九州の噴火で世界的に有名な火山学者夫妻が帰らぬ人になったことがあったはず。思わぬ事態というのは、起きる時には起きてしまうんだろう。

「もったいなき仰《おお》せ。ですが、閣下が一番大切にお思いなのはお嬢様にございまする。一刻も早くお戻りになり、無事なお顔をお見せくだされますよう」

そうですねお兄様シスコンだから。

しかしフォルリさん、すっかりお兄様のことを閣下と呼ぶようになったんですね。以前はフォルリさんだけが『若君』と呼んでいたのに。若君呼びもちょっと萌《も》えました。

でも、フォルリさんから見て、お兄様が頼《たの》もしさを増したということだろうから、喜ぶべきなんだろうな。

それにしても森林農業長という『長』がつく立場の人が、こんなにワイルドライフな現場の最前線ばっかり出歩いてていいんだろうか？

と思ったら、森林農業長としての実務は、ナンバーツーの副長に権限委譲《いじょう》してほとんど任せているんだそうだ。

というか、フォルリさんを森林農業長にしたのはお祖父様だけど、本当は副長のほうを任命したかったそうな。けど身分が低くて、周囲の反発が必至だった。本人がえらい苦労するのが目に見えていたから、侯爵《こうしゃく》家の生まれで身分では誰《だれ》も文句を言えないフォルリさんをトップに据《す》えて、副長がやりやすい体制を作ったと。

だから、フォルリさんが前世の国民的時代劇の御隠居《ごいんきょ》様のごとくに領内を漫遊《まんゆう》していても、仕事は問題なく回るらしい。この体制になってもう長く、副長が実質的トップである状態が浸《しん》透《とう》したので、フォルリさんはそろそろお飾《かざ》りを辞《や》めて森林農業長を副長に譲《ゆず》りたいのだけど、あちらが全力で現状維持《いじ》を希望してくるとのこと。

『実権は自分にあって、責任は貴方《あなた》に全部押し付けられる。こんな美味《おい》しい立場を手放すなんて御免《ごめん》です』

おいこら正直者、という感じですね。わかるけどね！　前世社畜《しゃちく》が全力で同意するけどね！

でも策士なお祖父様のことだから、『長』のつく立場を望まないフォルリさんに、『お飾りだから』と言ってまんまと役職につくことを呑《の》ませたんだったりして。副長を任命したかったのは嘘《うそ》ではないけど、今の体制こそがお祖父様の望んだベストである可能性は、高いと思う。大《だい》王蜂《おうばち》の森などユールノヴァの自然への愛情とか、身分を笠《かさ》に着ず自ら動く姿勢とか、ユールノヴァにとって大切なことを、フォルリさんは体現してくれていると思うから。

なお、一緒に火山の現地調査に行く山岳神殿《さんがくしんでん》の神官は、降臨終了《しゅうりょう》ダッシュで地図と神託《しんたく》記録を持ってきた、若い神官に即決《そっけつ》したらしい。

体力があって気が利《き》く上に、話をしてみると知識も豊富で、火山性ガスの危険などについても知っているようだった。と言っても明確に「火山性ガス」という定義や名称《めいしょう》があるわけではなく、火山は目に見えない毒を吐《は》きそれが周囲に溜《た》まることがある、という経験則レベルだったが、この時代ならそれを知っていれば充分《じゅうぶん》だ。

「フォルリ卿は風の魔力《まりょく》をお持ちですの。空気がよどむ場所へ立ち入る場合は、必ず風を呼んで、毒をうち払《はら》っていただくよう気をつけてくださいまし。どうかお気をつけて」

「あ、ありがとうございます。フォルリ卿の安全を、精一杯《せいいっぱい》お守りします」

「ありがとう存じますわ。あなたさまもどうか、お元気でお戻りくださいまし」

エカテリーナに微笑《ほほえ》みかけられた若い神官が真っ赤になるのを、フォルリが面白《おもしろ》がるような同情するような表情で眺《なが》めていた。

急ぎの旅でも、準備は必要だ。特にフォルリと神官は、地図と火山周辺の村についての情報が必要で、山岳神殿ではなく行政官が持っている資料を借りなければならない。

その手配やもろもろの準備を待つ間に、エカテリーナはフォルリ、アイザック、アーロンとの別れを惜《お》しんで、四人で昼食をとった。

年齢差《ねんれい》はやや大きいメンバーだが、楽しい歓談《かんだん》になった。フォルリとアイザックが語る祖父セルゲイのエピソードに驚《おどろ》いたり、アーロンとフォルリの部下である森林農業の副長が親しいことがわかったり。

エカテリーナはアイザックとの会話を楽しみ、虹石魔法陣《こうせきまほうじん》の理論を確立するまでの道のりに感心したり、フォルリが話した植林のことでアイザックに感心されたりした。

「ただの思いつきですの。大叔父《おおおじ》様にそのように褒《ほ》めていただいては、面映《おもは》ゆうございますわ」

「僕はそんなこと思いつけないもの。エカテリーナは賢《かしこ》いねえ。アレクセイとは仲良しかい？」

「はい！　お兄様はいつでも、わたくしにとっても優《やさ》しくしてくださいますの！」

思わず握《にぎ》りこぶしで力説するエカテリーナに、一同が笑う。

「兄様もいつも優しかった。アレクセイと君は、それぞれ兄様に似ているみたいで嬉《うれ》しいよ。皇都で再会する日を、楽しみにしてる」

第四章　襲来

そしてようやく、エカテリーナは帰途《きと》についた。

六騎《き》の騎士に守られて、馬車は進む。行きと同様、強行軍と言いつつのんびりな旅だ。

旧鉱山をあとにして、街道《かいどう》は森へと分け入っていく。うっそうと繁《しげ》る深い森を縫《ぬ》うように、街道は北都へと続いている。

急ぎはしても、無理はしない。日が暮れる前に宿に入り、夜が明けると共に起き出して、早々に出発する。

大王蜂の縄張《なわば》り、森の民《たみ》の森の手前まで来たあたりで、街道の近くに湧《わ》き水があるところで馬を休ませ、水を飲ませて草を食べさせた。エカテリーナはレジナたち猟犬《りょうけん》と遊ぶことにして、ブラッシングしてごっそり毛が取れるのに笑ったり、ミナに木の枝を投げてもらって持ってこさせたりして楽しく過ごす。なおミナに投げてもらうのは、エカテリーナが木の枝を投げても、飛距離《ひきょり》がお話にならないためである。

と、不意にレジナがエカテリーナに大きな体軀《たいく》をすり寄せてきた。

「レジナ、どうかして？」

レジナを撫《な》でて、エカテリーナは気付く。

レジナの体毛が逆立っていた。

他《ほか》の猟犬も集まってきて、喉《のど》の奥で唸《うな》り声を上げたり、おろおろと歩き回ったりしている。

猟犬たちが同じ一点を注視していることに気付いて、エカテリーナはその視線をたどった。

黒い大きな鳥が、木の枝にとまっている。

鴉《からす》のように全身が黒いが、身体《からだ》の形は猛禽類《もうきんるい》に近い。鷹《たか》だろうか、鷲《わし》だろうか。

黒い猛禽類……。

「お嬢様《じょうさま》！」

メイドのミナが駆《か》け寄ってきた。エカテリーナを鳥からかばうように、間に立つ。

「馬車に戻ってください。あの鳥、なにか、変です。気配が変です」

「わかったわ」

エカテリーナがうなずくのと、黒い鳥がばさりと翼《つばさ》を広げて飛び立つのが同時だった。

油断なくエカテリーナを背にかばったまま、それを見送ったミナは、硬《かた》い声で言う。

「お嬢様、あれは普通《ふつう》の鳥じゃないです」

「ええ……以前、フォルリ卿《きょう》からうかがった鳥ではないかしら」

竜告鳥《りゅうこくちょう》。

玄竜の配下、もしくは分身。自分が見聞きしたことを玄竜に伝える、斥候《せっこう》のような存在。

そう、エカテリーナが言った、その時。

晴れ渡《わた》っていた空が、翳《かげ》った。

どおっ——とどよめくような音を立てて一陣《いちじん》の風が吹《ふ》き渡り、樹々《きぎ》の梢《こずえ》を揺《ゆ》らす。

長い藍色《あいいろ》の髪《かみ》を巻き上げられても、エカテリーナは気付きもしないように、ただ見上げていた。

樹上はるかに天へと伸《の》びる、黒く長大な、竜の首。

燃えるような真紅《しんく》の瞳《ひとみ》が、はるかな高みから人間たちを見下ろしていた。

突然《とつぜん》の出来事に、エカテリーナは言葉も出ない。目に映っているものが、あまりにも非現実的で。

なんて巨《おお》きい。

まるで映画だ。

それもあれだ、日本映画界きっての大スター。ハリウッド進出はおろか、しまいにはNASA認定の星座にまでなってしまった、怪獣《かいじゅう》映画の本家本元。

これって、序盤《じょばん》で遭遇《そうぐう》するモブの役どころ？

このあと、ドオン！　と踏《ふ》まれるやつ。

「お嬢様！」

オレグたち六騎の騎士が駆け寄って、エカテリーナを守るべく取り囲んだ。槍《やり》を、剣《けん》を構えて、ひるむ様子もなく巨竜を睨《にら》み据《す》える。

勇猛果敢《ゆうもうかかん》、精強無比なるユールノヴァ騎士団。

けれど——見上げる巨大《きょだい》な竜と比べれば、蟷螂《とうろう》の斧《おの》。

「お嬢様、しっかり。馬車へ入って、隠《かく》れてください」

ミナが手を引き、エカテリーナを馬車へ連れて行こうとした。

が。

ドオン!!

大地が揺れる。皆《みな》が一瞬《いっしゅん》、宙に浮《う》くほどの衝撃《しょうげき》だった。玄竜が、近くに巨大な前脚《まえあし》を踏み下ろしたのだ。

紅《あか》い目は、ひたとエカテリーナを見据《みす》えていた。

ミナは、衝撃からかばうためにエカテリーナの身体に腕《うで》を回したまま、玄竜の出方をうかがうように動きを止めている。

——ここでようやく、エカテリーナは我に返った。

しっかりしろ、自分！

私がここで一番身分が高い。私がリーダー。考えろ。判断しろ。

この状況《じょうきょう》、下手をするとみんなの生命が危《あや》うい。

目の前にいるのは間違《まちが》いなく、魔竜王《まりゅうおう》ヴラドフォーレン（竜バージョン）。皇都を火の海に変えて皇城を踏み砕《くだ》き、皇国を滅亡《めつぼう》させることもできる、絶対強者。

前世の映画でよく見た、逃《に》げようとする車が踏みつぶされて炎上《えんじょう》する場面を、リアルでやってのけられる存在。逃げることも戦うことも、できる相手じゃない。

でも、知っている。

この巨大な竜は、乙女《おとめ》ゲームの隠し攻略《こうりやく》対象。人間に変身し、フローラちゃんに攻略されるイケメンの一人にもなり得る存在。

知性も感情もある、意思疎通《いしそつう》が可能な相手。

決断して、動け！

「ミナ、わたくしを放して」

「お嬢様」

ミナが目を見開いたが、エカテリーナはきっぱりとした動きでミナの腕の中から抜《ぬ》け出した。

「オレグ様、皆様《みなさま》。刃《やいば》を納めてくださいまし。非礼をはたらいてはなりません」

「お嬢様、しかし……！　お嬢様!?」

振《ふ》り向くわけにいかないまま応《こた》えたオレグは、自分の横をすり抜けて歩み出たエカテリーナに愕然《がくぜん》とする。

ためらいのない足取りで玄竜の前に進み出ると、エカテリーナはおもむろに、美しい跪礼《きれい》を取った。深く、長く。最も深い敬意を表す、本来は皇帝《こうてい》皇后両陛下へ向ける礼だ。

「お目にかかれて光栄に存じますわ、魔獣《まじゅう》を統《す》べる北の王たるお方。わたくしは、人の世においてこの地を統べるユールノヴァ公爵《こうしゃく》家の娘《むすめ》、エカテリーナと申します。もしや、わたくしに御用《ごよう》あってお越《こ》しくださったのでございましょうか」

しばし、間があった。

と思うや、玄竜が動く。

頭が下がり、漆黒《しっこく》の竜の顔が地上に迫《せま》ってきた。近付いてくるといっそう、その巨大さが感じられる。

その外貌《がいぼう》は、前世のさまざまな創作で見たドラゴンそのもの。漆黒の鱗《うろこ》に覆《おお》われ、口にはずらりと並ぶ尖《とが》った牙《きば》。爛々《らんらん》と光る目は、赤く、紅く、朱《あか》く、あらゆる赤の色に燃え盛り、炎《ほのお》のように見る者を惹《ひ》き込む。頭からは悪魔《あくま》のそれを思わせる双《ふた》つの巨大な角が伸びており、さらに数本の角のような突起《とっき》のようなものが伸びて、いかにも恐《おそ》ろしげだ。

「エカテリーナ・ユールノヴァ」

その声は、低く、地鳴りのように殷々《いんいん》ととどろいて山々に谺《こだま》した。

エカテリーナは息を呑《の》んだ。玄竜は、彼女の名を呼んだのだ。

玄竜は、さらに言った。

「名を、呼べ」

え……？

虚《きょ》をつかれたエカテリーナだったが、ふと記憶《きおく》から蘇《よみがえ》った言葉があった。

『それは確かに、北の王の名だ』

『しかし、人間がその名を知るはずはない』

月の光が讃《たた》える漆黒の美貌《びぼう》。死の神。

玄竜は言葉を重ねる。

「名を知るならば、呼ぶがいい。この北の王の名を」

まさか……。

玄竜の意図は読めない。けれど、対応を選択《せんたく》できる立場でもない。相手がその気になれば、ただ前脚《まえあし》を振り下ろすだけで、自分はおろかミナも騎士《きし》たちも、全員が生命を失うだろう。まさしく映画のモブ同様に。

腹をくって、はっきりとエカテリーナは答えた。

「あなたさまのお名前は……魔竜王、ヴラドフォーレン様であられると、存じ上げております」

反応は思いがけなかった。

笑い声が響《ひび》いた。朗々と。

再び風が吹く。強烈《きょうれつ》な突風《とっぷう》に襲《おそ》われて、エカテリーナは思わず目を閉じる。

目を開いた時、玄竜の姿は空になかった。

そこに、数メートル上の中空に、一人の男が地上に立つがごとくに平然と佇《たたず》んでいる。

古代めいた黒い衣装に身を包んだ長身。長い黒髪《くろかみ》、対照的に白い肌《はだ》、赤い瞳が燃えるがごとくに光を放っている。

(でででっで)

男を見上げて固まったまま、エカテリーナは脳内でカミカミだ。

(で、出た。出た……！)

魔竜王ヴラドフォーレン（人間バージョン）！

隠し攻略キャラだから、前世で乙女ゲームをプレイした時も見たことはなかった。ただ、お兄様が攻略できないか検索《けんさく》して調べた時に、ひっかかってきた画像とプロフィールを見ただけで。

その画像を見て、ちょっと攻略してみようかな、とよろめいた。だってあまりにも美形、絶世の美形だったから。

甘いわ！　甘いぞ、当時の自分！

画像なんて実物の衝撃度とは比べ物にならんわー!!

その美貌が、ふ、と笑った。

そして、中空からすうっと降りて、エカテリーナの目の前に立つ。

「異世界から来た魂《たましい》を持つ娘。俺と共に来るがいい」

そう言って、ヴラドフォーレンはエカテリーナを横抱《よこだ》きに抱き上げた。

「お嬢様《じょうさま》を放せーっ!!」

咆哮《ほうこう》のように叫《さけ》んで、ミナが疾《はし》る。

人外の速度でエカテリーナのもとへ至るや、どこに隠し持っていたのか短剣《ダガー》を手にヴラドフォーレンに襲い掛《か》かった。

しかし、短剣は空を切る。

戦闘《せんとう》メイドのミナの目にさえ追えない速さで攻撃《こうげき》をかわし、ヴラドフォーレンはエカテリーナを抱いたまま再び宙に立っていた。

「魔《ま》の血を引くようだが、相手を誰《だれ》だと思っている」

「うるさい！」

夜叉《やしゃ》の形相で、ミナは跳躍《ちょうやく》する。

驚《おど》くべきことに助走もなしに数メートルを跳《と》んで、届いた。だが、エカテリーナに伸《の》ばしたミナの手から、ヴラドフォーレンはさらなる高みへ移動して逃《のが》れた。

「お嬢様！」

オレグたち騎士、猟犬《りょうけん》レジナも駆《か》け付けるが、武器の届かぬ間合いに歯がみするばかりだ。

エカテリーナが腕の中にいる、武器を投擲《とうてき》することもできない。レジナは魔獣の血が魔竜王に従おうとするのだろう、吼えることもできず苦しげで、他《ほか》の猟犬たちに至っては地に伏《ふ》せたまま動けないようだ。

「ふん」

ヴラドフォーレンがつまらなそうに呟《つぶや》いた声を聞き、エカテリーナは背筋が凍《こお》る思いがした。

人間たちを不快に思っているのだろうか。排除《はいじょ》しようとするかもしれない。魔竜王は炎のブレスを吐《は》く、人間バージョンでも同等の攻撃力を持っている可能性はある。

エカテリーナはヴラドフォーレンの腕《うで》の中から身を乗り出した。

「ミナ！　オレグ様！　わたくしは、お招きを受けましたので、このお方としばし歓談《かんだん》いたします。皆様、そこで動かずお待ちになって。命令です！」

命令という言葉をエカテリーナが口にするのは、初めてのこと。ミナも騎士たちも、全員が硬直《こうちょく》する。

それを潮時と見たか、ヴラドフォーレンはさらに上昇《じょうしょう》した。

「お嬢様ーっ!!」

血を吐くようなミナの叫びは、遠くなり、聞こえなくなった。

ザザッ――。

ノイズのような音が耳の中で鳴ったと思うや、先ほどまでの街道《かいどう》沿いとはまったく違《ちが》う場所に浮《う》いていることに気付いて、エカテリーナは目を見張った。

どこ!?

思わずきょろきょろと周囲を見回して考えるに、ユールノヴァの山岳《さんがく》地帯でもひときわ標高の高い山の、中腹。……のようだ。

眼下には、緑の森に覆われた山また山が連なっている。その緑、その植生が、ユールノヴァ領から出てはいないことを教えてくれる。

それにしても、まったく別の場所だ。

もしや、転移!?

前世の漫画《まんが》やアニメではよく出てきた、瞬間《しゅんかん》移動を体験したの!?

すげえー!!

「……何やら楽しげだな」

はっ！

我に返ったエカテリーナは、自分をお姫様抱《ひめさまだ》っこしている人物をちらりと見上げた。

そしてすぐさま目をそらした。

ヤバい。視界に大変なものが映る。

死の神様も絶世の美形だったけれど、夜、月光の下だったし、異質な美しさだったから、そこそこ冷静でいられた。

でも真っ昼間にこの至近距離《きょり》。

大変。思考が成層圏《せいそうけん》の彼方《かなた》に飛ぶ。

「なぜ俺を見ない？」

ぎゃー、声まで良い！

我に返ってしまったせいでようやくそこに意識が至って、エカテリーナは内心で叫ぶ。

お兄様も低くて良いお声だけど、魔竜王《まりゅうおう》の声はさらに低い。前世で合唱部だった知識で分類すると、お兄様がバリトンボイス、こちらはバスボイスか、バスバリトンなんて分類されるあたりだろうか。

こんなくっついた状態で喋《しゃべ》られると、身体《からだ》に直接響いてくるからやめて！

いや、うろたえてる場合じゃない。頑張《がんば》れ自分！

思い出せ、いくら美形でも私のストライクは他所《よそ》にある。

私のどストライクは——お兄様だっ!!

握《にぎ》りこぶしで決意を固め、エカテリーナは決意みなぎる顔でヴラドフォーレンに視線を向ける。

その表情が可笑《おか》しかったのだろう、絶世の美貌が、ふ、と微笑《わら》った。

……エカテリーナはさっと目をそらした。

「あの……わたくしを下ろしてくださいまし」

「お前など軽いものだが」

あら礼儀《れいぎ》正《ただ》しい。

そもそもこの人、いや人じゃないけど、自分の顔が人間に与《あた》える威力《いりょく》をわかってて、面白《おもしろ》がってる感じがあるんだよね。今までまったく人間と関《かか》わったことがないわけじゃないのかも。

話せばわかる？

あ……五・一五事件でこう言って、『問答無用』って撃《う》たれた犬養毅《いぬかいつよし》を思い出しちゃった。

いや一緒《いっしょ》にするな、大丈夫《だいじょうぶ》。だって攻略《こうりゃく》対象なんだから。

「おそれながら、わたくしどもの慣習では、婦女子は家族以外の殿方《とのがた》とこのように身体を触《ふ》れ合わせることを、許されておりませんの。落ち着きませんので、下ろしていただきとうございます」

「なるほど」

ヴラドフォーレンはくすりと笑う。

そして、宙を滑《すべ》るように移動した。

　わー。

　どういう理屈《りくつ》で浮いてるんだろう、フシギー。

　でもそういえば竜《りゅう》の姿でだって、科学的には飛べるはずはないって読んだことがあったな。翼《つばさ》があろうと大きさからして、翼面積に対して重すぎるはずだから飛べない、って話だったような。

　それでも飛べるんだから、人間の姿で宙に浮くのも、驚くことじゃないんだろう。

　魔力《まりょく》で何かしているんだろうけど、何かそんな感じもするんだけど、今ひとつ感じ取れないなあ。

　……全力で現実逃避《とうひ》してるよな、自分。

　山の中腹にある岩場に降り立つと、ヴラドフォーレンはエカテリーナをほどよい高さの岩に座らせた。

　周辺に連なる山々を眼下に見渡《みわた》せる、眺望《ちょうぼう》が素晴《すば》らしい。いつの日か、絶景スポットとして登山家に人気になるかもしれない。

「お前たちの慣習に反したようで、すまなかったな」

　あらー。

　前世で画像を見て俺様キャラだと思ったけど、そうじゃないみたい。

「謝罪なさるにはおよびませんわ。お聞き入れくださってありがとう存じます」

「落ち着いているな、お前は。人間はたいてい、宙へ引き上げただけで殺されるように叫ぶものだが――もしや異世界では、人間も空を飛ぶことができるのか」

いやそうではないですが、でもまあ。

前世には飛行機があり、パラグライダーやハンググライダーがあった。ドローンで空撮《くうさつ》した光景をテレビやネット動画で見ることも、日常茶飯事《さはんじ》だったし。

それに私、前世も今生も高所は得意なほうだし、前世ではジェットコースター大好きだったから、かな？

ってノリツッコミはいらんからつっこめ自分！

「あの、魔竜王様。わたくしの魂《たましい》が異世界から来たと考えられること、前世の記憶《きおく》があることを、なにゆえご存知でいらっしゃるのでしょう」

尋《たず》ねると、ヴラドフォーレンはあっさりと答えた。

「死の神と奥方が俺を訪《おとな》い、お前のことを話していった」

やっぱりいい！

ですよね！　他にこの世界にそれを知っている方はいませんものね！

炎狼《えんろう》神様だって『変わった魂』とおっしゃっただけで、異世界産だとはよもや思わないみたいでしたもんね！

でもわざわざ訪ねて行って話した!?

うわーん、なんでやねん！

「お前はずいぶんと気に入られたようだな。お前のことを案じていた。――お前は普段《ふだん》、皇都で暮らしているのか」

「はい……左様にございます」

「死の神は皇都に立ち入れない。皇都はあまたの人間たちがそれぞれ奉《ほう》じる神を引き込んだあげく、飽和《ほうわ》状態になっているからな」

あ。

そういえば、皇都があまりに神様密度が高いせいで、新たに神殿《しんでん》を造って神様を呼んだら神様が夢枕《ゆめまくら》に立って『もう一杯《いっぱい》で入れない。ムリ』(意訳)と言った、とかって話を聞いたっけ。

……あれ、マジな話だったのね。

「死の神は弱い存在ではない。俺でさえ、生命ある身として、死の神には抗《あらが》いがたい。だが今は信仰《しんこう》されていない上、自ら司《つかさど》る理《ことわり》に反しているために、神々の基準では弱体化している」

ああ、理に反するとはセレーネさんのことだ。亡《な》き人とこの世で共にあることは、死の理に反するといえば、そうなのかもしれない。

「皇都でお前に何かあっても助けになれないと見て、俺を引き込もうという腹らしい」

死の神様は創造神を気にしていたから、皇都で何かが起こった時のことを心配してくれたのか。そんな……そこまで気遣《きづか》っていただいては恐縮《きょうしゅく》です。

……でも正直、この状況《じょうきょう》が私にとっては危機なんですが。

「神々と語らうほどには長く生きているが、神の事情は俺には関係ない。俺は皇都は好かん。人間ばかりがぞわぞわと寄り集まっているのを見ると、焼き払《はら》いたくなる」

やめてくださいシャレになりません。

「だがお前の話は、異世界の記憶を持つ娘《むすめ》の話は、気になった。俺は三千年ほど生きている。かつてはこの世界を巡《めぐ》り、多くを見た。……が、飽《あ》きた。北の果ての氷原にも、東の果ての水平線にも、とうに飽きている。だがお前は、まったく違《ちが》う別の世界を知っているのだろう。それに、久しぶりに興味というものを感じた。お前の世界は、どんな所だ。俺に、話して聞かせるがいい」

やっぱり俺様か！

そんなんでこんな風に連れてくんな！

千夜一夜《せんやいちや》物語ですか。私はシェヘラザード姫の役どころ。

あれの王様って、王妃《おうひ》に不倫《ふりん》されて『もう女なんか信じられない！』と女性不信になっていて、夜伽《よとぎ》をさせた女性を翌朝には斬首《ざんしゅ》してしまうって設定だったな。

……あらためて考えると、シャレにならんわ。

シェヘラザード姫《ひめ》と同様、私も生殺与奪《せいさつよだつ》権を握られてるよね。魔竜王は私を、煮《に》るなり焼くなり好きにできる。

食われなくても焼かれなくても、こんな山の中では置き去りにされただけで生還《せいかん》は不可能。私は完全に詰《つ》む。

もうちょっと穏便《おんびん》に話を持ちかけてくれたらいいのに、理由に納得《なっとく》できれば前世の話くらいしますから！

こんなとこに連れてきて話をしろって、理不尽《りふじん》だろー！

という内心の叫《さけ》びを、エカテリーナはぐっと抑《おさ》える。

頑張れ自分。伊達《だて》に前世で社畜《しゃちく》だったわけじゃない、理不尽なクライアントにも上司にもさんざん対応してきただろ。

思い出せ、理不尽クライアントへの対応の基本は、共感と対話。個人の持論だけど。

まずごもっともとうなずいて要望をがっつり聞いて、クライアントが真に望むものを理解して、もろもろ考え合わせて一番適切な解決策を提示する。

で、勢いで押し切る！

ちょっと顔が良すぎるけど、クライアントだと思って冷静に対処だ。

ちょっとっていうか、だいぶ顔が良すぎるけど。

こんなクライアント、いるわけないけど。

冷静に。対処だ。

頑張《がんば》れ自分。

「言っておくが、話を聞かせなかったからとお前をどうこうしたりはせん。先刻も言った通り、俺とて生命ある身。死の神の理の中にある。お前は死の神の気に入りだ、特に奥方のな」

……アレ？

まさか、死の神様と同じで思考が筒抜《つつぬ》けなの⁉

「この状況で考えそうなことを言っただけだ。人間の頭の中を覗《のぞ》くことなどできはせん、する必要もない」

……ソウデスカ。

「話などしたくない、というならすぐ元の場所へ帰す。安心するがいい」

だったら、こんな荒《あら》っぽく連れてこないでくださいよ……。脱力《だつりょく》。

思わずため息をついたエカテリーナを見て、ヴラドフォーレンはくつくつと笑う。

わざとからかってるだろ。くそう。

絶世の美形だからって、イケメン無罪なんて適用されないんだからな！

ちょっと勢いが削《そ》がれるだけで！

「……三千年の長きにわたる生、わたくしには想像もつきませんわ。わたくしの前世が無聊《ぶりょう》をお慰《なぐさ》めするお役に立つのでしたら、お話しすることはやぶさかではございません。どのようなことにご興味がおありでしょうか」

「さてな。俺にはお前の世界がわからん、何を尋ねれば面白《おもしろ》い話が聞けるやら」

「それでは先ほど仰《おお》せになった、前世の世界では人間は空を飛ぶか、というお尋ねにお答えいたしましょう。ええ、わたくしが前世を生きた世界では、人間は空を飛ぶすべを得ておりましたわ」

ヴラドフォーレンが目を見開くのを見て、エカテリーナは少しばかり溜飲《りゅういん》を下げた。

どーだ、驚《おどろ》いたか。

しかし説明するのは大変だった。

なにしろこの世界には、飛行機はない。そもそも概念《がいねん》がない。したがって、そういうものを示す言葉が存在しない。

そんなわけで、こんな話し方をするしかない。

「この世界では、わたくしども人間が移動に用いることができるのは、馬車くらいですわ。ですけれど前世の世界では、馬がおらずとも自ら動く馬車のような乗り物がございました。その乗り物に翼《つばさ》をつけたもので、人々は空を飛んでおりましたの。中には、一度に数百人の人間を乗せることができるほど、巨大《きょだい》なものもございましたのよ」

「ほう」

ジャンボジェットの大きさをこの世界の単位で説明すると、ヴラドフォーレンはにやりと笑った。

「俺と同じほどの大きさのようだな」

いやあなたの方が大きいでしょ、とエカテリーナは内心でつっこむ。確かゲームで皇都を火の海にした魔竜王《まりゅうおう》（竜バージョン）が皇城を踏《ふ》み砕《くだ》いていた図、城と同じくらいのデカさに見えたもん。

それともあれは、ゲームデザイナーの間違《まちが》いか誇張《こちょう》？

さっきの竜バージョン姿は首から上しか見えなかったし、比較《ひかく》対象物がないからイマイチ判断できないなあ。

「それほど巨大な乗り物で、人間はどこへ行く」

「どこへなりと。あの世界ではほとんど全《すべ》ての国々が、空飛ぶ乗り物で結ばれておりましたわ。雲を見下ろす高みを飛んで、大海原《おおうなばら》を越《こ》え、人々を運んでゆくのです。北の果て、南の果ての氷原も、砂漠《さばく》の国も、前世では望めばゆけぬ所はないほどでしたの」

ヴラドフォーレンは鋭《するど》くエカテリーナを見た。

「南の果ての氷原と言ったか。確かに南には、暑い密林の国々を越えたはるかな果てに、北の果てと同じ氷原がある。推測でそう考える人間はいるようだが、本当にそれを知っている人間は、おそらくいない」

「前世では、誰《だれ》もが知っておりました。北と南、それぞれの果てを、北の極、南の極と呼んでおりましたわ。前世でわたくしが生きた時代から……二百年ほど前であったかと思いますが、人間はその地を見つけましたの」

「空飛ぶ乗り物でか」

「いいえ、当時は船でしたわ。空飛ぶ乗り物が作り出されたのは、わたくしが生きた時代の百年ほど前であったはず。南極を発見したのは、人間が空を飛ぶよりもさらに百年前のことですわね。発見者たちは、氷山を縫《ぬ》って海を進み、氷原に到達《とうたつ》したのです」

正直、発見者の名前は覚えてないです。南極の歴史エピソードで覚えてる人物って、南極点への到達レースがらみの、アムンゼン、スコット、白瀬《しらせ》隊長くらいですわ。

ヴラドフォーレンはふっと笑う。

「見てきたように語るものだ。百年や二百年前の歴史にそれほど詳《くわ》しいなら、お前は前世でも高度な教育を受けることのできる、高い身分に生まれたのだろうな」

エカテリーナは首を振《ふ》った。

「いいえ、わたくしは平民でしたの。前世のわたくしが生まれた国は、わたくしが生きた時代には、身分制度が存在しなかったのです。すべての人間は生まれながらに平等である、とされておりました」

「……平等？」

疑わしげに、ヴラドフォーレンが呟《つぶや》く。

「はい。すべての子供には教育を受ける権利があり、六歳から学校へ通うものでしたわ。十五歳になって義務の教育を終えるまでは、必ず。子供に教育を受けさせることは、国と国民の義務でございました。読み書き、数学、地理、歴史、外国語などを、すべての子供が学ぶものでした」

「まるで理想郷だな」

皮肉っぽい口調に、エカテリーナは微笑《ほほえ》んだ。

「率直《そっちょく》に申し上げれば、平等など建前でございました。貧富の差などにより、生まれながらに恵《めぐ》まれた者とそうでない者がおりましたわ。ですけれど、あの時代のあの国は、人類の史上でも有数と言えるほど、人間同士の格差が小さかったと申せましょう。先ほど申し上げた程度のことは、多くの者が当たり前に持っている知識でございました」

うん。この世界を生きて、あらためて思う。身分制度がないって、すごいことだった。

前世だって人類史を振り返ったら、身分制度がなくなったのって、歴史年表のほんの最近だったもん。日本にも第二次世界大戦に敗戦するまではいたんだよ、華族《かぞく》とか士族とかが。それから、まだ百年も経《た》ってなかったんだよなあ。

身分制度がなくなっても、本当に平等だったわけじゃなかった。一時期縮まった格差も、近年になって拡大してきちゃってたけど。進歩したら、反動がきちゃうものなんだろう。

第二次世界大戦後に民主主義が広がったのって、人類史上ぶっちぎりの量の死と破壊《はかい》に世界中で嫌気《いやけ》がさしたり、破壊衝動《しょうどう》やらなんやらを吐《は》き出して毒気が抜《ぬ》けたりして、ちょっと賢者《けんじゃ》タイムみたいになってたんじゃなかろうか。いや賢者タイムってよく知らんけども。時間が経ったら、また吐き出したものが溜《た》まってきつつあったと。

でも少し行きつ戻《もど》りつしても、人類は前へ進んでいたよ。

いろいろ前世を思い起こしてしみじみしているエカテリーナを、ヴラドフォーレンは見つめている。

そして、ふうっと息を吐いた。

「前世で異世界に生きていた記憶《きおく》があるというのは、いつわりではないようだな。お前が言うことは、到底《とうてい》貴族令嬢《れいじょう》が空想で思いつくような話ではない。実に――興味深い」

「信じていただけたようで、ようございましたわ」

エカテリーナは微笑んだ。

「植林とやらも、前世の知識によるものか」

「さようにございますわ。わたくしが生まれた国では、古くからおこなわれておりましたの」

高校時代にレポートを書いた時に調べたけど、日本では室町時代からだそうな。

「前世の世界でも、人間は魔獣《まじゅう》との共存を考えるようになったのか」

う。誤解。

「いいえ、前世の植林は、それが理由で始まったわけではございませんわ。あの世界には、魔獣は存在いたしませんでしたの。それだけでなく、魔力も、神々も、伝説に語られることはあれど、実際には存在しないものとされておりました」

「存在しない？」

ヴラドフォーレンが瞠目《どうもく》する。

「ばかな。魔力がないなら、空飛ぶ乗り物とやらはどうやって空を飛ぶのだ」

ああっ、飛行機は魔力で飛ぶと脳内補完されていた！

動力の話をしていないから仕方ない、というより当然か。ど、どうやって説明すれば！

「油を燃やして、熱を力に変えるのですわ。その力で空を飛ぶのです」

これくらいが精一杯《せいいっぱい》です……。

間違ってはいないと思うぞ。エンジンって超《ちょう》ざっくり言えば、そういうことをやっていたはず。

「油……」

と納得《なっとく》いかなそうに呟くヴラドフォーレンから、エカテリーナはそっと目をそらす。彼の脳内はどんなことになっているのか、考えると怖《こわ》い。巨大なランプみたいなものが空を飛んでる想像とか、してないだろうか。

それにしてもここまでの美形になると、納得いかなそうな表情が美形にちょっと可愛《かわい》さを添《そ》えて、さらなる危険物になるから怖いわ。

「魔獣も、魔力も、神々も存在しないか」

ヴラドフォーレンの、燃えるように赤い瞳《ひとみ》がエカテリーナを見た。

「それでは、人間に脅威《きょうい》は何ひとつないことになる」

おおう、そうきた！

ランプ想像してるとか思ってすみません。

「何ひとつ、脅威がなかったとは申せませんわ。火山の噴火《ふんか》や、地震《じしん》、洪水《こうずい》といった自然災害の前には、人間など小さな存在でございました。けれど……あなたさまや神々のような、人間を圧倒《あっとう》する存在は、前世には確かにおられませんでした」

「人間はやりたい放題だな」

うぐ。

「仰《おお》せの……通りと言って過言ではなかったと存じますわ」

だって、ねえ。

人間が絶滅《ぜつめつ》させた動植物って、どれだけあるんだろう。

どこかで、人類の影響《えいきょう》で地球上の動植物の二十五パーセントが絶滅危機にある、って一文を見たことがある。なかなか衝撃的《しょうげき》だったから、覚えているんだよね。

対して人間の世界人口推移グラフって、ここ二百年くらいでえげつないくらいの急カーブで上昇《じょうしょう》してた。十八世紀の終わり頃《ごろ》、世界人口は十億くらいだったらしいんだよね。キリのいいことに。そこから、二百年くらいで七十億だか八十億だかに激増だよ。百億に到達する日も近いと言われてたっけ。

前世、人間は世界を食い尽《つ》くして肥大していたと言って、間違いないんだろう。

……十八世紀の終わり頃って、産業革命が始まった頃なんだよね。

それを思うと、この世界の蒸気機関にあたるであろうアイザック大叔父《おおおじ》様の虹石魔法陣《こうせきまほうじん》が、どう世界を変えるかが恐《おそ》ろしくなる。

前世の産業革命の良い面を見れば、人類は多くの病気を克服《こくふく》し、栄養状態が改善し、治水などの技術も進んで、かつては住めなかったようなところにも住めるようになり、多くの人が生きられるようになった。

けれどそれは、多くの他《ほか》の生き物からすみかを奪《うば》い、絶滅へ追いやることでもあった。

そうして結局、気温は上昇するわ、気候変動は激しくなるわ……自分たちに跳《は》ね返ってきていた。

虹石魔法陣には、温暖化の懸念《けねん》はない。それがあらためてありがたいわ。

そしてこの世界には玄竜《げんりゅう》、翠竜《すいりゅう》など神に近いほど強力な竜がいて、自然破壊を許さないでくれる。神々も、人間があまりに勝手なことをすれば怒《いか》り、災《わざわ》いをもたらす。それを恐れることが、人間のやりすぎを防いでくれるだろう。前世と違《ちが》って。

私が過労死した後、あの世界はどうなったんだろう。

なんとかなったんだろうか……。

「どうした」

ヴラドフォーレンに声をかけられて、エカテリーナは我に返った。

「ご無礼いたしました。やりたい放題は結局、己《おのれ》の身を滅《ほろ》ぼすものだと、思い起こしておりましたの」

「前世では、人間は滅んだのか」

「いいえ、わたくしが前世の生命を終えた時には、人類は未《いま》だ繁栄《はんえい》のさなかでございました。ですが、その繁栄が世界に大きな影響を与《あた》え、多くの種を危機に追いやり、人類の存続をも危《あや》うくする危険な兆候が数多くある、と警告する声が高まっておりましたわ。あの危機を人類が乗り越《こ》えることができたのか、答えを知り得るものではございませんが、気になりますの」

「滅びて何もおかしくはない。身の程《ほど》を超《こ》えて栄えたものは、滅びるのがさだめだ。ましてや世界を変えて、他の多くの種を絶やすような繁栄ではな」

三千年を生きる最強無敵の竜はあっさりと言い、エカテリーナは苦笑《くしょう》した。

「異世界でも、人間は強欲《ごうよく》な生き物だったようだな。そこまで世界を危うくしていたか」

「仰せの通りにございますわ。ですが、人間は特別でございましょうか。生きとし生けるものは皆《みな》、生きて生き抜きたいものでありましょう。食べたいものを食べて腹を満たし、伴侶《はんりょ》を得て多くの子を生《な》し、その子らが健《すこ》やかに成長してさらに栄えることを望むのは、人間だけのことではないはず。人間はただ、それを叶《かな》える機会を持っただけでございます」

ヴラドフォーレンは赤い目を細める。エカテリーナの反論に、むしろ興を覚えたようだ。

「人間の他に、世界を変えて他の多くを滅ぼすような繁栄をした生き物がいるか？」

「前世の研究では、いるとされておりました。はるかな太古に、実際にそうしたことが起きたと」

全地球凍結《スノーボールアース》。

地球全体が氷河に覆《おお》われた、氷の星になった時代があった。当時の赤道付近にさえ、氷河の痕跡《こんせき》が見付かっているそうだ。

その気候変動により、大絶滅が起きた。

その原因は、とある生き物だという説がある。

「ほう。その生き物とは」

「藻《も》ですわ」

エカテリーナの答えに、ヴラドフォーレンはけげんな表情になった。

「藻だと」

「はい。水中に繁茂《はんも》する植物でございます」

全地球凍結を引き起こしたとされていたのは、光合成バクテリアだったと思うけど、あれ植物でいいんだよね。違っても、細菌《さいきん》が発見されていないこの世界では説明できないので、これで勘弁《かんべん》してください。

「藻がどうやって世界を変える」

「ただ生きて、息をして、ですわ。植物も呼吸をいたします。ただ、吸うものと吐《は》くものが、動物とは逆ですの。植物が吐く息には、世界を冷やすものが含《ふく》まれます。動物はその冷やすものを吸って、世界を暖めるものを吐くのですわ」

酸素も二酸化炭素も、ついでに初期の地球に充満《じゅうまん》していたメタンとかも、この世界では発見されていなくて概念《がいねん》すらないので、こんな説明で勘弁してください。呼吸っていうか光合成だけど、植物だって夜には二酸化炭素を吐くのだったと思うけど、そこも勘弁してください。ほんとにいろいろ雑な説明するしかないなー。

「太古の昔、目に見えぬほど小さな藻が大繁殖《だいはんしょく》し、世界を暖めるものを食い尽くしたのです。そのため、世界のすべてが凍《こお》りつき、生き物は死に絶えました。先ほど仰せになった、南の密林の国々にあたる地域でさえ、すべてが凍りついてしまったのですわ」

「そんなことが、なぜわかる」

「岩を調べればわかるのです。そうした技術が、前世の世界にございましたの。岩も永遠の存在ではございません、かつて泥《どろ》であったり生き物の遺骸《いがい》であったりしたものが、積み重なり固まって岩となります。それを調べ、岩の元となったものを分析《ぶんせき》すれば、岩が生み出された太古に起きたことを、知ることができますのよ」

放射能年代測定とかこの世界では……って、もうええわ。

「そこまで凍ったなら、どうやって世界は戻《もど》ったのだ」

「長い時間をかけて、火山の噴火と太陽の熱によって。火山の噴火でも、世界を暖めるものは吐き出されるのです。それが少しずつ世界を暖め、氷を溶《と》かしたと考えられておりました。世界が凍ったのは、数億年もの昔のことでしたの。氷が溶けるまでは、数千万年もの歳月が必要であったとされておりましたわ」

「……」

呆《あき》れたような、しぶしぶながら感心したような表情で、ヴラドフォーレンは口をつぐむ。

「わたくし、前世でこのことを知りました時、人間は藻とさして変わらぬ程度の生き物だったのだと、なんともいえない気持ちになりましたの」

正確には、漫画《まんが》やネットでちょいちょい見かけた、人間は他の生き物と違って自然を破壊《はかい》する醜《みにく》い存在、とかって台詞《せりふ》が思い浮《う》かんで、いや、藻でも機会があれば環境《かんきょう》を滅ぼすんだわ、人間はたいして特別じゃないんだわ、と思ったんだよね。

極論っちゃ極論かもしれないけど。

ただ生きて繁殖しただけのバクテリアに対して、人間は自分たちの手で世界を作り替《か》えたのだけども。

それに、バクテリアと違って人間は、他の生き物がやらないことをやっている。このままじゃ大変なことになる、って予測して、京都議定書やらパリ協定やらで温室効果ガス排出《はいしゅつ》量を削《さく》減《げん》しようとしてたり。

でも、温室効果ガス排出量の多い国ほど反発してて、見通し暗かったなー。国以外にも、そんなことより経済活動！っていう企業《きぎょう》や人は多かったし。

経済活動っていう言葉を使っても、その根っこは、どこまでもさらに繁栄したいっていう動物的欲求《よっきゅう》なんだろうね。

私だって人のことは言えない。連日深夜まで残業して、電力使いまくって、エコとは程遠い生活でしたよ。日々の暮らしで精一杯《せいいっぱい》でした。

明日は今日と同じだと思ってた。数字を見て、グラフを見て、温暖化の知識を持ってはいても、今生きている今日は昨日と同じだったもの。未来に破滅《はめつ》があるなんて、考えることはできなかった。

ま、人類が破滅するはるか前に私は過労死して、今は破滅フラグに祟《たた》られてますけれども。

未来を考えず、ただ今だけを考えて生きた結果、他の種を巻き込んで滅んでしまったなら。結果として人間はバクテリアと同じことをしてしまった、同レベルの存在という結論になるんだろう。

「ですが、藻も人間も、どうして繁栄を目指さない生き物になれるでしょうか。しょせん生き物の本能には、さらに増え、さらに栄えようとすることしかないのですわ。繁栄の頂点を極《きわ》めたのだから、ここからはもう栄えてはならない、という考え方ができるほどには、前世の人間たちは特別な生き物ではなかったのでございましょう。それは、悪でありましょうか」

万物《ばんぶつ》の霊長《れいちょう》なんて自称《じしょう》してたんだから、ちゃんと本能を制御《せいぎょ》できなきゃいかんやろ。とは思うけど、生き物として行き着く果てに来て、サクッと適切な方向転換《てんかん》をするのは、難しい。方向転換が必要、ということに気付けただけ、人間は今までの生き物より頑張《がんば》っていると思うんだけど。

物事って、結果がすべてだからなあ。

ただ、人間は悪だとか、醜いとか、そんなことはないと思ってる。人間は、他《ほか》の生き物と、たいして変わらないんだろう。良くも悪くも。

「人間の多くは、日々を精一杯生きることしか知らないだけなのですわ。できましたら、どうか、あまり嫌《きら》わないでくださいまし」

と言って、エカテリーナはヴラドフォーレンに微笑《ほほえ》みかけた。

ヴラドフォーレンはふうっと息を吐く。

「……平民だと。こんな知識を持ち、こんな考え方をする人間が、お前の前世には数多くいたというのか」

「はい、さようにございますわ。今申し上げたのは、多少そうしたことに興味がある者であれば、知っていることに過ぎませんでしたの」

読み書きすらできない人が珍《めずら》しくないこの世界では、誰《だれ》でもこんな知識を持っているなんて驚異《きょうい》だよね。あらためて、義務教育とネット社会すげえ。

いや私が全地球凍結を知ったのは、国営放送のドキュメンタリー番組ででしたけど。テレビの存在もすげえ。

あと、人類も光合成バクテリアと同レベルでそんな大したもんじゃない、というのは私の持論ですけど。

エカテリーナと目を合わせ、ヴラドフォーレンはふっと微笑んだ。

ひええ！

エカテリーナはあわてて目をそらす。笑顔《えがお》が危険物！　災害レベル！

おろおろと視線をキョドらせるエカテリーナを見て、ヴラドフォーレンは笑う。

そして手を伸《の》ばし、エカテリーナの頰《ほお》に触《ふ》れた。

「死の神と奥方が、お前のことを俺に話した時。お前の皇都での守りの他に、もうひとつ目論《もくろ》見《み》があったようだ」

その言葉に驚《おどろ》いて、エカテリーナはうっかり自分からヴラドフォーレンと目を合わせてしまった。

この世界では、前世よりはるかに瞳《ひとみ》の色のバリエーションが豊かだ。それでも、赤い瞳を持つ人は他に見たことがない。むしろ前世で、コスプレ好きの友達がカラコンで赤目になっていたけれど。

それとは、まるで違《ちが》う。

ヴラドフォーレンの瞳、虹彩《こうさい》は、さまざまな色調の赤が混在して、炎《ほのお》のように揺《ゆ》らめいている。赤、紅《くれない》、緋《ひ》、朱《あけ》、丹《に》、真紅《しんく》……その虹彩を縁取《ふちど》るやや暗い臙脂《えんじ》、蘇芳《すおう》、黒緋《くろあけ》。

紅炎《こうえん》、という言葉があった。太陽に噴《ふ》き上がる炎、プロミネンス。

惹《ひ》き込まれて、目が離《はな》せない。

自ら光を放つようなネオンブルーの瞳と、正反対のようで共通しているような……。

兄アレクセイが頭に浮かんで、エカテリーナははっと我に返る。

そしてとっさに自分の頬に触れるヴラドフォーレンの手を摑《つか》んで、ていっと引き剝《は》がした。

「か、か、慣習にご配慮《はいりょ》くださいまし！」

「ああ」

カミカミでエカテリーナが叫《さけ》ぶと、ヴラドフォーレンは可笑《おか》しそうに笑う。

「お前はいい。別の世界の話は面白《おもしろ》いが、それだけではない。お前のように、自分の属する種をむやみに誇《ほこ》るでも蔑《さげす》むでもなく語る人間は、今までいなかった。……お前の話を、もっと聞きたい」

「お、おそれいりますわ」

それはいいとして。

なんで隣《となり》に座るー!?

近いから！　近いから近いからー！

前世をどう説明しようか必死こいて考えてる時はいいけど、そうでない時はその顔が近いのはヤバい。いや顔だけじゃなく、尋常《じんじょう》じゃないイケメンオーラとか、トータルで危険物。

危険物取扱者《とりあつかいしゃ》は国家資格なんですけど。私が前世で持ってた国家資格は情報処理技術者で、危険物は畑違《はたけちが》いだー！

うわーんこっち見んなー！

「あ、あの！　さきほど、死の神様とセレーネ様について、何か仰《おお》せでしたのでは」

「そうだな。奥方は、ことのほかお前を気に入っていた。自分を恐《おそ》れず、何かを求めての捧《ささ》げ物ではなくただ思いやりだけで贈《おく》り物をくれたと、喜んでいた。遠い昔にいた友人というものを、久しぶりに思い出したそうだ」

「まあ……」

そうか、神様への捧げ物って願い事とセットだもんね。元人間のセレーネ様にとっては、ちょっと悲しいことだろう。その場の思いつきだったんだけど、そんなに喜んでもらえたなら、プレゼントしてよかったわ。

……幸せだって言ってたけど、好きな相手と一緒《いっしょ》でも、友達の一人もいないのは寂《さび》しいだろうな。

「光栄に存じますわ。わたくしでよろしければ、またお話ししとうございます」

死の乙女《おとめ》って、着替《きが》えはできないもんなのかなあ。あの血染めの屍衣《しい》じゃなくて、かわいい服を着れば怖《こわ》がられなくなるかも。他人の目はさておいても、おしゃれして楽しんでほしいし。

次回、そういうプレゼントができないかしら。

「死の神もそれを望んでいる。奥方が喜ぶものは、なんなりと与《あた》えてやりたいと。――しかし、人間の寿命《じゅみょう》は短い。一時の喜びとなっても、失われた時には大きな嘆《なげ》きとなるだろう。それを恐れていた」

「それは……いかんともし難《がた》いところですわ」

千年とか二千年とか、存在の単位がミレニアムな方々だもんな。

ハムスターとかの小動物を飼うと、寿命の短さに心をえぐられるらしいけど、そんな感じか……ちょっと複雑。

「それゆえ、俺にお前のことを話したわけだ」

いや話がつながりませんが。

首を傾《かし》げるエカテリーナに、ヴラドフォーレンはにやりと笑った。

「俺と交われば、老いることはなく、多少の傷を負っても死ぬこともない身になるからな。別の種であろうと、竜《りゅう》の生命を分け与えることができる」

交わるって……。

ええええ!?

「俺はあまり人間は好かん。ひ弱なくせに、自分たちは特別だと思い上がっている奴《やっ》が多いからな。だがごく稀《まれ》に」

ヴラドフォーレンは言葉を切り、紅炎の瞳でエカテリーナを見つめる。

「……ごく稀に、お前のような人間がいる。その言葉に耳を傾《かたむ》けずにはいられない、その姿を目で追わずにはいられないような人間が。たとえお前が異世界から来た者でなく、俺の知らない世界を語るのではなかったとしても、俺はお前を気に入っただろう。お前は、賢《かしこ》く優《やさ》しく

「……」

言葉を探すように首を傾《かし》げ、ヴラドフォーレンは微笑んだ。

「世界の広さと、俺すら知らぬ悠久《ゆうきゅう》の歴史を知っている。そして、その広い世界と長い歴史をも包む、広大な精神を持っている」

エカテリーナは困惑《こんわく》するばかりだ。

「わたくし……ただ、異世界の知識を持っているだけですわ。あちらでは、誰でも知っていることなのです」

「異世界のことは知らん。ただこの世界では、お前のように考える者は本当に稀なのだ。そして俺は、お前の考え方を好ましく思う。

エカテリーナ・ユールノヴァ」

ヴラドフォーレンはエカテリーナの手を取った。

「この魔竜王《まりゅうおう》の伴侶《はんりょ》になる気はないか」


フリーズ。

エカテリーナの脳内には、『予期しない問題が発生したため終了《しゅうりょう》します』と書かれたポップアップがどーんと表示されている。BGMは、いかにもエマージェンシーチックなビープ音だ。

前世社畜《しゃちく》SEのトラウマが全開すぎるが、処理が停止していて何も考えられない。

さ、再起動。

復旧時の最終手段、電源ボタン。……電源ボタンはどこに……。

「もうひとつ、言うべきことがあった」

エカテリーナの手を取ったまま、ヴラドフォーレンが言う。

「お前は美しい」

予期しない問題が発生しました！

「生き物にはそれぞれの美しさがある。人間の女として、お前は美しい姿をしていると、俺にも解《わか》る。……この山々の奥地に、まだ人間の知らない滝《たき》がある。白い滝の流れ落ちる岩肌《いわはだ》が、深い青色をしている。青と白の対比が、世にも美しい。お前の色彩《しきさい》は、あの滝に似た美しさだ」

ヴラドフォーレンのもう一方の手が、エカテリーナの藍色《あいいろ》の髪《かみ》に縁取られた白い顔の輪郭《りんかく》をなぞる。指先が触れるか触れないかの、微《かす》かな感触《かんしょく》。

「大陸の中央にそびえる『神々の山嶺《さんれい》』の一角に、巨大《きょだい》な氷河がある。裂《さ》け目をたどった奥底に、大伽藍《だいがらん》のような空間がある……そこでは、人間が誰《だれ》一人見たことのない、氷の中を泳ぐ魔《ま》魚《ぎょ》を見ることができる。お前は氷河の青を知っているか？　宵空《よいぞら》よりも深い青、海の底のような青が満ちている。青い氷の中を、魔魚の群れは金銀の光を発して泳ぎ、たゆたっている。夜空を流星の群れが泳ぎまわるかのようだ。この世界にも、お前がまだ知らない驚異《きょうい》、見たことのない美が存在している。お前が望むなら、見せてやろう。俺だけが知るこの世界の驚異を、ことごとく。

俺の手を取れ。共に来い、エカテリーナ」

——青い氷河の中を流星の群れのような魚が泳ぐ……。

なにそれ見たい。前世のネット記事でよくあった、死ぬまでに見たい世界の絶景十選とかぶっちぎる勢いで見てみたい。

なんて思ってるのも現実逃避《とうひ》だよね！

魔竜王に手を取られたままずーっとフリーズしてて、ピクリとも動けてませんよぇぇ。

ようやく動いた頭の片隅《かたすみ》でさえ、しょーもないことしか考えられません。

だって苦手なんだよー！

前世、恋愛《れんあい》は黒歴史しかなかったのよ……モテない女でしたよ……。それでも高校大学と一回ずつ、告白してもらってお付き合いしましたけどね、二回ともなぜか相手がすぐ俺様化して、嫌《いや》になって別れたらストーカー化して、しまいにゃ刃物《はもの》を突《つ》きつけてくるという、そっくりな流れをたどってしまい……高校の時はちょっとチャラ男タイプで、大学の時はおとなしい地味男子だったんだけど、どうしてああなった。私の何が悪かったのか。

不幸中の幸いというか、どっちも警察にパトロール強化をお願いしていたおかげで、すぐお巡《まわ》りさんにドナドナしてもらえたけども。

あの時はほんっとに、疲《つか》れた。怖かったし……悲しかったし。

『もう男と付き合うのは懲《こ》りた。もう一生おひとりさまでいい。もーやだ』

って友達に愚痴《ぐち》ったら、

『あんたはそのほうがいいかもしれない。他《ほか》をスルーしてあれに行っちゃうあたり、とにかく恋愛に適性がない』

と真顔で返されたのは痛い思い出。

わーん他をスルーって何のことだよー！　私の何が悪かったんだよー！

だから今生はブラコンですごく幸せ！　あんなに素敵《すてき》なシスコンお兄様と、シスコンブラコンのラブラブ兄妹《きょうだい》で幸せだもん。

伴侶とか手を取れとか言われても……。

前世でも今生でも見たことないレベルの美形にそんなこと、プ、プロポーズみたいなこと言われて、なんかもう気が遠くなりそうに舞《ま》い上がる気持ちもあったりするけど。前世でだってプロポーズなんかされたことないもん、嬉《うれ》しくなっちゃったりもするんだけど。

たちまち手が冷たくなる。頭の芯《しん》が凍《こお》るみたい。

ひときわ大きなビープ音と共に思考がダウンしました。閉店。

「……わ、わたくしの、婚姻《こんいん》は、お兄様がお決めになること。わたくしの、一存では、お答えできませんわ。どうか、お許しあそばして」

処理がいろいろ終了している頭のため、とぎれとぎれの震《ふる》え声で、エカテリーナはようやく言う。

「そうか。植林のことを話した男が言っていたな、お前はユールノヴァ公爵《こうしゃく》の妹だと。現公爵はお前の父でなく兄か」

ああ、フォルリさんのことだ。植林の試行を確認《かくにん》しに行った時、玄竜の眷属《けんぞく》とされる竜告鳥と遭遇《そうぐう》して、植林について説明したと話してくれたことがあった。

「お前はそれでいいのか。ただ公爵の言うがままで」

「もちろんですわお兄様はわたくしのことを世界で一番想《おも》ってくださる方ですもの」

突然《とつぜん》ノンブレスで力説するエカテリーナ。頭が半分閉店していても、ブラコン揺《ゆ》るぎなしだ。

「わたくしはお兄様が大好きですの。お役に立ちたいと思っておりますわ」

「……ふん」

気に入らない様子で、ヴラドフォーレンは眉《まゆ》をひそめる。それでも容貌《ようぼう》の美麗《びれい》さに陰《かげ》りがない、どころか若干迫力《じゃっかんはくりょく》が増したのが恐《おそ》ろしい。

「お前を得るには、公爵を同意させねばならんのか。居場所は……北都だな。俺がおもむいて、挨拶《あいさつ》とやらをするのか」

人間の爵位《しゃくい》も礼儀《れいぎ》も慣習も、意にも介《かい》さぬこの存在にとって、それはあまりにわずらわしいことだろう。エカテリーナ自身については、好ましく思う上、死の神という後ろ盾《だて》がある。しかしその家族は、ただの人間にすぎない。

そして彼は、挨拶という知識はあれど、それがいかなるものか理解していないだろう。

「面倒《めんどう》だ」

多少の考慮《こうりょ》を、ヴラドフォーレンはすぐに放《ほう》り投げてしまったようだ。

「お前はすでに、俺の側《そば》にいる。このまま、ここにいてくれればいいだけだ」

いや寄らないで！　さらに距離《きょり》を詰《つ》めてこないで！

威力《いりょく》わかってるくせにその顔を近づけてくるなー！　危険物は取り扱《あつか》えませんってば！　フリーズさえも突き抜《ぬ》けて、あわあわしているエカテリーナを間近で見つめて、ヴラドフォーレンはふっと微笑《わら》う。

その笑《え》みは、国をも滅《ほろ》ぼす最強竜《りゅう》のものとは思えぬほどに、優《やさ》しかった。

「望みはないか、エカテリーナ」

紅炎《こうえん》の瞳《ひとみ》がエカテリーナの視線を捕《と》らえる。響《ひび》きの良い声が、甘く囁《ささや》いた。

「やりたいこと、欲しいもの、なんなりと叶《かな》えてやろう。お前はその美しい姿のまま、老いることなく生きられる。宮殿《きゅうでん》で暮らしたいなら建ててやる、俺の配下の者共を、人間の姿で仕えさせよう。古い神のもとへ伴《ともな》い、叡智《えいち》の言葉を聞かせてやろう。共に世界を駆け巡り、この世界の驚異を見せてやる。ユールノヴァが気になるなら、奴《やつ》らには益をもたらしてやろう。魔獣《まじゅう》を抑《おさ》え、人間どもに森の恵《めぐ》みを分け与《あた》えてやる。ユールノヴァの人間たちにとって、森は平穏《へいおん》な場所になるだろう。森を保つ譲歩《じょうほ》をしてきたのだ、俺としても否《いな》やはない。

俺を望め、エカテリーナ。ここに、俺の側に、留《とど》まるがいい」

……。

……。

……。

エカテリーナを見つめていたヴラドフォーレンが、はっと息を呑《の》む。

少女の目から、はらりと涙《なみだ》がこぼれ落ちた。

「……わたくしを、おにいさまのところへ、かえしてください」

はらはらと涙をこぼしながら、童女のような声音《こわね》で、エカテリーナは言う。

これは、素《す》のエカテリーナだ。普段《ふだん》のエカテリーナは、主人格である令嬢《れいじょう》が、前世の記憶《きおく》が別人格に近い状態になった心理学用語で言うペルソナを盾《たて》として、その後ろに隠《かく》れている状態。だが今、前世のペルソナが機能しなくなった。だから令嬢が、勇気を奮い起こして、自分でこの事態に対処しようとしているのだ。

そんなことを知る由《よし》もないヴラドフォーレンは戸惑《とまど》った様子で、しばし応《こた》えなかった。よるべない子供のような目で自分を見つめる少女を、ただ見返している。

ややあって、微笑《ほほえ》んだ。困ったように、優しく。

「どうした……？　つい先刻、数億年もの太古の出来事を理路整然と語ったお前が、子供のように」

「わたくしは、ずっと、閉じ込められて育ったのです」

エカテリーナの頰《ほお》を、また涙がつたい落ちた。

「ずっと、お母様と二人きりで、不自由な暮らしをしておりました。お父様と、お祖母《ばあ》様が亡《な》くなられて、ようやくお兄様に助け出していただいて、まだ一年にもなりません。お兄様と同じ邸《やしき》に暮らせるようになって、きちんとお話しできるようになってからは、半年も経《た》っていないのですわ。お母様も、亡くなられました。わたくしと、お兄様は、お互《たが》いのほかに誰もいないのです」

先ほどよりは年相応の口調になったが、その表情はなお子供のようで。

「わたくしは、もっともっと……お兄様とご一緒《いっしょ》しとうございます」

エカテリーナは、とうとうしゃくりあげた。

「……泣くな」

ヴラドフォーレンは、エカテリーナの髪《かみ》をくしゃりと撫《な》でる。指先で触《ふ》れた時とは違《ちが》い、子供にするように、少し荒《あら》っぽく。

そして、腕《うで》の中に抱《だ》き寄せた。

エカテリーナはあらがわない。ヴラドフォーレンの胸にもたれて、くすん、くすんとすすり泣いている。

ヴラドフォーレンはふっと嘆息《たんそく》した。

「お前は、一体、何者だ……？　その輝《かがや》くばかりの美女の姿で、賢者《けんじゃ》のように語り、子供のように泣く」

「わたくしは……」

わたくしは悪役令嬢です。

言ってはいけないけれど。

「わたくしは、ただの、わたくしです。ただ、このように、生まれてきたのです」

「……そうか」

単純なようで、哲学《てつがく》めいた答えに、ヴラドフォーレンは苦笑《くしょう》した。

「美女であり、賢者であっても――子供では、娶《めと》るわけにもいくまい。わかった、帰してやろう。望みはなんなりと叶えると言ったのだ、竜に二言はない」

……！

「好きな男がいると言うなら奪《うば》うまでだが、兄ではな」

「ありがとう存じます……！」

エカテリーナは、ぱあっと顔を輝かせる。

再起動ー！

ころりと表情を変えたエカテリーナに、ヴラドフォーレンは呆《あき》れたような、けれど眩《まぶ》しげな顔をした。

その顔からさっと目をそらし、エカテリーナはヴラドフォーレンの腕の中から、じりじりと抜け出そうとする。

悪戯《いたずら》な表情で、ヴラドフォーレンは彼女の肩《かた》をつと押さえた。

「お前は、年齢《ねんれい》はいくつなのだ」

「わたくし……十五歳にございます」

「嫁《よめ》に出る年頃《としごろ》ではないか」

うっ……。

いや普《ふ》通《つう》にお嫁に行くのと、この状況《じょうきょう》は違いすぎますから！

「ぜ、前世、わたくしが暮らしておりました国では、十五歳はまだ婚姻を許されておりませんでしたわ。女子は、十六歳にならなければ婚姻してはならないと、法で定められておりましたの」

いや結婚《けっこん》可能年齢って、男女共に十八歳に法改正されたんだっけ。もうされてたのかな、これからされるって話だったかな。駄目《だめ》だ、はっきりわからないや。

「ほう。寿命《じゅみょう》の短い人間が、ずいぶんとのんびりしていたものだな」

「前世の世界、特にわたくしの生まれた国では、この皇国よりもはるかに人間の寿命は長《なご》うございました。百年生きることも、珍《めずら》しくありませんでしたのよ」

「ほう。……やはり、お前の話は興味深い」

ええー！

やだーおうちに帰してー！

青ざめたエカテリーナにヴラドフォーレンは笑い、彼女の身体《からだ》をひょいと抱《だ》き上げると、少し離《はな》れたところへ下ろしてやった。

「心が俺にない女なら、側においても詮無いことは知っている。無体をするつもりはない、安心するがいい」

よ、よかった。

……安心しろと言うなら、人の反応見て面白《おもしろ》がるのをやめてください。

「魔竜王《まりゅうおう》様は、人間の女性に詳《くわ》しくていらっしゃいますのね」

ついつい、エカテリーナは皮肉っぽく言ってしまう。ヴラドフォーレンは平然と言った。

「人間の女は、俺の見た目を好くからな」

ぐわー！

なんかやり場のない感情が！

「三つの国を越《こ》えて追ってきた女もいた。それでしばらく『神々の山嶺《さんれい》』の向こうで過ごしたこともある」

嫌《いや》そうな表情からして自慢《じまん》ではないらしい。これが自慢でないことがすごいが。

「御心《おこころ》にかなう女性はおられませんでしたの？」

ふと、ヴラドフォーレンの視線が遠くなったようだった。

「……三千年生きて、二人いた。どちらも聖の魔力《まりょく》を持つ、聖女だったが」

聖の魔力！

エカテリーナの脳裏《のうり》にフローラの顔が浮《う》かぶ。

聖の魔力の持ち主は、古代アストラ帝国《ていこく》で聖女と崇《あが》められていたんだった。聖の魔力に目覚めた人がいるだけで、魔獣の活動は鎮《しず》められると言われるほど、影響《えいきょう》力があると。

そして……『玄竜《げんりゅう》クラスの強大な魔獣を鎮める巫女《みこ》の役割を担《にな》っていた』と聞いたような。

あと、かつて魔獣掃討《まじゅうそうとう》のために、聖の魔力の持ち主にユールノヴァ領に滞在《たいざい》してもらったことがあるそうだ、とお兄様が教えてくれた。

「聖の魔力の本質は、循環《じゅんかん》だ。世界を創《つく》り出したきり放《ほう》り出す創造神を補完し、世界を継続《けいぞく》させるための存在らしい。世界に魔力が滞留《たいりゅう》しすぎ、荒廃《こうはい》する時代に生まれてくる。魔獣は生物に魔力が憑《よ》りついて変質したものだからな、魔力を循環させ和《やわ》らげる聖女の存在は、心地《ここち》よいと感じる」

ちょ……。

今サラッとおっしゃいましたが、それはこの世界の秘密レベルのことでは!?

ああっ、そういえば乙女《おとめ》ゲームのタイトル！

『インフィニティ・ワールド～救世の乙女～』！

インフィニティって永遠とか無限のことだけど、∞マークはウロボロス、自分の尾《お》を咥《くわ》えた蛇《へび》の図案。終わりなく巡《めぐ》り続けることが、すなわち永遠であるという言葉。

それがまさに、ヒロインの役割を示す言葉だってことか！

わー！　なんで、こんなとこでタイトル回収してるんだよー。

そういうことは、ゲームのクライマックスでフローラちゃんに言って！　悪役令嬢《れいじょう》に言うたらあかん！

魔竜王ルートって、ゲームのトゥルーエンドだったのかな。多分そうだよね。

「どうした」

ヴラドフォーレンにけげんな顔をされて、エカテリーナは我に返った。

「ご無礼いたしました。その……わたくしの友人が、聖の魔力を持つ聖女でございますので」

「ほう」

とは言ったものの、ヴラドフォーレンの表情は皮肉げだ。

「本物かどうか。人間は、魔力の質をよく見誤るからな」

なにおうフローラちゃんは間違《まちが》いないぞ！

一瞬《いっしゅん》ムキーとなったエカテリーナだが、はたと気付く。聖の魔力は一世代に一人いるかどうかの超稀少《ちょうきしょう》属性だが、それでもヴラドフォーレンが言った『世界に魔力が滞留しすぎ、荒廃する時代に生まれてくる』からすると、多すぎるのではないか。

土属性に、アイザック大叔父《おおおじ》のようなそこに入れるのはどうかと思う魔力の持ち主がいるように、聖の魔力の持ち主とされた先達《せんだつ》にも、実は違う人がけっこういるのかもしれない。

そこでエカテリーナはにっこり笑い、自信を込めて言った。

「友人は本物の聖女ですわ。間違いございません」

「何かを知っているようだな。そうか、本物か」

ヴラドフォーレンは笑う。いくらか関心は持ったようだ。

しかし、紅炎《こうえん》の瞳《ひとみ》がエカテリーナを捉《とら》えると、燃えるように揺《ゆ》らめいた。

「聖女はまれな存在だが、お前は唯一《ゆいいつ》無二だ。……今は手放すが、いつまでも放っておくとは思うな」

美声がいっそう低く、熱が込もっている。

ひえええええええ。

えええええ。

ええ。やめてーフリーズするー！

動揺《どうよう》しまくるエカテリーナであった。

が、ふと拳《こぶし》を握《にぎ》ると、きっ、とヴラドフォーレンに向き直る。

「これだけは申し上げとうございます」

「うん？」

「わたくしのお兄様が、貴方様《あなたさま》のそうしたお言葉をお聞きになった場合、貴方様に決闘《けっとう》を申し込む可能性がございます。その場合、わたくしは必ずや、お兄様に助太刀《すけだち》いたしますわ！」

ヴラドフォーレンは笑い出した。

「嘘《うそ》ではございません！　わたくしは、必ずお兄様にお味方いたします！」

「いや……そこを疑うわけではない」

言いながら、ヴラドフォーレンはまだくつくつ笑っている。

魔竜王からツッコミもらっちゃった、とちょっと感慨《かんがい》を覚えるエカテリーナであった。

そりゃまあ、ジャンボジェットサイズの竜に人間が単体で決闘申し込んでも、ジャンボジェット側、じゃない竜側は笑っちゃうしかないんだろうな。と頭では解《わか》るけど。

お兄様を笑うのはブラコン悪役令嬢が許しません！

「お兄様をあなどるのはおやめくださいまし。お兄様は、わたくしを本当に大切に思ってくださるのです」

「そして、お前も兄が大事か」

「わたくしにとって、この世で一番大切なのはお兄様ですわ！」

エカテリーナが宣言すると、ヴラドフォーレンは苦笑《くしょう》した。

「肉親の情というものが、俺には理解できん。竜は、同族と共に生きることはほぼないからな。そもそも、親から生まれるわけではないのだ。同族は唯一自分に匹敵《ひってき》する存在ゆえ、闘《たたか》わずにはおれなくなる」

縄張《なわば》り意識なのかな……親から生まれるわけではないって、自然の気が凝《こ》って発生する、みたいなファンタジー案件？　こうやって人間の姿で向き合っているとうっかりしそうになるけど、あらためて異種の生き物なんだなあ。

――っていうか。

異種の生き物だと認識《にんしき》してあらためて考えると、魔竜王ってずいぶん、人間に寄せてくれている……よね。

そういえば前世で、自ら狼《おおかみ》の群れのリーダーになって、群れの面倒《めんどう》を見たり一緒《いっしょ》に遠吠《とおぼ》えしたりしている研究者がいた。ドイツ人だったかな。

人間が狼のリーダーっていろいろすげえ！　って思ったけど。

竜という絶対強者でありながら、人間の姿で人間とコミュニケーションを取り、家族とかの自分たちにない概念《がいねん》に、理解できないなりに配慮《はいりょ》を示すって。あの研究者さんばりに、異種である人間に踏《ふ》み込んでくれているんじゃなかろうか。

異文化コミュニケーションどころか、異種族コミュニケーションだもん。人間に合わせてくれて当たり前、と思うのは傲慢《ごうまん》なのかもしれない。

「肉親への情を持たないことが理解しがたいか」

長い無言をそう解釈《かいしゃく》したヴラドフォーレンに、エカテリーナは首を振《ふ》った。

「それほどわたくしどもと異なる存在でありながら、人間について多くをご理解いただけることに、あらためて感じ入っておりましたの。そもそも、人間の姿を取って、人間の言葉を話してくださるのですもの。わたくしどもに歩み寄ってくださることに、御礼《おれい》を申し上げますわ」

ヴラドフォーレンは目を見開き、思わずといった様子でエカテリーナに手を伸《の》ばしかける。が、その手を止めて、皮肉げに唇《くちびる》の端《はし》を吊《つ》り上げた。

「竜の姿では、人間は恐《おそ》れるばかりで会話などできないからな。お前とて、俺の本来の姿は恐ろしかろう……試《ため》してみるか？」

そう言うや、ヴラドフォーレンは立ち上がる。そして、一瞬で姿を変えた。

陽《ひ》が翳《かげ》る。あまりにも巨大《きょだい》な影《かげ》が、地上を暗くする。

見上げれば、悠々《ゆうゆう》と浮かぶ巨竜の姿。翼《つばさ》を広げているが、羽ばたくことはなく、重力など知らぬげに山腹近くの上空に静止している。

「……」

エカテリーナは言葉もない。ただただ、眼前の驚異《きょうい》から目を離《はな》せずにいる。

こ、これは。

この状況《じょうきょう》は。

映画とかでちょいちょいあった。ファンタジー映画なら巨大なモンスター、SF映画なら巨大な宇宙船が現れた状況。俳優さんたちがめいっぱいの驚愕《きょうがく》の表情になるやつ。

モンスターも宇宙船もCGで後から追加されるもので、俳優さんたちはブルースクリーンとか見ながら演技で驚《おどろ》くわけだけど。

リーアールーにーー！

いーるー！

目の前に！　空いっぱいに視界を埋《う》め尽《つ》くす、巨大ドラゴン！

デーカーいー！

ジャンボジェットをこれくらいの間近から見上げたことなんてないけど。空港で見ると、車輪のそばに停《と》まっている作業車がすごく小さくて、あらためてそのデカさに驚いたりした。

その感じ、ジャンボジェットのスケール感で、ドラゴンがいてるー！

そして……さっき現れた時には首から上くらいしか見えなかったけれど。

巨大すぎて詳細《しょうさい》までは見えない箇所《かしょ》も多いけど、全体像は把握《はあく》できる。

黒光りする鱗《うろこ》に覆《おお》われた漆黒《しっこく》の巨軀《きょく》。

コウモリのそれに似た形状の、巨大な翼。

長大な首から背中にかけて、たてがみのように棘状《とげじょう》の突起《とっき》がずらりと並ぶ。

巨大な鉤爪《かぎづめ》、それこそジャンボジェットの車輪くらいの巨大さであろう鉤爪がついた、力に満ちた四肢《しし》。

長い長い尾《お》が、空中をうねっている。

その姿。

まさにイメージ通りのザ・ドラゴン！

ああああああ。

足が震《ふる》えるほど圧倒《あっとう》される。けど。でも。

「恐ろしいか、エカテリーナ」

眼前の竜《りゅう》にそう声をかけられて、エカテリーナは我に返った。

立ち上がり、竜へ手を伸ばす。あまりの巨大さに手が届きそうに錯覚《さっかく》して。

「素敵《すてき》なお姿と存じますわ！　拝見できて光栄にございます！」

我に返りきっていないテンションの高さで、エカテリーナは叫《さけ》んだ。笑顔《えがお》全開、目がキラッキラだ。

かーっこいいいいーっ!!

ヤバい！　絶世の美形よりこっちのほうがさらにヤバかったー！

前世ハリウッドのCGデザイナー敗北！　ファンタジー超大作映画に出てきたドラゴンよりも、いやあれもかっこよかったけど、実物のかっこよさのほうが勝ってるよ！　すごいから！すごいんだから！

あ、恐ろしいかって訊《き》かれたっけ？

そりゃ、さっき突然《とつぜん》現れた時は怖《こわ》かったですよ。

でも、話が通じる相手だってわかったんだから。はっきり言って前世の上司より、よっぽど話が通じるんだから。怖いとか、ないない！

ヴラドフォーレンはしばし沈黙《ちんもく》した。

そして——哄笑《こうしょう》した。

巨竜の呵々大笑《かかたいしょう》が、山々に轟《とどろ》き渡《わた》って谺《こだま》する。

「人の姿より竜の姿を好く人間の女に、初めて会ったぞ」

そう言ってまたひとしきり笑うと、ヴラドフォーレンは紅炎の目でエカテリーナを見た。

「お前のことが、少し解った。お前は確かに、賢者《けんじゃ》であり子供であるようだ——俺の手を取るつもりはないのだろうに、幼子のように手を伸ばしおって」

「……非礼に当たりましたら、お詫《わ》びいたしますわ」

「非礼などではない。やはりお前は、まるで、わかっておらんのだな」

困った顔をしたエカテリーナに、一国を滅《ほろ》ぼすほどの力を持つ最強の巨竜は、優《やさ》しい声で言う。

「この姿を恐れないなら、このまま送ってやろう。人の姿でお前を抱《だ》けば、あまりに手放しがたくなる」

え。

「そ……そのお姿のままと仰《おお》せになりまして？」

「魔竜王《まりゅうおう》の背に乗る、初めての人間になってみるか」

竜の背に乗る⁉　乗せてもらえるの⁉

ぜひ！　ぜひお願いします！

申し出に飛びついたものの、エカテリーナははたと悩《なや》む。頭上に浮《う》かぶ竜の背中にどうやって乗ればいいのだろう。

が、悩んだのがむなしくなるレベルで、あっさりと解決した。

「エカテリーナ」

ヴラドフォーレンの声が上空の竜からではなく聞こえてきて、エカテリーナは驚く。大きな羽音と共に、赤く光る目をした黒い猛禽《もうきん》が現れた。

「魔竜王様……でいらっしゃいますの？」

「これは俺の分身だ。腕《うで》を出してみろ」

眷属《けんぞく》ではなく分身だったのか……と思いながらエカテリーナが腕を差し伸べると、黒い鳥はその繊手《せんしゅ》に舞《ま》い降りた。

猛禽が腕にとまった状態だが、重くはない。本体である竜がなんらかの魔力《まりょく》で上空に留《とど》まっていられるのと同様に、分身である黒い鳥も、普通《ふつう》の鳥とは違《ちが》って翼の浮力《ふりょく》で飛ぶわけではないのだろう。

それにしても、この状況。

腕に大型の猛禽をとまらせている。しかも、意思の疎通《そつう》が可能な。外見も、黒い体色に赤く光る目という、自然界には存在しないであろう特異な、超カッコいい猛禽。

こ、これはこれで厨二心《ちゅうに》のうずきが止まらない！

などとエカテリーナがアホなことを考えていると。

ザザッ――と、ノイズのような音が耳の中で鳴った。

突然視界が変わり、エカテリーナはめまいに似た感覚によろめく。これは、ここに連れて来られた時にも体験した、転移だ。

抱き上げられた状態で空中で転移した前回より、自分で立っている状態からの今回のほうが、感覚がついていかない感じがする。

「大丈夫《だいじょうぶ》か」

「はい、少し……驚いただけですの」

身体《からだ》を立て直して、エカテリーナは周囲を見回す。

竜の背に転移していた。翼と翼の間だ。ドラゴンの骨格がどうなっているのかわからないが、肩甲骨《けんこうこつ》的なものがあるらしく、その中間にあたるこの位置は少しくぼんでいる。他《ほか》の場所より安定した状態で居られそうだ。

地上からたてがみのように見えていた棘のような突起が、首から背中、尾のほうまでずっと続いている。風よけになりそうだし、摑《つか》まることもできそうだった。

それにしても、広い。背中が。何十メートルあるのだろう。広すぎて、下の景色などほとんど見えない。

足元を見下ろすと、漆黒の巨大な鱗《うろこ》が連なっている。刃《やいば》などはじいてしまうであろう強度は感じるが、金属的な感じはなく、もっとしなやかな印象だ。

わくわくきょろきょろ周囲を見回しているエカテリーナに、ヴラドフォーレンは笑う。

「落としはせんが、座って掴まっていたほうがよかろう」

「はい、ありがとう存じますわ」

ありがたく、エカテリーナは言われた通りにした。黒い猛禽はエカテリーナの腕を離れ、突起のひとつに移る。

俺様なところも確かにあるけど、意外に面倒見《めんどうみ》のいい性格みたい。そういえば子供って認定《にんてい》されたんだった、だから親切なのか。子供好きだったのかー。中身アラサー入ってるのにすみません。

残念思考を発揮するエカテリーナであった。アラサーと言いつつ、ある点では幼児並みなのだが、自覚がないのが致命的《ちめいてき》だ。

「行くぞ」

その声は、黒い猛禽ではなく巨竜の口から発せられたようだった。竜と鳥、どちらかが人格の主導権を持つわけではなく、並列処理が可能なようだ。ザ・ファンタジーな存在なのに、マルチタスクで動けるとは。

そして、竜の翼《つばさ》が動き、打ち下ろされる。

バサッ――！　と大きな羽音が響《ひび》き、竜は飛翔《ひしょう》を始めた。

わー！

翼の浮力は関係なく宙に浮くことができるようなのに、移動する時は羽ばたくのは、方向とかの制御《せいぎょ》をしているんだろうか。背中にいると、筋肉や骨格の動きがダイナミックに伝わってくる！

ゆったり飛んでくれているおかげで、風圧はそれほどでもなくて――気持ちいい！

「このまま北都まで連れていってやろうか。皇都であろうと、一飛びでいけるぞ」

黒い鳥が言い、エカテリーナは一気に我に返った。

ぎゃー！　それはヤバい。皇都は論外。北都のお兄様のところだって、これで帰ったら大変なことになってしまう！

しまった、竜の背に乗れることに浮かれて、到着《とうちゃく》した時のこと考えてなかったー。

「い、いいえ、先ほどお会いしたところへお連れくださいまし。側仕《そばづか》えの者たちに、待つよう命じておりますの。きっと、わたくしを案じていることでしょう」

ミナや騎士《きし》さんたちだって驚《おどろ》くだろうな……。

ああっ、私のバカバカバカー！

だ、だけど千載一遇《せんざいいちぐう》の機会だったんだもん！　反省するけど後悔《こうかい》はしないぞ！

「魔竜王様は、皇都や北都にも、一瞬《いっしゅん》で移動することがお出来になりますの？」

「いや。俺は『北の王』だ。転移が可能なのは、俺の領土であるこの北の大森林のみ。それ以外への移動は、こうして飛ぶ必要がある。特に皇都は、実に面倒《めんどう》だ。神々が飽和《ほうわ》している上、人間の魔力防衛やら何やらが入り組んでいるからな。とはいえ今のように、竜《りゅう》の姿で押し通れば、俺を止められるものなどありはしないが」

その言葉に、前世のゲーム画面で見た皇国滅亡《めつぼう》シーン、燃え盛る皇城を踏《ふ》み砕《くだ》いて咆哮《ほうこう》するヴラドフォーレンの姿が脳裏《のうり》に浮かんで、エカテリーナは小さく震《ふる》えた。

あの中で、皇帝陛下《こうてい》、皇后陛下は、どうなってしまったのだろう。魔法《まほう》学園は、燃え落ちていたはず。クラスメイトたち、先生、仲良くなった厨房《ちゅうぼう》の人たちに、何が起きたのだろう。皇都ユールノヴァ公爵邸《こうしゃくてい》の使用人たちは……。

「魔竜王様。どうか……皇都にはお行きにならないでくださいまし」

気が付くと、エカテリーナはそう口にしていた。

「貴方様《あなたさま》が皇都においでになれば、人間と争いになりましょう。貴方様は、この皇国を滅ぼすこともお出来になるお方。ですがこのように語り合い、心を通じることもできるお方でございます。争っていただきたくはありません。死の神様とセレーネ様がわたくしを案じてくださったことは、ありがたいことと存じますわ。ですが、そのように案じていただくほどの危険は、皇都にはございませんもの」

一番の危険は魔竜王様、あなたがもたらす皇国滅亡なんですよ……。

私とお兄様の破滅《はめつ》フラグは、ちゃんと折れたのか確信が持てないですけど。そこは、魔竜王様になんとかしてもらえるものではないでしょうし。

「わたくし、来年の夏には再びこの、ユールノヴァに戻《もど》ってまいります。その折にはまた、貴方様にお会いして、前世の世界についてお話しいたしますわ。もしもわたくしども人間の為《な》すことで、ご不快なことがございましたら、わたくしにおっしゃってくださいまし。必ずお兄様にお伝えし、皆《みな》で正す努力をいたします。どうか、お聞き届けくださいまし」

「俺はもともと皇都は好かん。それがお前の望みなら、来年の夏にまた会うとしよう」

あっさりとヴラドフォーレンは言う。

ふと、その声に笑いが混じった。

「来年には、お前の心も少しは子供でなくなるか？　そうであって欲しいような、欲しくないような、複雑な気分だ。そういえば、前世のお前は何年生きたのだ」

う。

「わたくし、前世では二十八歳まで生きましたわ」

「……人間が百年生きる世界で、若くして生命を終えたのだな」

ヴラドフォーレンの声は優《やさ》しい。

それは……前世の記憶《きおく》を取り戻したら十五歳だったし、すぐ学園に入学して周りも子供ばかりだったから、アラサーってすごく歳食ってる気分だったけど。確かに早死にしちゃったなあ。

「前世でも、お前には兄がいたのか。家族が大事だったか」

ふと思い付いたようにヴラドフォーレンは尋《たず》ねたが、答えはすぐには返らなかった。

しばしの間の後に、エカテリーナは低い声で言う。

「……いいえ。わたくしは一人っ子で……薄情《はくじょう》な娘《むすめ》でございました」

その言葉に、黒い鳥はけげんそうにエカテリーナを見た。

しかし、竜がばさりと翼を鳴らして、高度を下げた。

「そろそろ着くぞ」

竜の首と翼の間からちらりと見えた、街道《かいどう》近くの湧水《ゆうすい》のある小さな空き地。

その上空を一度旋回《せんかい》すると、ヴラドフォーレンは地上に降り立った。

背のエカテリーナに気を遣《つか》ってくれたのだろう、ソフトランディングである。

竜が首を地上すれすれまで下げてくれたので、停《と》まっている馬車と駆《か》け寄って来る数人の人間が見えた。ミナと騎士たちだ。

「ミナ！　皆様《みなさま》！」

立ち上がって、エカテリーナは手を振《ふ》ってみせる。

よほど驚いたのか、数名の騎士が足がもつれたようになっているのが見えた。

「お嬢様《じょうさま》ーっ！」

ミナの声が聞こえる。ずいぶん心配してくれたのがその声音《こわね》だけで解《わか》って、申し訳なさにエカテリーナの胸がきゅっと痛んだ。

「あそこに下ろしてやろう」

「はい、お願いいたしま——」

エカテリーナがまだ言い終わらないうちだった。

凄《すご》い迅《はや》さで駆けてきたミナが、大きく跳躍《ちょうやく》するや、竜の頭に跳《と》び乗ったのだ。

そこから、首の突起《とっき》から突起へと跳躍し、ミナはあっという間にエカテリーナのもとへたどり着く。

「お嬢様！」

「ミナ――」

その言葉すら言い終わらないうちに、抱《だ》き上げられていた。

ギッ、と鳥の姿のヴラドフォーレンを睨《にら》みつけたのも一瞬で、ミナはすぐさま竜の背を後にし、腕《うで》の中にエカテリーナを抱いているとは思えない軽《かろ》やかさで来た経路を逆にたどると、元の空き地へ降り立った。

「……」

今、何が起きたんでしょうか。お姫様《ひめさま》抱っこでジェットコースター状態だったんですが。

状況《じょうきょう》に全くついていけていないエカテリーナであった。

「お嬢様……！」

ミナは、エカテリーナを強く抱きしめている。初めて聞く、ミナの震える声。

ああ、本当にすごく、心配をかけてしまった。

「お嬢様、ご無事で！」

オレグを始めとする騎士たちも駆け付けてきて、エカテリーナを取り囲む。彼らがヴラドフォーレンに武器を向けるのを見て、エカテリーナははっとした。

「心配させてごめんなさいね、ミナ」

ミナの身体《からだ》に腕を回してぎゅっと抱きしめると、しかしエカテリーナは厳しい声で言った。

「でも、わたくしを下ろして」

「お嬢様」

「皆様、武器を下ろしてくださいまし。あの方はわたくしに親切にしてくださいました。ユールノヴァに敵対する存在ではございません」

「はっ……」

ためらいがちに彼らが指示に従うと、エカテリーナはヴラドフォーレンの前に進み出て、跪《き》礼《れい》を取った。

「ご親切にお送りくださり、ありがとう存じました。楽しいひとときでございましたわ」

「エカテリーナ」

竜の姿で、ヴラドフォーレンは穏《おだ》やかに言う。

「これから幾《いく》千年の時が過ぎようと、俺はお前と交《か》わした会話の全《すべ》てを、忘れることなく思い返すだろう。お前が在る限り、俺はユールノヴァに敵対することはない。お前が望むなら、皇国とも、人間とも、敵対しない。争いを望まないなら、自分を大事にするがいい。すべて、俺がお前を望むがゆえだからな」

ヴラドフォーレンは巨大《きょだい》な翼《つばさ》を広げた。周囲に大きな影《かげ》が落ちる。

「また会おう」

その言葉を最後に、巨竜は颶風《ぐふう》を巻き起こして飛び立った。

第五章　再会

　ミナやオレグたちから質問攻《しつもんぜ》めにされることを覚悟《かくご》していたエカテリーナだが、誰《だれ》も何も尋ねようとはしなかった。

　ただオレグが、思いがけず遅《おそ》くなったので急いで進んだほうがよろしいかと、と進言し、ミナはとにかくエカテリーナに怪我《けが》がないか疲《つか》れていないかしつこいほど確認《かくにん》し、お姫様抱っこで馬車まで運ぼうとするのを止めるのに苦労したが、それのみだ。

　玄竜《げんりゅう》と共に去った後に何があったかや、玄竜が語った言葉の意味を尋ねようとは、しない。

　これは……。

　騎士《きし》団も戦闘《せんとう》メイドも、上下関係が厳しいんだろうな。上のすることは黙《だま》って受け入れるというのが、徹底《てってい》しているんだろう。

　というか。騎士の皆さんが、私に引き気味ですわ。

　今まで以上に丁重《ていちょう》というか、ひたすらうやうやしい感じで礼をして、話しかけるなんてできませんて空気を出してますわ。

　そりゃね。

　突然襲来《とつぜんしゅうらい》した玄竜にこっちから話しかけて、連れて行かれたと思ったら、竜の背に乗って帰ってきちゃったんだもんな。

こいつ何者？　って感じだよね。

……へんなやつ、と思われていても仕方ないよ……。

違《ちが》うんや……前世の記憶で話せばわかるって知ってただけなんや……異世界でアラサー社畜だった記憶があるだけの、ただの悪役令嬢《れいじょう》なんや……。

よく考えたら、ただの悪役令嬢ってなんぞ。

とにかく、私は主君の妹だから、今回みたいなトンデモなことになっても、むしろトンデモだからこそ、何も訊《き》かない訊いてはいけないと思っているのに違いない。

なら、ありがたく……お兄様になんて報告するか、じっくり考えていよう。二人ともお兄様には、起きたことをそのまま報告するのだろうから。

前世の記憶がどうのとか、絶対言えないからなんとか誤魔化《ごまか》さねば！


そんなわけで一行は出発した。

無事戻《もど》ったエカテリーナを見て御者《ぎょしゃ》が大泣きしたり、レジナたち猟犬《りょうけん》が面目《めんぼく》なさそうに尻尾《しっぽ》を下げているのを、相手が相手だから仕方なくてよ、と全力でなでなでわしゃわしゃして宥《なだ》めたりしてまた時間を取ったものの、もともと急ぎで旅をしていたおかげで、そこまでの遅《おく》れにはならないで済みそうだ。

とはいえ、今日宿泊《しゅくはく》予定だった町には日没《にちぼつ》までに着けそうもなく、一行は早々に街道沿いのやや大きな街で馬車を停《と》めた。

「お嬢様はお疲れです。少しでも設備の整った宿で、早く休んだほうがいいです」

ミナが断固として言ったのが理由だ。

いや待って。私が疲れているかどうかを、私ではなくミナが決めるってどういうことだろう。

私はもっと進んでおきたかったんだけど。

でも、ミナが静かに炎《ほのお》を背負《しょ》っている気がして言えない……。わーん、私お嬢様なのに。

でも少し遅くなっても、明日にはお兄様のところへ帰れるんだし。心配かけちゃったのが悪いんだから、仕方ないか。

そんな殊勝《しゅしょう》な気持ちで、早めの宿泊を受け入れたエカテリーナは、街に入ったところで馬車を停めて、宿を確保するために先触《さきぶ》れとして出した騎士の一人の戻りを待っている。

谷あいの街は川にも接していて、街道《かいどう》を運ばれてきた木材や鉱石を運搬《うんぱん》船に積み込む船着き場として、栄えているようだ。街のある谷間はさして広くはなく、アレクセイの待つ北都へ目を向けようとしても、街道はすぐに山中へ呑《の》まれて見えなくなっていた。

その時。

馬車の側《そば》で伏《ふ》せていたレジナが、不意に身を起こした。

何かに驚《おどろ》いた様子で、高く鼻を上げてふんふんと風の匂《にお》いを嗅《か》ぐ。

そして、馬車の中のエカテリーナを見上げて、大きく吠《ほ》えた。

「レジナ……どうかして？」

エカテリーナが声をかけると、レジナはたたっと走って街道へ出ていった。すぐに戻ってくると、また大きく吠える。いかにも、何か伝えたげだ。

他《ほか》の三頭の猟犬たちも、同じく鼻を上げて風の匂いを嗅ぎ、そわそわと歩き回っていた。

次に反応したのは、馬車の傍《かたわ》らに控《ひか》えていたミナだ。こちらも、ふと顔を上げて耳をすました後、街道まで走っていった。メイド服姿であることもかえりみず、うずくまって道に耳をつけ、何かを聞き取っている。

さっと立ち上がると、ミナは駆《か》け戻ってきた。

「お嬢様《じょうさま》、北都のほうから騎馬《きば》の一団が来ます。馬蹄《ばてい》の音が重くて一定ですから、よく訓練された武装集団みたいです」

思わずオレグに目を向けると、驚いた様子もなくひとつうなずいた。

ということは……。

急いでエカテリーナは馬車を降り、街道を見やる。

すぐに、その一団は現れた。

——ユールノヴァ騎士団。

ものものしく武装した騎士の中隊が、駈歩《キャンター》で馬を走らせている。統制の取れた動きゆえだろう、馬蹄の轟《とどろ》きが確かに一定で、まるで重低音の打楽器を打ち鳴らしているようだ。

その一団の先頭で、ひときわ見事な駿馬《しゅんめ》を駆る騎手《きしゅ》。

背後の騎士たちとは異なる騎士団のあるじの装束《しょうぞく》に長身を包み、腰《こし》に長剣《ちょうけん》を帯びた、凛々《りり》しい姿だ。水色の髪《かみ》をなびかせて、思いつめたような厳しい表情で、馬を駆けさせている。

エカテリーナは思わず声を上げた。

「お兄様！」

距離《きょり》を考えればあり得ないことだが、まるでその声が聞こえたかのように、アレクセイの視線がエカテリーナに向いた。

そして、見事な手綱《たづな》さばきで馬首をめぐらし、馬に拍車《はくしゃ》を入れた。

たちどころに駿馬は全力疾走《しっそう》に移る。

まっすぐにエカテリーナを目指して駆けてくる。馬上のアレクセイのネオンブルーの瞳《ひとみ》が、エカテリーナを見つめている。

「お兄様！」

もう一度叫《さけ》んで、エカテリーナは駆け出した。

理性で考えれば、その場で待っていればいいことだ。けれど、兄の姿が見えているのに、駆け寄らずにいることなどできなかった。

スカートをつまんで、精一杯《せいいっぱい》の速さで、足元など見ないでアレクセイだけを見つめて走る。

アレクセイが手綱をしぼり、馬を抑《おさ》えた。だが全力で疾走してきた馬は、エカテリーナの傍らを駆け抜《ぬ》けようとする。

その背から、アレクセイはひらりと跳《と》び下りた。

走る馬から跳び下りるのは、決して簡単なことではない。だが卓越《たくえつ》した運動神経で、アレクセイは見事にエカテリーナの側へ降り立つ。

「エカテリーナ！」

両腕《りょううで》を広げて、アレクセイは妹を腕の中に掠《さら》いこむように抱《だ》きしめた。

「お兄様……！」

わーん！

お兄様だー！

お兄様だー！

会いたかったよー！

ぎゅうっ、とエカテリーナはアレクセイに抱きついた。

「エカテリーナ」

囁《ささや》くように、アレクセイが呼ぶ。妹の身体《からだ》を包み込むように抱きしめて。

「エカテリーナ……私の、エカテリーナ」

「お兄様」

どうしてここに？

と尋《たず》ねようとして、エカテリーナははっと息を呑んだ。

アレクセイが震《ふる》えている。

誇《ほこ》り高きユールノヴァ公爵《こうしゃく》、十八歳という若さで広大な領地を統治する優《すぐ》れた領主である彼が、震えるなど。時に苛烈《かれつ》なほど強い精神を持つ彼が、こんな風に身体を震わせたことなど、今まで一度もなかったのに。

「お兄様！　震えておいでですわ、いかがなさいましたの？　どこかお悪いのでは？　早くお休みになって！」

「……具合が悪いわけではないんだよ。ただ……恐《おそ》ろしいことがあったんだ。この世で一番恐ろしいことが」

優《やさ》しい声で言って、ほっと息を吐《は》いたアレクセイはエカテリーナの藍色《あいいろ》の髪を撫《な》でた。

「お前の身に何かが起こったと……何か恐ろしいことが起きたようだとエリクが察知したのに、私は遠く離《はな》れていて、お前を守ることができない。――胸がつぶれるかと思った」

アレクセイはエカテリーナの髪に頰《ほお》を押し当てる。

「お前が無事でよかった。エカテリーナ……私の妹、私の生命、私の愛。お前がいなければ、私は生きてはいけない。お前がいない世界はあまりに暗く冷たいと、あらためて思い知った……」

「お兄様……」

やっぱり、双子《ふたご》アラートが発報されてたか……。

騎士《きし》オレグさんと弟のエリクさん。双子の兄弟の片方に危険が迫《せま》ると、ほぼ確実にもう一方がそれを感じ取ることができるという、特別な絆《きずな》は本当に機能したんだ。お兄様がオレグさんを私の護衛に選んだのは、携帯電話《けいたいでんわ》のないこの世界で、私の身に何か起きたらすぐわかるようにという意図でだったけど、見事に的中してしまった。

魔竜王様《まりゅうおう》が現れた時だよね。そこから準備して出発して、もうここまで来ているって……ものすごい緊急発進《スクランブル》！　航空自衛隊も思わず敬礼だ！

なんてこと考えてる場合か。シスコンのお兄様は、さぞ心配だったことだろう。なのに私ったら、魔竜王様とけっこう楽しく話し込んで、竜の背に乗れるって浮《う》かれてはしゃいで……うわーんごめんなさい！

「ごめんなさい、お兄様」

涙《なみだ》ぐんで、エカテリーナは兄の頬に触《ふ》れて優しく撫でた。さらに頭を撫で、風に乱れた水色の髪を手櫛《てぐし》でなでつける。アレクセイは、妹の手の感触《かんしょく》に目を細めている。

エカテリーナは兄の頭を引き寄せて、抱きしめた。精一杯、包み込むように。

「お兄様にそんな思いをさせてしまったなんて、わたくし自分が許せませんわ。こんなにも早く駆けつけてくださって、ご無理をなさったのでしょう。わたくしの大切な大切なお兄様が、わたくしのせいで、震えるほどに苦しんでおられたなんて」

うう……お兄様の役に立ちたくて、代参の旅に出たはずなのに。

こんなことじゃ、ブラコンなんて名乗れないぞ自分！

「いいんだ、無事でいてくれたのだから。お前は何も悪くないよ、私の愛《いと》しいエカテリーナ」

太陽は東から昇《のぼ》り、妹は無罪。妹無罪はアレクセイにとっては当然の、自然の法則に等しいことなのだろう。エカテリーナはそれをシスコンフィルターと呼ぶ。

「この世のすべてが壊《こわ》れて砕《くだ》けたとしても、お前が微笑《ほほえ》んでくれさえすれば私は幸せだ。お前はこの世の何より美しいよ」

「お兄様ったら」

旅立つ前より、若干《じゃっかん》パワーアップしているかもしれない。

一瞬《いっしゅん》そう思い、しかしエカテリーナはすぐ思い直した。お兄様のシスコンフィルターは、前からこれくらい強力《パワフル》だったよ。うん。

「それで……一体、何があった？　怖《こわ》いことがあったのだろう、お前こそ具合は悪くないか。お前はあまりに優しくて、いつも自分を後回しにしてしまうから心配だ」

ああっ！　ここで報告を求められた！

でもこれは言っておかなければ。

「いつもご自分を後回しにしてしまうのは、お兄様のほうでしてよ。わたくしがいない間、しっかりと栄養をとって、お休みになってくださいまして？」

「ああ、もちろんだ」

アレクセイは即答《そくとう》したが、エカテリーナはじーっと兄を見上げる。なんとなく、あやしい。

そこへ、声がかかった。

「お嬢様。ご無事でなによりでした」

「まあ、イヴァン！」

アレクセイの従僕、イヴァンがいつもの愛想《あいそ》のいい笑《え》みをエカテリーナに向けている。馬を飛ばして駆《か》けつけたアレクセイについて来られたなら、彼は騎士並みに優れた馬術の腕前《うでまえ》を持っているのだろう。

「イヴァンも来てくれたのね。イヴァンはいつもお兄様とご一緒《いっしょ》ね」

「閣下をお守りするのが、俺の役目ですから。ところでお嬢様、騎士様がお戻《もど》りですよ。この街でのご宿泊《しゅくはく》の手配が整ったとおっしゃっています」

ああ、先触《さきぶ》れの騎士が戻ってきたんだ。

そう思って、騎士の姿を捜《さが》して視線を巡《めぐ》らせ――エカテリーナは驚《おどろ》いた。いつの間にか、周囲に多くの人がいる。

ま、まあこの街は物流の要所だから、人が多いのは当然として。なぜに皆《みな》、こっちを見ているんだろう。そして皆、なんだか笑顔だ。いや、涙を拭《ぬぐ》っている人がいるけどなぜに。

あ、さっきお兄様が駆けつけてきたのが目立ったのか。この人たちはそこから、私とお兄様の再会の様子を見てたのか。

すごい長いこと生き別れていた二人の再会と思われたかな……ほんの数日ぶりの再会ですみません。大恋愛《だいれんあい》の恋人《こいびと》同士とかではなく、シスコンブラコン兄妹《きょうだい》の再会なのもすみません。

「閣下もご一緒なさいますよね。久々にご兄妹で、ゆっくり語り合えますね」

「ああ、そうしよう」

うなずくアレクセイは、周囲の視線など気にも留めていないようだ。

「お兄様とゆっくりお話しできるなんて、嬉《うれ》しゅうございますわ」

うん、とっても嬉しい。

ほんの数日だったけど、思えば私を学園に入学させるためにお兄様がユールノヴァ城へ迎《むか》えに来てくれてからこっち、こんなに離れて過ごしたのは初めてだもの。お兄様が視界に入っているだけで嬉しい。

それにこの状況《じょうきょう》なら、仕事もなく本当にのんびりしてもらえるだろうし。

……忠実で気が利《き》くイヴァン、このタイミングで声をかけてきたのは、実はお兄様への救援《きゅうえん》もあったんじゃなかろうかって疑惑《ぎわく》が消えません。私がいない間、働きすぎてませんでしたかお兄様。今日はゆっくり！　休んでいただきます！

「旅の出来事の中で、お兄様に早急《さっきゅう》にご報告すべきことは二つございますの」

街の宿で、エカテリーナはそう言ってアレクセイに指を二本立てて見せた。

何があったのかをアレクセイが尋ねてから、かなり時間が経《た》っている。

ゆっくり時間が取れるようになってから話したい、とエカテリーナに頼《たの》まれて、アレクセイは了承《りょうしょう》した。それで、この街では最上の宿に入り、一緒に食事をとり、さらには駆けつけてきた街の代表からの挨拶《あいさつ》を受けるなどを済ませて、アレクセイの部屋でイヴァンとミナが淹《い》れた茶を前に兄妹向かい合い、すっかり落ち着いたところで初めて、エカテリーナはそう切り出し

　もちろんエカテリーナはそうやって時間を稼《かせ》いで、旅の出来事をどう報告するかを頭の中で練り直していたのである。その場の空気に合わせて報告内容を修正するのは、社畜《しゃちく》時代に培《つちか》った報告スキルその一だ。

　そして、アレクセイにゆっくり食事をしたり、他愛《たあい》ない会話をしたりするだけのくつろげる時間を過ごしてほしいという、一石二鳥の狙《ねら》いもある。

「オレグ様からエリク様に伝わった危険がいかなることであったか、それがお兄様がお尋ねのことですわね。けれど、公爵たるお兄様にまずご報告すべき問題がございますの。それを一つめにお話しいたします。そののち二つめとして、お尋ねのことをお話しいたしますわ」

　報告内容を数で示し、順序を前置きして相手の理解をうながす――と見せかけて、面倒《めんどう》になりそうな問題よりも先に別のことを報告して意識を分散させるのは、社畜の報告スキルその二である。

　いやそもそも、急いでアレクセイに報告すべきことがあったから早く帰ろうとしていたのであって、それを先に報告するのは当然。何かをごまかそうとしているわけではない。やましいことは、何もない。潔白証明は完璧《かんぺき》だ。

　という社畜スキルを発揮していても、本人が夢にも気付かないことが一つ。

　ビジネスパーソンらしくビシッと指など立てて見せても、外見が完璧なまでに深窓のご令嬢《れいじょう》なため、違和感《いわかん》が拭えない。ましてや相手はアレクセイだから、大人ぶって可愛《かわい》い、としか思われないのだった。

「ああ、その、わかった。それで、問題とは」

「山岳神殿《さんがくしんでん》に降臨なされた三柱の神々のうち、一柱の神様が神託《しんたく》を下されました。近く、その神様の御山《おやま》が、噴火《ふんか》すると」

アレクセイはネオンブルーの目を見開いた。

「それは、確かに緊急事態だ」

「はい、そうですの。ですけれど山岳神殿の神官たちによれば、過去にこうした神託があった際は、実際に噴火が起きるまでに数ヶ月から百年ほども時間差があったそうですわ。ですので、フォルリ卿《きょう》がその御山におもむいて、噴火までにどれほどの猶予《ゆうよ》があると思われるかを確認《かくにん》し、ご報告くださることになっております。そしてアーロン様は、近隣《きんりん》の村人たちが避難《ひなん》する必要がある場合に備え、旧鉱山の鉱夫の宿舎が利用できるかを、確認していらっしゃいます」

一瞬緊迫《いっしゅんきんぱく》した表情になったアレクセイだったが、エカテリーナのてきぱきとした報告に、雰《ふん》囲気《いき》が和《やわ》らいでいる。

「そうか、的確な対処だ。その件については、フォルリ翁《おう》とアーロンの報告を待とう」

「はい、そうなさってくださいまし」

うなずいてから、エカテリーナはこほんと咳払《せきばら》いした。

「それで……二つめの件ですけれど」

言いかけて、ためらう。兄を動揺《どうよう》させたくない。

「あの、お兄様……手を握《にぎ》っていただいてもよろしくて？」

「ああ、もちろん」

他《ほか》に答えがあろうはずはなく、アレクセイは妹が差し出してきた両手を、両手でそっと包むように握った。

よし。これで、お兄様も落ち着いて聞いてくれるはず。セオリー通り、要点からいこう。

「わたくし、玄竜《げんりゅう》と遭遇《そうぐう》いたしましたの」

ビシッ！　と、何かが割れるような軋《きし》むような音が響《ひび》き渡《わた》った。

ひええ準備が甘かった！

お兄様の表情が変わらない。それなのに、なんだか寒気が。

いやこれ本当に寒くないか？　室温が下がってる？　おーいエアコン強すぎー、なんてボケはいらん、これってもしやお兄様の魔力《まりょく》で⁉

「エカテリーナ、可哀想《かわいそう》に……」

表情を変えないまま、ネオンブルーの瞳《ひとみ》だけに凄《すご》い光をたたえて、アレクセイは妹の手を握る手に力を込める。

「手を取り合わねば話すこともできないほど、恐《おそ》ろしい思いをしたのだろう。私が奴《やつ》を放置してしまったばかりに、お前がそのような目に……。ユールノヴァの総力をあげて、討伐《とうばつ》してくれよう」

まさかの逆効果！

お兄様のシスコンが私の予想を上回った！　さすがお兄様！　いけません、人類がジャンボジェットに戦いを挑《いど》んでも勝ち目ないです。ていうか、せっかく敵対しないって言ってもらったのに、やめてください！

「いいえお兄様、違《ちが》うのです。怖《こわ》いことなどなかったのですわ。どうか、お気持ちを鎮《しず》めてくださいまし。どうか」

と、エカテリーナも動揺してしまって、おろおろと同じことを繰《く》り返すばかりだ。

すすっと兄妹に歩み寄ると、いつの間に取り出したのかショールをふわりとエカテリーナの肩《かた》に掛《か》ける。

そして一礼すると、またすすっと戻っていった。

そしてイヴァンも。

「お茶を淹れ直しましょう。これを飲むとお身体《からだ》が冷えそうです」

と声をかけて、ささっとカップを下げていった。……カップの中のお茶、凍《こお》っていたような。

「……私としたことが。お前を凍《こご》えさせるなど、どうかしていた。許してくれ」

あっお兄様に表情が戻《もど》った。ミナ、イヴァン、グッジョブ！

「いいえ、わたくしがいけないのですわ、お兄様にこれほどのご心痛を与《あた》えてしまうなど。わたくしの身にはなんの危険もありませんでしたの、それをお解《わか》りいただけるよう、順を追ってお話しすべきでしたわ」

そして、エカテリーナはイヴァンが手早く淹れ直してくれたお茶を一口飲むと、旅での出来事をかいつまんで話し始めた。

村人の求めに応じ、単眼熊《たんがんぐま》を駆除《くじょ》したこと。

それで予定の宿に泊《と》まれなくなり、森の民《たみ》の居住地に身を寄せたこと。

そこで死の乙女《おとめ》セレーネと死の神に遭遇したこと。

会話の中で、玄竜について少し話し、玄竜の真の名が魔竜王《まりゅうおう》ヴラドフォーレンだと教えてもらったこと。

セレーネに贈《おく》り物をして、彼女と死の神に気に入られたこと。

ひとつも嘘《うそ》はない。話していないことがあるだけで。

魂《たましい》が異世界産なせいで珍《めずら》しいからセレーネさんが見にきたとか、創造神の関与《かんよ》とか、そのへんはまるっとカットだ。妹の中に異世界のアラサーが混じってるとか、お兄様には絶対内緒《ないしょ》！

ヴラドフォーレンという名前はもともと知っていて、死の神からはそれが確かに玄竜の真の名だと教えられただけであることも、省略。

これは隠蔽《いんぺい》ではない。要点に絞《しぼ》って報告しているだけだ。

いちいち言い訳が入り込むあたり、内心のやましさが漏《も》れるエカテリーナなのであった。

「その後はつつがなく旅を進め、山岳神殿へ到着《とうちゃく》いたしました。アイザック大叔父《おおおじ》様とお会いすることができましたのよ、嬉《うれ》しゅうございましたわ……これは余談ですわね、本題に戻りますわ。先ほどご報告いたしました通り、山岳神殿にて噴火の神託が下されました。それを受けて、フォルリ卿とは別行動となりましたの。わたくしは一刻も早くお兄様にそれをご報告するため、帰途《きと》を急ぐことにいたしました。その途中《とちゅう》、馬を休ませるために馬車を停《と》めていた時に、玄竜が現れたのです。本当に、巨大《きょだい》な竜でございました」

その大きさをどう表現すべきかと、エカテリーナは少し悩《なや》む。学園の小講堂に首と翼《つばさ》と長い尾《お》がついたくらい、と話すと、アレクセイの表情が厳しくなった。

「可哀想に、そんなものが突然《とつぜん》現れたなら、やはり怖かっただろう」

「最初は驚《おどろ》きましたわ。ですけれど、死の神様よりあの方についてうかがっておりましたので。無体なことはなさらないと思いましたの」

神様から聞いたのは玄竜イコール魔竜王ヴラドフォーレンということだけで、話せばわかると思ったのは前世の記憶《きおく》からですが、話題に出たのは事実ですので。細部はカットして要点に絞ります。

私のほうから玄竜に話しかけたことは、ミナやオレグさんたちも覚えているだろうから、彼らの報告と辻褄《つじつま》を合わせつつ、絞らねば。

「実際に、こちらから話しかけたところ、姿を変えてくださいましたわ。人間の、殿方《とのがた》の姿です。ですから、怖くはありませんでしたのよ」

「ほう……玄竜が人間の姿を取ることがあるというのは、事実だったか」

「はい、たいそう見目麗《みめうるわ》しいお姿でしたわ」

あの絶世の美形を『見目麗しい』なんて一言で片付けるのは犯罪な気がするけど、言葉で表現できるものじゃないのでこれで。

そんな内心がどう表れたのか、アレクセイはなんとも言えない表情になった。

「お前が男の容姿をそんな風に褒《ほ》めるとは。初めて聞く」

「だって、お兄様が一番素敵《すてき》なのですもの！　わたくしが他の殿方を褒めることがないとすれば、いつもお兄様のお側《そば》にいるせいですわ。あの方は本当にうるわしいお姿でしたけれど、それでもわたくしには、お兄様のほうが素敵としか思えませんのよ」

私、ブラコンですから！

輝《かがや》くような笑顔《えがお》で言い切ったエカテリーナの言葉に、アレクセイはくすぐったいような顔をする。

「お前は、こういう点ではあいかわらず子供だな」

「あら、あの方もそのようにおっしゃいましたわ」

実は中身アラサーなので、詐欺《さぎ》ですみませんなんですけどね。

「そもそもあの方は、先ほどお話しした死の神様と、ご交流がおありだそうですの。神様と奥方様からわたくしの話をお聞きになって、それで会ってみようとお思いになったそうですわ。あの方も死の理《ことわり》の中にあるゆえ、奥方様がお気に召《め》したわたくしに危害を加えるようなことはしないと、明言してくださいました。ですから、わたくしの身にはまったく危険はなかったのです」

「そうか……」

アレクセイの表情が和《やわ》らいだので、エカテリーナはほっとした。

それにしても思えば、うちのお祖父《じい》様はセレブな仲人趣味《なこうどしゅみ》だったけど、魔竜王と結婚《けっこん》させようと目論《もくろ》むなんて、死の神様はハイパーファンタジーな仲人趣味だよな。

「その後、二人でしばし歓談《かんだん》いたしました。植林などについてご説明申し上げましたのよ。フォルリ卿《きょう》が竜告鳥《りゅうこくちょう》にお話ししたことで、関心をお持ちだったようですの」

植林の話も一応出たし。フォルリさんの話を覚えているようだったし。ひとつも嘘じゃないです。

「あの方はやはり、森林の伐採《ばっさい》を不快にお思いだったそうですわ。植林により森を保つ試みをしたことを、よしとしておられました。ユールノヴァとは敵対しない、と仰《おお》せくださいましたの。皇国とも、人間とも敵対しないとも。間近で見てよく解りましたわ、あの方は本当に強力な存在でいらっしゃいます。一国の軍隊にも匹敵《ひってき》するのではありませんかしら。そしてあの方は、すべての魔獣《まじゅう》を統《す》べる王でいらっしゃるそうですの。そのような存在と友誼《ゆうぎ》を結ぶことは、ユールノヴァにとって有益なことと存じましてよ」

この後の報告に向けて、魔竜王との交流の意義をアピール。うん、決して敵に回してはいけない方ですよ。

「……その、敵対しないというのは、わたくしが居る限り……という条件付きではあるのですけれど」

話がシスコン的に難しそうなところへ差しかかってきて、エカテリーナの口調はためらいがちになる。ピクリとアレクセイの眉《まゆ》が動いた。

「……奴は、ずいぶんお前が気に入ったようだ」

「はい、その……わたくしに、伴侶《はんりよ》になる気はないかとお尋《たず》ねに」

ビシッ!!

今度の音は鞭打《むちう》つように鋭《するど》い。再び凍ったカップが急激な温度変化に耐《た》えかねて割れた、キンッという澄《す》んだ音がそれに続いた。

わーんやっぱりいいい！

さっきより寒い！　お兄様落ち着いてー！

……ていうかお兄様、周りにキラキラしているのはなんでしょうか……。

さすがにダイヤモンドダストのはずはないし、なんなの謎《なぞ》の現象が。

まさか氷の魔王《まおう》に進化したことを表すエフェクトだったり？　お兄様が進化しちゃった！

どうしよう私も進化しなきゃ！

いや何言ってんだお前が落ち着け自分。これは、魔力制御《せいぎょ》の本で読んだ現象だよ、膨大《ぼうだい》な魔力の発現と、抑《おさ》えようとする意志が拮抗《きつこう》した時に、魔力が可視化されるっていう……。すごくすごーく稀《まれ》なはずの現象……。

シスコンすぎてそんな現象まで起こしてしまうなんて、さすがすぎますお兄様。

そしてこれでも抑えてるのか、抑えなかったらこの部屋、氷窟《ひようくつ》になってるな……。

冷たくも美しい魔力を周囲にきらめかせながら、アレクセイは唇《くちびる》の端《はし》に凄絶《せいぜつ》な笑みをたたえて言う。

「竜《りゅう》であろうと所詮《しょせん》は魔獣。獣《けもの》の分際でお前を伴侶にだと……？　一国の軍隊に匹敵する存在と言ったか。大丈夫《だいじょうぶ》だ、たとえ屍山血河《しざんけつが》を築こうとも、ユールノヴァの全《すべ》てを挙げて、お前の身は必ず守る」

いやあああ！　お兄様それ絶対駄目《だめ》なやつ！　そういうこと言われないように、魔竜王の強さをアピールしておいたのにー！

お兄様の豊富な語彙《ごい》が、今は嫌《いや》すぎるー！　屍山血河ってそんな、氷の魔王すぎる発言は控《ひか》えてください！

「お、お兄様、お気持ちを鎮《しず》めてくださいまし。一度はそのようにおっしゃったのですけれど、わたくしがまだ子供だからと、お言葉は取り下げになっておりますのよ。そのように、問題視なさらないでくださいまし」

「エカテリーナ、純真なお前にはわからないだろうが、まだ子供だと言ったのなら、それはお前が大人になる時を狙《ねら》っているということなんだよ」

断定された！　魔王の笑顔で！

やめてください、そのへん深く考えるとまたフリーズする予感がするので、スルーしたいです！

ミナ〜、イヴァン〜。助けて〜。

助けを求めて視線をめぐらせたエカテリーナだが、すぐ横にミナが立っていたので驚いた。いつも通りの無表情だが、何か空気がおどろおどろしいような。

「あたしはお嬢様《じょうさま》がどこに嫁《とつ》いでいかれようと、ついて行ってお仕えしますけど、あんなのが相手じゃついて行けるかどうかわかりません。あいつはやめてください」

問題はそこ⁉

「それにあいつは、あたしの目の前でお嬢様を掠《さら》っていきました。絶対に許しません。あたしは自分のことも、絶対に許しません。お嬢様を奪《と》られるなんて、二度と」

言葉が途切《とぎ》れ、ミナは歯を食いしばっている。

「ミ、ミナ、あの時は、わたくしが待つよう命じたのですもの、ミナは少しも悪くなくってよ。あれほど強力な竜を相手に、一歩も退かず護衛の役目を果たしてくれたミナは、とても立派だったわ」

魔竜王《まりゅうおう》にあそこまで食い下がるって、本当にすごいもの。

あああ、お兄様になんて報告するかで頭がいっぱいで、あんなに頑張《がんば》ってくれたミナをねぎらうのをおろそかにしていたと、今気が付いたー。雇用《こよう》側として、そんなことでどうする自分！　未熟者！

……さらに今気がついたけど、ミナの横にいるイヴァン、なんでそんなにうなずいてるの……。

「お嬢様は閣下とずっと一緒《いっしょ》にいらっしゃればいいんです。俺もお守りします」

いつもの愛想《あいそ》のいい笑顔なのに、イヴァンもなんだか怖《こわ》い……。

「愛《いと》しいエカテリーナ」

アレクセイが、エカテリーナの頰《ほお》に触《ふ》れる。兄の手はひんやりと冷たくて、エカテリーナは思わず自分の手を添《そ》えて、アレクセイの手を温めようとした。

「許してくれ、お前を代参になど出すのではなかった。お前の輝かしさは、神をも魔をも惹《ひ》きつけてしまうようだ。誰《だれ》よりも私が、それを解《わか》っているべきだった」

魂《たましい》が異世界産で珍《めずら》しいだけなんです……。

お兄様のはシスコンです。元祖型ツンデレで特定対象者にのみデレ一択《いったく》タイプです。

でもそんなこと言えない！

うわーん、ミナもイヴァンもお兄様を止めてくれないー。

よ、よーし！　いざとなったら……いざとなったら……。

泣こう。泣き落とそう。

そんなしょうもない決意を胸に、エカテリーナは頰に触れている兄の手を、そっと両手で包み込んだ。

「お兄様……わたくしは本当に幸せですわ。世界で一番大切なお兄様が、こんなに愛してくださるのですもの」

あまりにすごくて、今ちょっと困惑《こんわく》しておりますけども。

でも忘れちゃいけない。私はとても幸せですよ。ミナやイヴァンを始めとして皆《みな》に良くしてもらってばかりの、幸せな今生ですけど。やっぱり誰よりも、絶対にどこまでも愛してくれるお兄様のおかげで、私は幸せなんです。

だからこそ、お兄様の役に立ちたいですよ。

お兄様がくれるのと同じだけ、私もお兄様を愛したいですよ。

兄の目が和《なご》んだので、エカテリーナはほっとする。そういえば魔王エフェクト、ではなく魔力の可視化現象も、収まったようだ。

「わたくし、あの方に申し上げましたの。わたくしはもっともっと、お兄様とご一緒しとうございますと。思えばわたくしとお兄様は、こうしてお話しできるようになって、まだ半年にもならないのですもの。わたくしとお兄様は、お互《たが》いの他《ほか》には誰もいない、二人きりの家族であることも、お話しいたしました。あの方は、ご理解くださいましたわ。好きな殿方《とのがた》がいるというならともかく、兄では致《いた》し方ないと」

「……そうか」

アレクセイはうなずいた。

「わたくしの婚姻《こんいん》は、当主であるお兄様がお決めになることであるとも、お話しいたしましたわ。そうそう、わたくしにお戯《たわむ》れをおっしゃる場合、お兄様が決闘《けっとう》を申し込む可能性があることもお話ししましたの。その場合、わたくしは必ず、お兄様に助太刀《すけだち》いたしますと申し上げました」

エカテリーナがにっこり笑いかけると、アレクセイはふっと微笑《ほほえ》んだ。

そして、声を上げて笑う。

「私に助太刀してくれるのか」

「もちろんですわ。及《およ》ばずながら、ですけれど」

「ありがとう、優《やさ》しい子だ。……求愛した相手にそう言い渡《わた》されるのは、どんな気分がするものだろうな」

すっかり愉快《ゆかい》そうな表情で、アレクセイはエカテリーナに笑いかける。両手で包んだ兄の手が温かくなったようで、エカテリーナはほっとした。

「お前とこうして話せるようになって、まだ半年にもならないとは……もはや信じられない。お前が側《そば》にいない歳月、私はどうやって生きていたのだろうな。お前が旅に出てからの数日さえ、耐え難《がた》かった。お前の夢を見たよ」

「まあお兄様、わたくしもお兄様の夢を見ましたわ。皇城で、ご友人を探しておいででした。わたくしが駆《か》け寄ると、抱《だ》きしめてくださいましたのよ」

エカテリーナの言葉に、アレクセイは目を見開く。

「そういえば……夢の中のお前は、古き神が会わせてくれたのだと言っていた。捧《ささ》げ物が御心《みこころ》にかなったのだと……お前がどんな旅をしているか、私はまったく知らなかったのに」

その言葉に、今度はエカテリーナが目を見開いた。

わー。すごい、本当に夢の中でお兄様と会っていたんだ！

そういえば、前世のギリシャ神話では、死と眠《ねむ》りは兄弟、夢は眠りの息子《むすこ》だったような。死の神様は死と魂を司《つかさど》るそうだけど、魂がさまよい出て見た夢の話もあったか。荘子《そうし》夢にて胡蝶《こちょう》なるか、胡蝶夢にて荘子なるか——だっけ？　魂を、会わせてくれた？

なんでもいいや。神様、ありがとうございます！

「きっとわたくし、離《はな》れている間も、魂はお側に居たのですわ。これからもずっと、わたくしの魂を、お側に居させてくださいまし。だってわたくし、お兄様のお側の他に、居たい場所などないのですもの」

嬉《うれ》しそうに言う妹にアレクセイは目を細め、

「お前がそう望むなら」

と言った。

「お帰りなさいませ、閣下、お嬢様。ご無事でなによりでした」

ユールノヴァ城に帰還《きかん》した兄妹《きょうだい》を、アレクセイの腹心ノヴァクが珍しく安堵《あんど》の表情をあらわにして出迎《でむか》えた。騎士《きし》団長ローゼンはアレクセイに従っているが、財務長キンバレイら幹部たち、ユールノヴァ城の家政婦ライーサはノヴァクと一緒だ。

が、キンバレイとライーサは絶句している。無理もない。

「出迎え大儀《たいぎ》。見ての通り、エカテリーナは無事だ」

「……お兄様、下ろしてくださいまし……」

上機嫌《じょうきげん》なアレクセイと対照的に、消え入りそうな声でエカテリーナは言う。

彼女は、アレクセイに横抱《よこだ》きにされていた。お姫様抱《ひめさま》っこだ。

「お前は疲《つか》れているんだよ、エカテリーナ。馬車の中でもずっと眠っていただろう」

諭《さと》すようにアレクセイが言うと、エカテリーナは真っ赤になった。

「お恥《は》ずかしゅうございますわ。お兄様の肩《かた》をお借りして眠ってしまうなど、はしたない……」

両手で顔を覆《おお》って、消えてしまいたい様子だ。

美女が恥ずかしさに悶《もだ》える妖艶《ようえん》な図ではあるのだが、不思議なほど微笑ましいばかりなのは、周囲の人々が彼女の境遇《きょうぐう》と性格をよく知っているためだろう。それに、幹部たちから見ればエカテリーナは、子供か孫の年代である。

とはいえ、これに動じないノヴァクとローゼンあたりは、何か感化されているかもしれない。

「私がよりかかって眠るように言ったのだから、恥ずかしがることなどあるものか。腕《うで》の中にお前の愛らしい寝顔《ねがお》を見られて幸せだったよ、安らかな顔で眠っていたからね。さあ、部屋まで連れていってあげよう。今日はただゆっくり休みなさい」

「お兄様、わたくし自分で歩いてまいります！」

あやすようなアレクセイの言葉に、あわてて顔から手を離して、エカテリーナが断固とした口調で言う。

が、アレクセイは意に介《かい》さなかった。

「皆、のちほど執務室《しつむ》へ」

そう言い置いて、アレクセイは妹を抱《だ》いたまま彼女の部屋へ足を向ける。メイドのミナと従僕のイヴァンが付き従い、また家政婦のライーサも、公爵家《こうしゃく》の女主人に不自由のないよう使用人たちを統括《とうかつ》するべく後に続いた。

「お兄様はわたくしに甘すぎですわ！」

最後に聞こえてきたのは、泣き出しそうなエカテリーナの声と、珍しいアレクセイの笑い声だった。

「……閣下にとって妹君は、まさに掌中《しょうちゅう》の珠《たま》ですな。あらためて、ご無事でなによりでした」

執務室へ向かいながら、財務長のキンバレイがしみじみと言う。禿頭《とくとう》に大きな鷲鼻《わしばな》、財務長にふさわしくいかにも謹厳《きんげん》な外見の持ち主だが、以前からエカテリーナに好意的な人物だ。

「まことに」

うなずいたのは、騎士団長のローゼンである。

「しかしお嬢様《じょうさま》には、それだけの価値がおありです」

彼は、迅速《じんそく》さを最優先して軽騎のみの先発隊を率いたアレクセイの後から、あらゆる事態を想定した重装備の一団を率いて出立していった。エカテリーナと再会し無事を確認《かくにん》したアレクセイが、ローゼンに伝令を送って進軍を止めさせ、翌日エカテリーナと共に合流。という流れを経て、ローゼンはアレクセイに従って帰還したわけだが。

ローゼンと合流した時に、騎士団の本気の重装備を見て、エカテリーナは絶句していた。

あらゆる事態を想定、という場合、騎士団は竜《りゅう》（さすがに玄竜は想定外だったが）や巨大《きょだい》な複合獣《キマイラ》などにも対抗《たいこう》できる装備を携行《けいこう》する。組み立て前の状態とはいえ、投石機や槍《やり》に近いサイズの矢を射出する巨大クロスボウなどを携《たずさ》えた後発隊の威容《いよう》は、攻城《こうじょう》戦へ向かう軍勢そのものであったのだ。

『お兄様……ローゼン様……わたくしのために、このような……これほどの戦力、あまりに過剰《かじょう》では……』

おろおろと言ったエカテリーナだが、アレクセイに言われると、すぐさま腑《ふ》に落ちた表情になった。

『エカテリーナ、この部隊は移動に時間を要する。必要となる可能性があるなら、まずは動かしておくべきと判断したんだ。必要がはっきりしてから準備するのでは遅《おそ》いからね』

『そうですわね、仰《おお》せの通りですわ。詳細《しょうさい》が分からない時点での対応ならば、過剰を恐《おそ》れるべきではないのですもの。愚《おろ》かなことを申しました』

ローゼンと、そして共にその会話を聞いた副騎士団長ガルディア——騎士オレグと文官エリク兄弟の父親で家政婦ライーサの夫——の両名は、エカテリーナの言葉にいささか驚《おどろ》いたものだ。

「お嬢様は、兵法の知識までお持ちなのかもしれません。並のご令嬢《れいじょう》ではないのです」

ローゼンはキンバレイに言う。寡黙《かもく》な彼にしては、口数が多い。

いや、エカテリーナの言葉は兵法ではなく、前世でSEをやっていた時の、システム障害対応の心得からだったのだが。とはいえ歴女として、戦記や孫子《そんし》の兵法などは読んでいたので、当たらずとも遠からずではある。

加えてエカテリーナはそのあと、わくわくした表情で投石機やクロスボウの飛距離《ひきょり》や威力《いりょく》、耐久《たいきゅう》性や製作費、維持《いじ》費などを質問したものだから、騎士団にあらためて感心されてしまったわけだ。威力はともかく、耐久性や維持費に目をつける令嬢が他《ほか》にいるだろうかと。

「お嬢様は代参の道中、領民の嘆願《たんがん》に応じて単眼熊《たんがんぐま》を掃討《そうとう》なさったという話が伝わってきておりますな」

ノヴァクも話に入ってきた。

「獲《と》った熊は貧しい領民に与《あた》え、魔力《まりょく》で畑の整備までしてやったそうで。その話はたちまち領内に広まっており、庶民《しょみん》の間で、美しく慈悲《じひ》深いお嬢様の人気はうなぎ登りです」

「単眼熊……魔獣《まじゅう》の掃討とは、あの優しいお方が勇ましいことをなさったものだ」

キンバレイは銀色の目を見開く。

「しかし貧しい庶民のためならうなずける。以前お話しした時も、貧しい者たちの苦難を思う、優しく聡明《そうめい》なご気質に感銘《かんめい》を受けたものだった。閣下を全力で支えようとされるお嬢様が支持を受けることは、閣下のご統治にも大いに貢献《こうけん》することだろうな」

後半はノヴァクに向けた言葉で、エカテリーナの善行が領内に広まっているのは、ノヴァクがわざと広めているためもあるのだろうと推測し、それを是《ぜ》としているのだった。

「お嬢様の御歳《おんとし》は、十五歳であられたか。そうは思えないほどのご才知、見目も女性らしく艶《えん》麗《れい》であられるのに、兄君を慕《した》うご様子は幼いほど無邪気《むじゃき》でいらっしゃる。閣下があれほど大切になさるのも、無理からぬことだ。女の子はか弱いものだからな」

最後の一言は呟《つぶや》くようで、ノヴァクはふと何かを思い出した様子でキンバレイを見たが、何か言うことは差し控《ひか》えた。


さほど待つこともなく、エカテリーナを休ませたアレクセイが、幹部たちが待つ執務室に現れる。使い慣れた重厚《じゅうこう》な執務机に向かい、イヴァンが引いた革張《かわば》りの椅子《いす》に身を埋《うず》めるや、アレクセイは言った。

「皆《みな》に伝えるべきことが二点ある。一点目、山岳神殿《さんがくしんでん》で神託《しんたく》が下された。領内の火山が近く噴《ふん》火《か》すると。二点目だが、エカテリーナは旅の途中《とちゅう》で、玄竜と遭遇《そうぐう》したそうだ」

幹部たちは全員、絶句した。騎士団長ローゼンは騎士オレグから玄竜との遭遇については報告を受けていたが、噴火の件は初耳だ。

「それは……よくぞご無事で」

なんとか立ち直ったノヴァクが言う。

「しかし、植林の試みを知ってから姿を消していた玄竜が、なぜお嬢様の前に現れたのか不可解でございますな」

その言葉に、アレクセイは不機嫌《ふきげん》そうに言った。

「奴《やつ》は、エカテリーナに求婚《きゅうこん》したらしい」

幹部たちは再び絶句する。

そんな彼らに、アレクセイはエカテリーナから報告された内容を手短に話した。

「……往路で死の神、死の乙女《おとめ》と出会い、山岳神殿では噴火の神託を授《さず》けられ、復路では玄竜と遭遇されたと……。お嬢様は大変な旅をなさいましたな」

まとめたものの、ノヴァクは疲れたような表情でこめかみを揉《も》んだ。

「ともかくも、噴火の対策費を押さえましょう。規模も時期も不明な状況《じょうきょう》ですので、今のところは予備費の枠《わく》を確認する程度になりますが」

「ああ。フォルリ翁《おう》の報告を待って、あらためて検討しよう」

キンバレイの言葉にアレクセイはうなずく。

それから、ローゼンに目を向けた。

「もうひとつの件だが。対策として、騎士《きし》団の増強を考えたい」

即座《そくざ》にローゼンはうなずく。

「現在の重装備でも難しい相手です、新たな兵器の開発が必要かと。火薬を使用した破壊《はかい》力の高いものを……」

「お待ちを」

盛り上がりかけた会話を、ノヴァクがガッと止めた。

「お嬢様の輿入《こしい》れ先として、玄竜は一考に値《あたい》するかと」

「何を言う！　そんな得体の知れないものに、あの子をやれるものか！」

ノヴァクの言葉をアレクセイは激しく拒絶《きょぜつ》したが、ノヴァクも動じなかった。

「一国の軍隊にも匹敵《ひってき》するという存在を取り込めるなら、ユールノヴァにとって大いに利のある話でありましょう。見目麗《みめうるわ》しい姿と仰せであったのなら、お嬢様もまんざらではないのでは。それに、お嬢様を遠方に手放すことなく、ずっとユールノヴァ領に暮らしていただくことができます。形の上では玄竜を婿《むこ》として分家を立て、往来しやすい城でも差し上げて住んでいただけば、目の届くところで皆でお守りできましょう。逆に玄竜を敵に回せば、どれほど消耗《しょうもう》することか。軍備増強にかかる費用は莫大《ばくだい》です。アレクサンドラ様の衣装道楽など、それに比べれば些末《さまつ》なもの」

「……」

反論のしようもない言葉に、アレクセイはぐっと詰《つ》まる。

ノヴァクの最後の一言には、キンバレイがうなずいていた。キンバレイは現在の幹部の中では森林農業長フォルリに次ぐ年長、自身が子爵《ししゃく》位を持つ貴族という重鎮《じゅうちん》だが、財務長の役割に徹《てっ》して領政に口出しすることがない。財務を握る者が権力も握《にぎ》ることが多い中で、得難《がた》い人材と祖父セルゲイが信頼《しんらい》していた人物だから、アレクセイにとってもキンバレイの見解は重みがある。

「皇都のハリルから手紙が届いたのですが、皇都の社交界ではミハイル殿下《でんか》がユールノヴァで夏休みを過ごすことから、お嬢様が次期皇后の本命だという話題で持ちきりだそうです」

「く……」

ノヴァクが続けた言葉に、アレクセイは珍《めずら》しく焦燥《しょうそう》をあらわにする。皇帝《こうてい》コンスタンティンに、ミハイルをユールノヴァ領で過ごさせたいと言われた時から、周囲にそういう見方をされることはわかっていたが、こうして聞かされるとやはり腹立たしい。

皇室はエカテリーナを望んでいる。とはいえ、選択肢《せんたくし》を絞《しぼ》るわけでもない。ユールノヴァが逆らえないやり方で、ゆるやかに、外堀《そとぼり》を埋めにかかっているのだ。さすがに巧妙《こうみょう》である。

「皇室には嫁ぎ《とつ》たくないというお嬢様《じょうさま》のご意志を尊重するならば、皇室も口出しが難しいお相手として、玄竜は貴重な存在では。むろん一択《いったく》ではありませんが、考慮《こうりょ》の対象として、あってよいかと」

アレクセイはむすっと視線をそらしている。いつもの有能領主の表情ではない、意固地な子供のような顔だった。

と、小さく笑う声がする。

「ご無礼を。しかし、お嬢様の魅力《みりょく》は大変なものですな。人々が争い求める皇后の座と、伝説の巨竜《きょりゅう》の求愛を、天秤《てんびん》にかけるとは……まるで神話の世界ではありませんか」

キンバレイだった。

「ご婚約《こんやく》については、お嬢様のお気持ちも肝要《かんよう》でありましょう。ずっと閣下のお側《そば》にいたいと仰せになる、幼い面がおありのうちは、あまり選別など進めずお気持ちの通りにしてさしあげればよろしいのでは。……女の子はいずれ嫁にいくものですが、そう思っていたら思わぬことが起きる場合もございます。悔《く》いのないよう、見守って差し上げるのがよろしいかと……」

キンバレイが財務以外のことに意見するのは珍しく、アレクセイは少し驚いた顔をする。

ノヴァクが口を開きかけたが、結局沈黙《ちんもく》した。この中で知っているのは一番年齢《ねんれい》の近いノヴァクだけだが、キンバレイはかつて一人娘《むすめ》を流行《はや》り病で喪《うしな》っている。わずか十歳だったはずだ。

「そうだな。すべては、あの子が望む通りだ。今は、あの子は私と居たいと言ってくれる。そのうち違《ちが》う気持ちになれば……その時は、なんなりと望みを叶《かな》えるつもりだ」

ようやく気持ちを定めた様子で、アレクセイが言った。ふと呟く。

「私と会ってまだ一年にもならないから、もっと一緒《いっしょ》にいたいとあの子は言ってくれる。……あの子と初めて会った日は、母を亡《な》くした日だ。私のせいで……それなのに、あの子は優《やさ》しい」

さすがに誰《だれ》も、声をかけられなかった。

「ミハイル殿下がまもなく到着《とうちゃく》される。噴火の件と併《あわ》せて忙《いそが》しくなるが、よろしく頼《たの》む」

「御意《ぎょい》」

我に返ったように言うアレクセイに、一同は揃って頭を下げた。

騎士オレグの報告～あるいは旅のこぼれ話～

「今、何と言った」

耳にした言葉が信じられず、アレクセイはネオンブルーの目を見開いた。

「はっ、申し上げます」

びしりと背筋を伸《の》ばしてアレクセイの前に立つ騎士《きし》オレグは、その言葉を予想していたように言う。

「お嬢様《じょうさま》は、竜《りゅう》の背に乗ってお戻《もど》りになりました。巨竜の背から我々に呼びかけ、微笑《ほほえ》んで手を振《ふ》られたのです。心優しく美しい、我らユールノヴァ騎士団が戴《いただ》く貴婦人は、竜を御《ぎょ》して空を翔《か》ける、女神であられる。我々は、その光景をこの目で見ました。美しい奇跡《きせき》の光景を、確かに見たのです！」

アレクセイがオレグから、あらためてエカテリーナの旅について報告を受けたのは、ユールノヴァ城に帰還《きかん》してからのことだった。充分《じゅうぶん》な時間を取って、旅の間にエカテリーナに起きた出来事を聞きたかったのだ。

そうして聞いた話は、驚《おどろ》きに満ちていた。エカテリーナは、多くを省略していたので。

単眼熊《たんがんぐま》を掃討《そうとう》したことは聞いていたが、騎士たちに命じて行わせたものと思っていた。しかし、エカテリーナも自ら参加し、大いに活躍《かつやく》したという。だがとどめを刺《さ》した時には震《ふる》えていたと聞いて、アレクセイは大いに胸を痛めた。優しいあの子は魔獣《まじゅう》のことさえさぞ哀《あわ》れみ、初めて見る死の瞬間《しゅんかん》に怯《おび》えたことだろう。その場にいて、慰《なぐさ》めてやりたかった。

だがその後は、村人たちと触《ふ》れ合い楽しげにしていたと聞いて、ほっとする。

「お嬢様のお美しさと優しいご気質に、村人たちはたちまち心服しておりました」

オレグの言葉に、アレクセイは何度もうなずいた。当然のことだ。エカテリーナが奥様と勘《かん》違《ちが》いされていたと聞いた時には、苦笑しながらも悪い気はしなかった。

森の民《たみ》に一夜の宿を借りた時には、エカテリーナが戸外の温泉を楽しんだと聞いて、アレクセイはいささか動揺《どうよう》した。無防備すぎないだろうか。しかし騎士たちが六名全員で周囲を警護したうえ、フォルリが愛用の大剣《だいけん》を手にして睨《にら》みを利かせていたと聞いて、やや安心する。

が、すぐにアレクセイの機嫌《きげん》は急降下した。

「……お前たちも入っただと？　エカテリーナの後に」

「は、その、お嬢様のご指示がありまして……いつも周囲にお心を配ってくださる、お優しい方ですので。我々にも入ってくつろぐようにと、お言葉をくださいました。とはいえ」

美しいお嬢様の身を包んだ湯、である。

「あまりに恐《おそ》れ多く……辞退しようと考えたのですが、フォルリ翁《おう》が」

『万全にお嬢様をお守りするために、旅の疲《つか》れをきちんと取れ。さっさとせんか、後がつかえとる』

と言って、入るのを躊躇《ためら》っていた騎士を温泉に蹴《け》り込んだとのこと。

「……フォルリ翁では仕方あるまい」

不機嫌に言ったアレクセイであった。

部屋の温度を下げてはいないはずだ。しかし、オレグの顔色は悪かった。

旅の間、馬車を停めて馬を休ませるたびに、エカテリーナは路傍《ろぼう》の花を摘《つ》んだり猟犬《りょうけん》たちと遊んだりして、無邪気《むじゃき》に楽しんだそうだ。愛らしい様子を想像して、アレクセイは微笑む。

「猟犬たちに持って来させようと、お嬢様が木の枝を投げようとなさった時がありました」

わたくしが枝を投げたら、追いかけて持って帰ってきてね。そうレジナたちに言い聞かせて、エカテリーナは張り切って投げた。

しかしその枝は二歩ほど先、猟犬たちより手前に、ぽてっと落ちた。

「……」

戸惑《とまど》った様子のレジナが進み出て、そっと枝をくわえてエカテリーナに差し出したが、エカテリーナは両手で顔を覆《おお》って羞恥《しゅうち》にふるふる震えていた。

『わたくし……非力ですわ……』

「それは――当然だ。公爵令嬢《こうしゃくれいじょう》たる者、物を投げたことなどないに違《ちが》いないのだから。私が側にいれば、代わりに投げてやったものを」

「はっ、我々全員が代わりを申し出ましたが、結局ミナが仰《おお》せつかりました」

そして、玄竜《げんりゅう》との遭遇《そうぐう》に至る。

「閣下」

それについて話す前に、オレグが居住まいを正した。

「お嬢様は、驚くべきお方です。気高く、輝《かがや》かしい、真の貴婦人であられます」

「そうだ。誰《だれ》よりも、私がそれを知っている」

……躊躇《ちゅうちょ》ない返答をエカテリーナが聞いたら、兄のシスコンフィルターの高性能さにあらためて感心したに違いないが、オレグは厳粛《げんしゅく》な表情でうなずいた。

「あの巨大《きょだい》な玄竜が現れた時、お嬢様は最初は呆然《ぼうぜん》としておられました。しかしすぐに我に返られ、凛《りん》として、我々に武器を納めるようお命じになりました。そして進み出ると、異国の王を迎《むか》える王女のように気品に満ちた礼を取られ、玄竜に呼びかけられたのです。

口惜《くちお》しい限りですが、玄竜は人間が敵《かな》う相手ではありません。そう見て取ったあの方は、我々を下がらせ、自ら進み出て巨大な竜と対峙《たいじ》されたのです。あのたおやかなお嬢様が、なんという勇気をお持ちであることか……！」

「エカテリーナが、自ら……あの子らしいが、なんと危険なことを……」

エカテリーナ自身が顛末《てんまつ》を語った時には、ただ話しかけてみたとしか言っていなかった。心配をかけまいとしたのだろう。学園に魔獣が現れた時、撃退《げきたい》した後で泣きじゃくっていた妹を思い出して、アレクセイは胸を押さえる。

「お嬢様が呼びかけると、玄竜が人間に姿を変えました。そして、お嬢様を連れ去ったのです。

我々は無論お助けしようとしたのですが、お嬢様が、しばし歓談《かんだん》するゆえ待つよう仰せになりました。命令だと」

「命令という言葉を使ったのか。あの子が」

いつも命じるのではなく、優しく頼《たの》むエカテリーナが。

「誰かを守ろうとする時だけは、厳しくなれる……そういう子だ」

アレクセイは呟《つぶや》く。小さなため息が、オレグの同意だった。

待つより他にできることはなく、オレグたちは命令通りその場で待った。そして、漆黒《しっこく》の巨竜の背に乗ってエカテリーナが帰還するのを、目撃《もくげき》することとなった。

「現れた時の玄竜は、無礼で尊大でした。しかし戻って来た時には、丁重に振る舞《ま》うようになっておりました。地上に舞い降《お》りたのち、お嬢様がお降りになれるよう、大人しくこうべを垂れていたほどです。お嬢様が在る限りユールノヴァや皇国とは敵対しないと言い、すべてはお前を望むゆえだ、自分を大事にするようにと申していたのです」

胸が震えました。我らユールノヴァ騎士団の貴婦人は、あのような無敵の存在をも虜《とりこ》にするお方なのだと。貴婦人は、騎士が愛を捧《ささ》げて守るべきもの。お嬢様をお守りするために生命《いのち》を捨てることになろうとも、それは幸せ以外の何物でもありません」

アレクセイはうなずく。

「よく言った。――他言は禁ずるが、教えておく。玄竜は、あの子に求婚《きゅうこん》した。強力な竜を味方に取り込むことは、我が公爵《こうしゃく》家に利するという意見もある。だが、あの子には家のための結《けっ》婚《こん》を強いるつもりはない。あの子が望まないなら、奴《やつ》には渡《わた》さない。我が騎士団。さらに鍛《きた》え、ユールノヴァの貴婦人を守る力を持つよう命じる」

「御意《ぎょい》！」

力強く答えたオレグは、自分が目撃した出来事とアレクセイの命令を、すみやかに騎士団に広めた。元々人気が高かったエカテリーナは、騎士団の女神と崇《あが》められるようになり、精強で知られるユールノヴァ騎士団は、さらにとんでもない最強集団へ進化することになる。

エカテリーナがそれを知ったなら、「短期間で騎士団に蔓延《まんえん》する感染力……お兄様のシスコンウイルスが優秀《ゆうしゅう》すぎるー！」と頭を抱《かか》えて叫《さけ》ぶだろう。

勿論《もちろん》、そういうことではない。

あとがき

お読みくださってありがとうございます。浜千鳥《はまちどり》です。

ありがたいことに、四巻を出していただけることとなりました。前巻までを購入《こうにゅう》してくださった皆様《みなさま》のおかげです。本当にありがとうございます！

四巻では、なんとエカテリーナが兄アレクセイから離《はな》れて、「はじめてのおつかい」の旅に出ます。神殿《しんでん》に参拝するためにユールノヴァ領内を旅して、思いがけない出来事に遭遇《そうぐう》し、思いがけない人（とは限らない）と出会う、今までになくファンタジー色の強い巻となっております。離れても兄妹《きょうだい》は、どこまでもシスコンブラコンですのでご安心ください。

いや、心配していただくべきなのかしら。

八美《はちび》☆《す》わん先生の美麗《びれい》なイラストを始め、たくさんの方々に支えていただいて、ここまで刊行していただくことができました。心から感謝申し上げます。

なにより、本作を読んでくださるすべての皆様に、ひたすら感謝しております。少しでも楽しんでいただければ幸いです。

浜千鳥

「悪役令嬢、ブラコンにジョブチェンジします4」の感想をお寄せください。
おたよりのあて先
〒102-8177　東京都千代田区富士見2-13-3
株式会社KADOKAWA　角川ビーンズ文庫編集部気付
「浜　千鳥」先生・「八美☆わん」先生
また、編集部へのご意見ご希望は、同じ住所で「ビーンズ文庫編集部」
までお寄せください。

悪役令嬢《あくやくれいじょう》、ブラコンにジョブチェンジします4

浜《はま》　千鳥《ちどり》

角川ビーンズ文庫　22696

令和3年6月1日　初版発行
令和6年10月30日　5版発行

発行者――山下直久
発　行――株式会社KADOKAWA
〒102-8177　東京都千代田区富士見2-13-3
電話 0570-002-301（ナビダイヤル）
印刷所――株式会社KADOKAWA
製本所――株式会社KADOKAWA
装幀者――micro fish

●お問い合わせ
https://www.kadokawa.co.jp/（「お問い合わせ」へお進みください）
※内容によっては、お答えできない場合があります。
※サポートは日本国内のみとさせていただきます。
※Japanese text only

ISBN978-4-04-111453-7 C0193 定価はカバーに表示してあります。
◆◇◇